오늘의 기분

오늘의 기분

인쇄 · 2020년 10월 22일
발행 · 2020년 10월 27일

지은이 · 심영의
펴낸이 · 한봉숙
펴낸곳 · 푸른사상사

주간 · 맹문재 | 편집 · 지순이 | 교정 · 김수란
등록 · 1999년 7월 8일 제2−2876호
주소 · 경기도 파주시 회동길 337−16 푸른사상사
대표전화 · 031) 955−9111(2) | 팩시밀리 · 031) 955−9114
이메일 · prun21c@hanmail.net
홈페이지 · http://www.prun21c.com

ISBN 979−11−308−1711−8   03810
값 16,000원

이 책은 2020년 광주광역시 GWANGJU CITY 광주문화재단의 지역문화예술육성
지원사업으로 지원받아 발간되었습니다.

29 푸른사상 소설선

오늘의 기분

심영의 장편소설

푸른사상
PRUNSASANG

　무엇보다 마음으로 가까웠던 한 사람의 이야기를 소설에서 다루고 있는 점이 못내 마음에 걸린다. 몇 년 전 그녀와의 마지막이었던 식사 때, 당신은 정말 괜찮은 사람이라고 말해주지 못했던 게 오랫동안 마음을 아프게 한다. 아무려나 이 소설을 읽는 나와 가깝거나 그렇지 않은 이들이 행여 마음 상하지 않았으면 좋겠다. 우리 모두가 아는 것처럼, 소설이란 허구를 본질로 하는 다만 하나의 이야기일 뿐이니까.

2020년 가을에

* 이 소설의 제목은 김선재 시 「오늘의 기분」에서 빌려왔다. 시는 "그것에 대한 이야기라면 질릴 만도 하다 어제의 구름이 그런 것처럼……"으로 시작한다.

차례

피종수 교수는 그의 연구실 책상에 엎드린 채 숨을 거두었다. 노트북의 전원이 켜져 있었고, 글을 쓰다 만 곳에서 커서가 쉴 새 없이 깜빡거렸다. 한글 문서에는 "어떤 종류의 삶이 인간에게 바람직한 것일까"라는 제목의 미완성인 글이 저장되어 있었다. '균형감각을 잃지 않는 것'이라고 썼다가, 그 아래에 '균형감각을 유지하는 것'이라고 고치면 어떨까? 하고 메모를 남긴 채였다. 다른 하나는 글의 맨 마지막에 날짜가 기입되어 있는 것으로 보아 아마 완성된 것처럼 보였다. 글의 제목은, "책임의식이란 무엇인가"로 되어 있었다. A4 용지 한 장 분량의 글을 이수정 경위는 출력해서 읽기 시작한다. 사인을 밝힐 단서가 될 것이니 유력한 증거겠다. 교수들은 매사에 이런 식으로 글을 비장하게 쓰나 싶어 비릿한 웃음이 나오기도 한다.

책임의식이란 무엇인가

대학은 그 시초부터 오랫동안 학문을 연구하고 진리를 탐구하는 곳이었다. 또한 사회지도자와 학문 후속세대의 양성을 위해서도 중요한 역할을 담당해왔다. 그 모든 것이 사회의 지속적인 발전과 전체 구성원의 복리와 직결된다. 대학이 줄곧 추구해왔던 학문의 자유는 기실 교수의 개인적 연구의 자유이며, 다른 하나는 대학 자체의 제도적 자율성을 의미한다. 그 자유가 공동체의 공공선에 긍정적 역할을 해야 할 것은 자명한 이치다. 어느 개인 자신의 이해와 욕망의 문제와 관련된 일에 대해서도 그것이 대학 안에서 일어난 행위라는 것만으로 책임에서 자유로울 수는 없다. 우리가 잘 알고 있듯이 그가 누린 자유에는 당연하게도 감당해야 할 책임이 따르기 때문이다.

책임이란 결과의 문제일 뿐 아니라 동기의 문제이기도 하다. 그 책임이란 언제나 누구에게나 가볍지 않아서 우리는 누군가의 선한 동기만으로 행위의 도덕성을 평가할 수 없다. 행위가 가져온 결과에 대해서도 책임을 져야 마땅한 것이다. 그러나 누구나 자신이 오롯이 져야 할 무거운 책임을 기꺼이 받아들이는가 하면 그렇지 않다. 온갖 이유로 책임을 모면하려 하거나 다른 사람과 나눠지려 하거나 혹은 완전히 전가하는 경우가 많다. 책임의식이 없기 때문이다. 그것은 윤리가 존재하지 않는다는 말과 같다. 물론 책임을 진다는 것은 그가 지금까지 가지고 있던 어떤 권위나 평판 거의 모두를 잃게 되는 경우가 많기 때문이기도 하다. 그럼에도 불구하고 공동체가 온전하게 유지되고 발전을 지속하기 위해서는 그 책임을 유야무야해서는 안 된다. 그것은 무책임한 태도다.

그렇다면 오늘 우리는 우리 대학에서 일어났던 일련의 불행한 사건들에 대해 누구에게 어떤 책임을 물을 수 있는가? 아무래도 가장 무거운 책임이 있는 사람이 감당하는 게 정의라 할 것이다. 가장 무거운 책임이 있는 이란 불행하게 죽은 사람들의 내면적 고통을 가장 잘 이해하고 그것을 가장 가까이에서 지켜본 이가 될 것이다. 그가 누구인가를 내가 적시한다면 이 또한 부도덕한 일이 될지 모르겠다. 무엇보다 책임의식이란 타인에게 그 책임을 묻는 것이 아니라 문제를 심각하게 인식하고 있는 그 자신이 스스로 온전한 책임을 져야 마땅하기 때문이다.

따라서, 나는 일련의 불행한 사건들의 책임을 스스로에게 지우려 한다. 불필요한 온갖 억측과 비웃음을 거두고 이제 지나간 모든 일들을 잊으시라. 다행이 시간이 우리를 망각으로 인도하기는 하겠으나 그 시간을 단축하는 것도 책임의식과 윤리의 문제라고 생각한다. 그렇지 않겠는가.

1_ 숨겨지지 않는 내 안의 바깥*

지금은 갈라섰고, 그럴 수밖에 없는 사정이 있었지만, 까닭이 어쩌면 습관이 된 조바심 탓이라는 데 생각이 미치기도 하지만, 아무튼 그곳의 운영은 대학의 은사였던 분의 가족이 했고, 나는 그들의 무심함이 마땅찮았고, 그들은 나의 까다로움을 싫어했을 것인데, 나는 그곳, 소설 창작 아카데미에서 소설이란 무엇인가에 대해, 지난 4년여 동안, 강의를 했었다.

그 지난 4년여 동안, 나는 30대 초반에서 70대 중반까지 다양한 연령과 그만큼의 경험세계를 갖고 있는 이들과 함께, 매우 잘 지냈다. 물론 항상은 아니었고, 모두와도 아니었을 것이다. 어떻게 그것

* 김선재 시, 「기호의 모습과 기호의 마음」에서

오늘의 기분

이 가능하겠는가. 다들 자신만의 세계를 갖고 있었기에 자존심이 강했고, 그런 만큼 고집이 있었으며, 나를 존중하는 이도 있었고, 당연한 일이지만, 그렇지 않은 이도 있었다. 아무려나 남성도 있었고, 짐작하겠지만 그보다는 여성이 더 많았다. 많을 때는 스무 명가량, 줄어들면 열두엇이 일주일에 한 번씩 만나 소설에 대해 공부했다. 본래 두 시간이 정해진 수업시간이었고, 그래서 강의료는 두 시간분만 받았으나, 대체로 자정 무렵까지 술이나 차를 마시며 함께할 때가 더 많았다.

소설이란 무엇인가에 대해 강의를 하기는 했으나, 그리고 『소설에 대하여』라는 책을 펴내기도 했지만, 소설이 무엇인지는 여전히, 충분하게는 알지 못한다고 해야 조금이라도 정직하지 않을까 싶다. 예의 그 대학의 은사였던 노작가는, 언젠가 내게, "이제야 소설이 무엇인지 조금 알 것 같은데 늙고 병들었구나." 하고 말씀하셔서 그때 나는 이마에 스치는 서늘한 바람 같은 걸 느끼기도 했으니까.

그렇다 하더라도 무엇이나 충분하게 다 알아서 말을 하거나 글을 쓰거나 강의를 하는 건 아니긴 하지만, 제대로라면 응당 그래야 하겠으나, 그렇다고 그것 때문에 죄의식을 느끼진 않는다. 아주 가끔, 스스로의 한계를 절감하게 될 때가 없지는 않았는데, 그럴 때는 좀 부끄럽고 미안하기는 했다. 그래도 항상 그랬듯이, 내 나름으로는 최선을 다했다고 생각할 때도 없지는 않았다.

1_ 숨겨지지 않는 내 안의 바깥

조금 느닷없다는 느낌이지만 그곳에서 함께했던 이들의 이야기를 불쑥 꺼낸 까닭이 아주 없지는 않다. 지난 두어 달 전에 나는 어느 문학상의 2차 심의를 맡아 하게 됐는데, 그것은 참으로 우연한 일이었지만, 예심을 거쳐 올라온 소설들 중에 예의 그 소설 창작 아카데미에서 소설이란 무엇인가에 대해, 지난 4년여 동안 내가 강의를 했을 때, 내 수업을 2년여 들었던 이의 작품이 들어 있었던 것이다. 그이는 다른 몇몇이 그랬던 것처럼 이미 등단을 했고, 한 편의 소설집과 한 권의 장편을 펴낸 바 있었다.

　2차 심의는 최종 심사였고, 나 말고도 소설을 쓰는 다른 두 명의 작가가 함께 참여하고 있었는데, 나중에야 다른 두 사람이 누구인지 알 만큼 심의 과정은 철저하게 블라인드였고, 각자 사전심의를 하고 난 후 셋이 모여서 수상작을 결정하는 구조였다. 나는 심의할 작품들을 앞에 두고 생각이 많아졌다. 사정이 조금 다르긴 하지만 논문을 투고하거나 그것을 심사하는 과정에서 느꼈던 감정들이, 별로 마음에 남아 있는 것은 아니었는데, 새삼스레 떠올랐다.

　논문의 심사는 익명의 심사자 셋이 각자 하고 그것을 계량화해서 보내면 편집을 맡은 쪽에서 취합하고 게재를 하거나 보류를 하거나 하는데, 그 일련의 과정에서 무엇보다 중요한 일은 투고된 논문을 잘 읽고 공정하게 평가하는 일이겠다. 1년에 한두 편씩의 논문을 쓰고 그것을 보내고 심사 과정을 거쳐 학술지에 게재가 되고, 혹은 누군가의 투고 논문을 받아 읽고 평가를 해서 되돌려 보내는 일을 하는 동안 나는 일련의 과정에서 공정성이 보장되고 있다고 믿었던가 하면 그렇지는 않았다.

물론 처음부터 비릿한 생각을 한 건 아니었다. 처음엔 잘 몰랐는데 나도 대학에서 밥벌이하는 시간이 좀 길어지자, 내게로 온 투고자의 논문이, 물론 이름과 소속을 지우고 온 것이었어도 누가 쓴 글이었는가를 어렵지 않게 알아보게 되는 순간이 있다. 그가 다루는 주제 그리고 무엇보다 문체를 통해 글의 주인을 찾아낼 때 내게 든 최초의 감정은, 내가 누군가에게 결정권을 행사하는 것에 대한 희열이었다. 다음엔 그이가 나를 어떻게 대했던가 하는 질문에 대해 기억을 더듬는 것이었다.

그 반대의 경우도 물론 있었다. 특정한 학술지에 보낸 논문의 경우 그들은 떨어트리자고 작정한 것처럼 독한 심사평과 함께 게재 불가라는 딱지를 붙여 반송하는 경우가 있었다. 전년도의 연회비까지 납부해야 최종 심사를 할 수 있다고 연락을 해오더니 혼자서 세 사람 몫의 심사평을 쓰고 게재 불가를 통보해 온 무슨 창작학회의 양아치도 있었다.

두어 번은 내게 심사를 의뢰한 논문에 대놓고 통과를 청하는 경우도 있었다. 이번에 꼭 게재가 되어야 할 논문이라는 것이어서, 나는 마음으로 깜짝 놀랐으나, 아는 이들의 청을 거절하기는 마땅치 않았다. 투고 논문 대비 게재 비율이라는 게 학술지 등급 심사 항목 중 하나이기도 할 것이어서, 내가 종종 그랬듯이 또 누군가는 영문도 모른 채 들러리를 서기도 했을 것이다.

2_ 깊이 모를 망각의 바다에

봄날 오후였다. 나는 혼곤한 낮잠을 자고 있다가, 얼결에 전화를 받았다. 역병의 확산세가 멈추지 않은 탓에 일상이 멈추었고, 대학은 비대면 수업으로 강의를 하느라 학교에서 강의를 하던 때보다 더 많은 업무에 지쳐 있었다. 매주 매 차시마다 동영상 강의를 찍고 그것을 업로드한 다음에 학생들이 잘 들었는가를 과제를 통해 확인해야 하고, 그것을 또 매번 피드백해주어야 하고, 매번 일정하게 평가해야 하는 일 때문에 거의 종일 컴퓨터 앞에 붙어 앉아 있어야 하는 날들이 이어지고 있었다. 게다가, 물론 매우 다행스러운 일이긴 했으나, 나는 세 군데 학교에서 강의를 맡고 있었으므로 미치기 직전에 다다른 것처럼이나 피곤했다.

두통과 안구통이 내 몸에 수시로 들락거렸고, 가까운 종합병원 응급실을 두 번이나 찾아가서 링거를 꽂고 누워 있다 와야 했다. 자리에 누우면 전에 없던 어지럼증이 생겨 깜짝 놀라기도 했는데, 특히 왼쪽으로 고개를 돌리면 짧은 순간, 천장이 회전목마의 그것처럼 빙그르르 돌았다. 내과에서 혈액과 소변검사를 했는데 빈혈은 없었다. 이비인후과에 가봐야겠다고 생각을 하면서도 병원에서 바이러스를 옮겨올까 봐 망설이고 있었다. 다행스럽게 아파트 단지 아래는 영산강이 흐르고, 강을 끼고 조성된 자전거길이 있었으므로, 나는 날마다 한 시간 가까이 자전거를 타거나 산책을 하는 것으로 몸을 돌보고 있었다. 그래도 자주 피곤했다.

얼결에 받은 전화 저쪽에서 모르는 남자의 목소리가 울렸다. 내 이름을 정확하게 발음했다. 그는 내게 '김재영 선생님'이냐고 물었다. 공영방송의 PD라고 했다. 돌아오는 5월, 40주년을 맞는 5월의 특집을 구상 중인데, 선생님의 의견이 어떠시냐고 물었다. 내 번호는 어떻게 알았느냐고 따지듯 물은 건 며칠 전에도 비슷한 내용의 전화를 받은 까닭이었는데, 그때도 나는 "아뇨, 그럴 생각이 전혀 없어요." 하고 단호하게 전화를 끊었다. 공영방송의 PD라는 남자는 '기억과 기념재단'의 무슨 팀장 아무개가 일러주었다고 웅얼거렸는데, 그 이름은 기억나지 않는다.

며칠 전 전화를 걸어온 여자도 내게 '김재영 선생님'이냐고 물었고, 나는, 그런데 누구시냐고, 그녀는, '기억과 기념재단'이라고 그랬다. 무슨 일이냐고 나는 다시 물었고, 기념재단의 어느 부서 누구인가는 묻지 않았는데, 전화를 끊고 나서 그런 걸 묻지 않은 데 대하여 스스로를 책망하는 마음이 작지 않았다. 가끔 그랬는데, 그럴 때마다 나는 왜 매번 이렇게 어수룩할까 싶었다. 그래서 이번엔 모바일에 찍혀 있는 번호를 눌러 그걸 물어볼까 하다가, 별일 아닌 일에 깐깐한 사람이라는 뒷말을 듣기 싫어 그만두었다.

아무튼, 그동안 나는 '기억과 기념재단'을 여러 차례 방문했었고, 몇 가지 일들로 그곳과 그곳 사람들과, 오랫동안 인연이 없지 않았다. 그래서 그 사무실의 구조와 업무분장과 일을 보는 이들의 면면에 대해서도 모르지 않았다. 몇 달 전에는 『전두환 회고록』1권이 필요해서 기념재단에 전화를 했었다. 재단에는 연구소도 있는데, 사무처 업무공간과는 별도의 공간에서 일을 보았다.

연구소에서는 여전히 온전하게는 밝혀지지 않았거나, 진실이라고 합의된 내용을 부정하거나 왜곡하는 일에 대응하는 일을 할 것이었다. 그러라고 월급 주고 자리 주었으니까. 최근에는 『전두환 회고록』의 내용과 관련해서 그를 상대로 한 재판이 진행 중이고, 북한군 개입설을 줄기차게 주장하고 있는 이를 상대로 한 거듭된 소송을 챙기느라 분주할 것이었다. 다만 지금의 그 사람들은 국비와 지방비를 지원받는 법인에서 급여를 받으며 일을 하고 있었고, 아, 물론 그것은 지극히 당연한 일이어서 내가 시비할 것은 아니고 오히려 그것은

2_ 깊이 모를 망각의 바다에

좋은 일이긴 하나, 어느 때는 민주주의와 인권을 지지하고 기념하는 그런 곳에 근무하는 이들 몇을 계약기간이 끝났다고 해고해버리는 일도 있어서, 세상에 그런 곳에서도 비정규직과 계약직으로 사람을 쓰고 버리는 일을 아무렇지도 않게 하다니, 나는 그것에 분개하기도 했거니와, 오래전의 나와 우리들, 그렇게 말할 수 있다면, 그래 우리들은, 급여라고는 엄두도 내지 못하는 매우 어려운 형편에서 그런 일들을 했었다. 그래서 가끔 그들의 행운이 부럽거나, 나의 존재를 거의 알아주지 않는 것에 대해 섭섭함이 없잖아 있었다.

지금은 금호지구에 자체 사옥을 가지고 있는 기독교방송이 7층과 8층을 쓰던 유동의 YWCA 건물의 6층엔 엠네스티 지부라든가, 전국농민연맹과 같은 지금은 그 이름이 흐릿한 이런저런 운동단체의 사무 공간들이 있었다. 오래전에, 아마 30년쯤 전에, 나는 그곳 6층의 한 허름한 사무실에서 사무국장이라는 직함을 달고, 회원들의 회비를 모은 돈에서 얼마간의 활동비를 받으며, 몇 년 동안 일을 했었다. 1990년대 후반 100대 기업 대졸자 초임 평균 연봉이 1860만 원이라는 통계가 있던데, 나는 90년대 초반 월 30만 원이라는 보잘것없이 적은 금액을 활동비로 받아 썼으나, 그것은 회원들이 내는 회비를 얼마간 축내는 일이기도 해서, 그들 중의 어떤 이들로부터는 불만을 사는 일이기도 했다.

돌이켜보면 나는 그들의 불만을 다른 보상으로 대체하는 데 무능

했다. 지금은 재야 운동이 아니라 보훈단체로 등록이 되어, 장병들이 입는 내의를 만들어 납품하는 피복 공장도 가지고 있다고 들었다. 그렇다면 살림이 비교할 수 없게 나아졌을 것이다. 나눌 게 많으니 불평도 잦아들었을지 아니면 아귀다툼이 더 심해졌는지 모르겠으나 거리에선 최루탄이 사라진 지 오래고, 진실을 규명하라는 목마른 외침도 할 일 없고, 몽둥이를 치켜든 백골단도 없으니 누군가들에게는 지금이야말로 태평천하일 수도 있겠다.

그때 우리는 다만 사건의 진실을 규명하고 책임자를 처벌하고 희생자들에게 합당한 배상을 하라는 요구를 조직하는 일만으로도 벅차고 힘들었던 날들이었다고 나는 기억한다. 아, 물론 나야 그런 일에 늦게, 실무적으로 참여했을 뿐이다. 기여한 것이라곤, 아무것도 없다. 그냥 얼떨결에 맡아 했다.

다만 무슨 일인가를 맡아하는 이들은 당시의 자신이 아주 중요한 일을 하고 있다는 착각에 빠지기 쉽다. 그래서 다른 이들을 좀 하찮게 여기는 못된 정신이 자신도 모르는 사이에 자라게 마련이라는 것을 시간이 한참 지난 후에야 겨우 알게 되고, 그때는, 겨우 알게 된다 하더라도, 별 소용이 없게 되는 것이다.

그때 나는 그곳 사람들과 그렇게 잘 지내지 못했다. 맨 처음부터 운동을, 진실을 규명하기 위한 운동에 참여했던 열정을 지닌 이들은, 사실 많은 고생을 했다. 감시와 미행이, 사실은 동향 파악이었을 테지만 그리고 그것이 그 시절에 그렇게나 큰 억압까지는 아니었을 수도 있겠고, 오히려 그것이 나중에는 그들의 어떤 자부심과 연결되는 점이 있기도 했으리라고 나는 짐작하거니와, 아무튼 맨 처음부터 진실규명운동에 나섰던 이들은 나중에는 그것 자체가 일종의 기득권으로 작용하고 있어서, 나야 순진하게도 뒤늦게 내가 차지했던 그 보잘것없는 자리가 대단한 자리인 것처럼 착각을 하기도 했지만, 아무튼 그 굳은 기득권 동맹에 속해 있던, 괴물과 상대하려니 자연 그럴 수밖에 없기도 했겠으나 아무튼, 거칠거나 영리한 그들 일부와 일부가 전부 같기도 한데, 나는 잘 지내지 못한 셈이었다.

어쨌거나 나는 2년인가 3년 전쯤에, 연구소의 비상근 객원연구위원을 모집한다는, 그런데 전공분야에 별도의 제한을 두지는 않는다는 공고를 보고 지원서를 들고 그곳을 찾아갔었다. 오랜 내 연구주제를 보완하고 지속하는 데 일정하게 힘이 될 것으로 보았기 때문이었다.

어디에나 지원서를 만드는 일은 적지 않은 에너지가 소모된다. 업무분야에 맞춤한 자기소개서와 강의 혹은 연구계획서 같은 것을 만들고, 그것들을 증명해야 하는 온갖 서류들을 갖추기까지에는 무엇이거나 하루이틀 정도의 고된 시간이 필요하다. 사실은 그런 작업보다는 누군가 내정되어 있지는 않을까, 내가 또 들러리 서는 것은 아닐까 하는 의구심 때문에 저어하는 마음이 있으면서도, 그러나 또

오늘의 기분

확신할 수는 없는 일이어서, 매번 절박함이랄까 하는 것도 있으니까 혹시 모르지 하는 마음을 버리지 못하고, 그러자니 지원서를 쓰는 내내 피곤이 몸과 마음을 갉아먹기도 하는 것이다.

우연히 임경섭이라는 시인의 시 「와시코브스카의 일흔여섯 번째 생일」이라는 시를 읽을 기회가 있었다. "늙어간다는 건 계속 새로운 문턱을 넘는 일"이라고 시인은 말하고 있었지만, 새로운 문턱들을 넘어가는 일이 그때마다 고됐다. 별다른 문제가 없다면 언젠가 나도 일흔여섯 번째 생일을 맞이할 수도 있겠으나, 그런 나이란 내게 있어 끔찍하기만 하다. 어디에서나, 누구에게서나 외면받을, 아무 데에도 소용없을, 무용한 인류의 대열에 내가 껴들 것이라는 생각 탓이다.

어머니는 일흔여섯 번째 생일날 저녁 뇌경색으로 쓰러져 수술을 받고 5년 가까이 요양병원에 계시다 연전에 돌아가셨다. 그 5년 동안 어머니는 오른쪽 손과 발을 전혀 쓰지 못한 것뿐만 아니라 말을 잃어버리셨다. 왼쪽 뇌에 문제가 생기면 언어 기능을 잃게 된다는 것을 그때 알았다. 말은 알아들었고 사람도 알아보았다. 그런데 말을 하지 못했고 몸을 움직이지 못했다. 어머니는 내가 갈 때마다 우셨고, 나는 돌아서서 울었다. 말을 하지 못해서 다행이기도 했다. 말을 할 수 있었더라면 집에 데려가라 하셨을 것이고 나는 집에 모셔 갈 수 없었으니까.

어머니가 계시던 요양병원에 대한 기억은, 아니 사실은 요양병원 침상에 죽은 듯이 누워 있던 어머니에 대한 기억은, 지린내와 큼큼한 악취가 전부다. 나는 어머니뿐만 아니라 죽어가고 있는 다른 노인네들에게 가끔 살의를 느끼기도 해서 베개로 그들의 얼굴을 지그시 눌러버리고 싶은 충동이 일었다. 언젠가 어떤 전임의 연구실에서 그가 내온 차를 마실 때, "김 선생도 이제 나이가 좀 들었지요?" 하고 그가 느닷없이 물었다. 나는 잔주름이 생겨서 누가 봐도 나이 든 손이 되어버린 내 두 손을 슬그머니 탁자 아래로 숨겼다. 그래놓고는 멋쩍게 웃었다. 노화는 손으로부터 오는 모양이다.

1980년 봄날에 나는 20대 초반의 청년이었다. 그 나이라고 내 삶에 희망이 있던 것은 아니었으나, 그래도 스물세 살의 청년이기는 했다. 다만 "주머니에 가득가득 불안을 집어넣고 다니던 때, 사랑에 기대어도 사랑을 불신하던 때"*였을 것이다.

그해 봄 나는 한낮의 거리에서 계엄군에 체포되고 구금되었으며, 교도소와 국군통합병원과 다시 광주교도소에서 상무대 헌병대 영창으로 108일 동안 끌려다녔다. 총부리가 나를 겨누기도 했고, 포승줄로 엮이기도 했고, 군 헬기를 타고 응급실로 옮겨가 수혈을 받기도 했다. 몽둥이에 짓이겨진 다리에서 흘러내린 피가 청바지에 말라붙

* 이은유 시, 「다시, 스물세 살」에서.

어 가위로 옷을 잘라내고 더러워진 속옷까지 벗겨낼 때는 약간 부끄러웠다. 지프를 타고 가기도 했고, 바닥을 기어가기도 했을 것인데, 결코 기억해내고 싶지 않은, 아주 나쁜 꿈들의 시간이라고 할 수 있을 것이다. 그 외는 달리 표현할 방법을 나는 알지 못한다. 사실 평소에는 별로 기억나지도 않는다. 언뜻언뜻 무슨 장면들이 스쳐가는 것도 싶지만 별다른 느낌조차 없는, 깊은 망각의 늪에 빠진 것만 같다. 밥벌이하는 일로 온갖 신경이 소모되고 있는 날들이 많은 탓이라고, 그래서일 거라고 믿겠다.

3_ 봄날의 진눈깨비처럼

공영방송의 PD는 조금 끈질긴 데가 있었다. 내게 메일을 보냈으니 확인을 해달라는 문자 메시지가 왔다. 사실 연전에 골치 아픈 일이 있었는데, 아내가 운전하던 우리 차를 오른쪽 고가도로에서 내려오던 버스가 냅다 들이받은 교통사고가 있었고, 1년이 다 되어가도록 사건은 해결되지 않고 있어서 생산적이지 않은 일로 신경의 소모가 많은 때였다.

비대면 수업이 계속되고 있는 데다 세 군데 학교의 수업을 하는 탓에 날마다 문자와 메일이 쏟아졌다. 교통사고과실분쟁조정심의위원회라는 곳에서 거의 1년 만에 버스공제조합의 과실 100프로를 결정하였다는 통지가 날아왔으나 조합은 보상을 해줄 기미가 없었다. 아내가 몸을 많이 다치지는 않았으나 일주일에 한 번씩 통원치료를 받고 있었고, 수리는 했으나 출고된 지 3년이 채 안 된 내 차는 문짝이 두 개나 파손된 중고차가 되어버렸다.

피곤하고 바쁜 시간을 쪼개 이런저런 곳에 민원을 넣고 제보를 하고 문의를 하느라 문자 메시지와 메일이 쓰레기처럼 쌓여가고 있었는데, 아마도 스팸 메일일 것이 분명한데, 메일 용량이 가득 차서 오늘 밤 자정에 맞춰 계정이 비활성화될 예정이라고, 가득 찬 메일을 비우지 않으면 안 된다는 메일까지 주기적으로 날아들고 있는 참이었다. 나는 혹시 몰라서, 정말 계정이 비활성화되면 그것은 끔찍한 일이어서 읽은 메일을 지워나가곤 했는데, 자칫하다간 중요한 내용의 문서들까지 삭제할 염려도 있어서 피로도가 엄청 높았다. 무슨 메일을 보냈다는 건지 마땅찮으면서도 보냈다는데 확인을 안 할 도리는 없는 것이었다. 그런데 그가 보냈다는 메일이 없었다. 빌어먹을.

"어디로 무슨 메일을 보냈다는 거요?" 나는 그의 문자 메시지에 내 메일 주소를 쳐서 보냈다. 기자니 PD니 하는 직업을 갖고 있는 이들의 상습적인 낚시질에 놀아나고 있다는 느낌도 없지 않았으나, 예의 버스공제조합의 버티기를 꺾어버리고야 말겠다는 의지를 구체적으로 실현하기 위해 나는 방송국과 신문사에 기사 제보 겸 하소연의 내용을 담은 메일을 발송하고 있었고, 그들로부터 일언반구의 대답을 듣지 못하고 있었으나, 그들이 각각이라는 걸 알면서도 아무튼 나는 그들에게 일종의 조바심을 갖고 있었던 듯도 싶다.

다음 날 오후에 내가 보낸 이메일 주소로 그의 메일이 왔다. 사기꾼 같은 놈들이라고 나는 대놓고 욕을 하면서 메일을 읽었다. 어디서 내 책의 내용을 복사했는지, 내가 쓴 글을 인용하면서 그가 구상하고 있다는 40주년을 맞는 5월 특집 방송에 내가 참여해주기를 설득하고 있었다. 그가 인용하고 있는 글은 2016년에 펴낸 『5·18과 문학적 파편들』맨 처음에 실려 있는 글이었다.

"문학은 온갖 형태의 비인간적 억압과 지배, 그리고 학대에 가장 본질적으로 대항하며 인간의 소망하는 삶을 고양시키는 한편 그 목표를 인간의 해방 또는 자유의 확대에 두는 상상적 재현이다. 우리가 1980년 5월 광주에서 있었던 국가 폭력의 기억을 망각의 창고에 가두지 않고 꾸준한 소설적 탐구를 거듭하는 까닭은, 그것이 거대한 폭력에 대항해서 끝내 지켜 내야 할 인간성의 옹호라는 본질적인 측면에서 여전히 유효한 성찰의 대상이기 때문이다. 또한 과거가 단순한 역사적 기록으로만 남아 있지 않고 우리와 함께 숨 쉬며 정서적 교감까지 가능하게 하는 것은 소설을 포함한 문학/문화의 기능이고 힘이라 할 것이다."

나는 공영방송의 PD에게 매우 솔직한 답장을 보냈다. 그것은 그렇다는 글일 뿐, 나의 삶이란 그냥 비루한 일상의 나날들일 뿐이다. 당신은 설마 누군가의 글이 그 사람의 온전한 표상이라고 믿고 있는 것이냐, 당신에게 내 연락처를 주었다는 '기억과 기념재단'은 나에게 객원연구위원 자리 하나를 주지 않았고, 문학 분야에 연구위원을 모실 계획은 아직 없다 해서, 그럼 왜 전공 불문이라고 했느냐고 물으려다 스스로 민망한 마음에 그만두었고, 대학의 5·18연구소는 연구재단에 연구교수로 추천해달라는 내 요청에 자기 후배를 추천해야 한다고 거절하기도 해서, 그것은 또 어쩔 수 없다고 생각하기는 했으나, 아무튼 그런 일로 나는 그들을 별로 좋아하지 않으며, 전에도 그들로부터 그런 부탁이 왔으나, 나는 아직, 어쩌면 앞으로도, 그 봄에 광주에 왔던 이들과 화해할 마음이 전혀 없다. 그러하니 나를 반짝 이벤트의 도구쯤으로 쓸 생각을 하지 마라. 가해자와 피해자의 40년 만의 역사적 화해라는 이벤트를 만들면 순간의 주목을 끌어 시청률은 조금 오를 수 있겠으나, 그게 하필 나인 까닭은 대체 무슨 속셈이냐?

기념재단 부속 연구소의 비상근 객원연구위원이 되어보겠다고 서류를 갖추어 그곳을 방문했을 때, 나는 연구계획서에 무슨 내용을 담았을까. 어쩌면 그날을 제재로 한 소설들 중에서 역사적 의의를 평가 절하하거나 의도적으로 왜곡하는 작품들을 찾아내고, 그런 작품들이 사건을 경험하지 않은 세대에게 끼칠 부정적 영향에 대해 주의를 환기하는 작업을 하겠다고 했을 것이다.

그것은 이를테면, "누구에게나 죽음은 하나일 따름이오. 물에 빠져 죽거나 총에 맞아 죽으나 죽음은 매한가지요. 그런데 얼간이들은 그것에 부질없는 의미를 부여하려고 하오. 이것이야말로 내가 혐오하는 감상주의자들의 버릇이오."라는 소설 내 인물의 발화를 빌려 그날의 죽음을 탈역사화하는 소설이 있다. 아무도 문제 제기를 하지 않고 있었다.『석기 시대』라는 제목을 달고 있는 그 소설을 대체로는 읽지 않아서 모르거나, 읽었으나 대수롭지 않게 여겼거나, 무감각했거나, 아니라면 문학에는 많은 것을 허용할 수 있으니까, 하고 생각했을 것이다. 그렇다 하더라도, 그날의 그 무참한 죽음들을 물에 빠져 죽거나 총에 맞아 죽거나 죽음은 매한가지라고 말하는 것에 대해 무감각하게 넘길 수는 없는 노릇이라고, 죽음을 보았던 자는 죽음의 기억을 평생 짊어지고 갈 수밖에 없지 않겠느냐고, 나는 그랬을 것이다. 마음도 그러했는지는 자신할 수 없으나.

하긴 누구라도 그 마음이란 게 그리 믿을 바는 되지 못한다. 아마도 한명기 선생의 역작『병자호란』이 아니었나 싶은데, 아무튼 병자호란 관련 글을 읽다가 기억에 남았던 내용 하나는, 피란을 가다가 오랑캐를 만나면 여인들의 경우 필경 겁탈을 당한다는 흉흉한 소문이 돌던 때라, 실제로 그러하였고, 그래서 피란을 가던 사대부 여인

오늘의 기분

들이 불안과 공포의 감각에 내몰려 있던 때에 누군가 말하기를, 만약 그 오랑캐 놈들을 만나게 되면 내 스스로 자진하겠노라 선언하듯 다짐을 했다. 그러자 다른 여인네들도 이구동성으로 나도 그러하겠노라고 다짐을 하고 서로를 격려한다.

그런데 단 한 사람, 어느 사대부 여인은 그런 분위기에 동참하지 않아서 눈총을 받기도 하지만, 어쨌든 그들은 피란을 가다가 그만 오랑캐 놈들과 마주하고 만다. 청나라 군병을 만나면 스스로 목숨을 버려 정절을 지키겠노라고 다짐했던 이들은, 물론 어쩔 수 없기는 했겠으나 스스로 죽지는 않았고, 아무런 다짐을 하지 않았던 여인은 치욕을 당하기 전 스스로 목숨을 버렸다. 물론 그것은 조선의 사대부들이 여인들에게 강요한 정절에의 강요, 일종의 윤리적 억압이어서 그런 행위를 긍정하는 것은 아니지만, 그렇다고 살아서 치욕을 견뎌야 옳다는 것도 아니지만, 자신의 판단이 부동의 진리라는 것에 대한 확신 대신 유보적 태도를 갖는 것이 좀 더 지혜롭다는 생각이 들기도 하는 것이다. 봄날의 진눈깨비처럼 마음이 흐렸던 날들에.

4_ 강은 흘러가버리는 걸까, 흘려보내는 걸까

전화를 걸어온 '기억과 기념재단'의 직원이라는 여자가 내게 물었다. "선생님이 지난번에 뉴스타파와 인터뷰한 영상을 보고 당시 교도소에 주둔했던 공수부대원으로부터 연락이 왔거든요. 선생님을 한번 뵙고 싶은데, 그걸 물어봐달라고 그랬어요. 어떠신가요?"

"그럴 생각이 전혀 없어요." 나는 단호하게 뿌리쳤다. 1980년 5월 23일 오전 10시경 나는 광주교도소 인근에 위치한 동일실업고등학교 부근의 대로에서 계엄군의 총격을 받고 체포되었다. 벌써 40년 전의 일이다. 나쁜 꿈을 꾼 것이라 생각하기로 한 뒤에는 그런 일들에 대해 생각하지 않는다. 그런데도 종종 그때의 기억을 소환해야하는 일이 생긴다.

많은 이들이 당시의 자기체험을 구술하거나, 종종 인터뷰에 응하거나 하는 모양이었다. 구술집도 만들어두어야 하긴 할 것이었다. 시간이 더 많이 흘러 생존자들이 모두 사라지고 나면 생생한 증언을 들을 기회도 사라질 테니까. 그러나 나는 그들의 증언을 대체로 신뢰하지 않는다. 그들이 어떤 과정을 거쳐 피해자거나 생존자거나 혹은 투사가 되었는지를 충분하게는 알지 못하지만, 그래도 나는 그들 대부분이 그날의 싸움 이후에 어떤 모습으로 살았는지에 대해서는 잘 알고 있다고 생각한다. 물론 그런 생각은 대체로 부당한 일일 것이다.

나는 관련자 단체 열 개를 모은 연합체에서, 다른 하나의 단체에서는 사무국장을 했는데 결국 겸해서, 공석인 사무처장을 대신해서, 그 사무처장은 두 번 바뀌었는데, 여러 단체의 이해가 모였다가 흩어지곤 하는 탓에 소란스러움이 그치지 않아서 결국 공석인 상태가 오래갔고, 나는 상근 사무차장으로 2년을 일하면서 그들 대부분의 행적을 보았던 사람이다.

상무대 영창에 버려져 있던 그해 여름날, 어느 사립대학교에서 학내 민주화를 요구하던 총학생회 임원들을 집단폭행했다는 그 대학 체육대학교 학생들이 체포되었는데, 우습게도 그들도 시위를 하다 잡혀온 이들 대부분이 갇혀 있는 상무대 영창에 수감되었다. 그들도 나중에 민주화 유공자가 되었고, 나중에 죽으면, 어쨌건 시간이 흐르면 죽기는 할 것인데, 그들도 5·18민주묘역에 안장될 것이었다.

또 어느 날은 교육대학교 학생 두 명이 영창 안에 내던져졌는데, 그들은 무슨 까닭으로 붙잡혀온 것인지 알려지지 않았다. 나중에 그중 한 명의 어머니가 자신도 시위를 하다가 부상을 입었다면서 인우 보증을 내세워 보상신청을 하고 통과되었다고, 그러니까 아들도 그렇고 그 자신도 5 · 18 유공자가 되었다고 제 입으로 떠들고 다녔던 이도 나는 안다. 지방자치를 전면 실시하라는 말과 함께 자신의 배를 흉기로 가르면서 도청을 향해 질주하던 이는 나중에 가짜 유공자로 밝혀져 감옥에 갔다. 그가 그 우습기 짝이 없는 행동을 한 것은 마침 허위 사실로 보상을 타낸 사실을 누군가로부터 제보받은 경찰의 수사가 그를 향해 다가오는 것을 모면해보려는 얄팍한 계산의 결과로 밝혀졌다.

물론 그런 일들은 아주 작은 부분이다. 운동의 역사적 대의가 그런 오염된 부분 탓에 흐려질 것은 없다. 그러하니 굳이 내 말을 신뢰할 것도 없다. 다른 이들 대부분이 그러한 것처럼 나의 체험과 증언은 자기합리화와 확증편향과 기억의 왜곡과 상대에 대한 호불호의 주관적 평가나 누군가에게 쌓인 감정 따위가 마구 뒤섞여 있기 때문이다.

왜 그렇지 않겠는가. 그러하니 누구든, 누구의 말이든 사실 믿을 게 못 된다는 사실만은 분명하다. 더구나, 더구나, 말과 행동의 불일치는 우리 시대 거의 모든 이들의 자화상이기도 한 것이니. 다만 나는 내가 볼 수 있었거나 보았던 사실들로부터 결론을 이끌어낼 뿐이니 이 진술 덩어리도 나름의 문화적 가치는 있을 것으로 얼마간의 기대는 하게 되는 것이다. 아니라면, 아무짝에도 쓸모없는 이야기라면 내가 무엇을 위해 이런 종류의 수고를 하겠는가.

아무튼, 그렇게 붙잡혀가서 실신을 거듭할 때까지 두들겨 맞고, 내가 무슨 대단한 사람은 아니어서 그것을 고문이라고는 규정하지 못하겠는데, 그렇더라도 어쩌면 사람이 사람을 그렇게 모질게도 두들겨 팼을까, 나는 그들 개개인의 얼굴을 당연히 기억하지 못하지만 그들의 얼굴에 가득했던 무엇인가에 대한 증오의 마음과 그래서였을 테지만 그 무지막지한 '두들겨 팸'에 대하여 지금도 용서가 되지 않는다. 그렇게 몇 시간을 두들겨 맞고도 곧장 죽지는 않았는데, 목숨이란 게 어느 경우는 상상을 초월할 만큼 질기기도 한 것이어서, 대신 이곳저곳으로 끌려다니며 지내다 석방되고 난 후 내게 생긴 일종의 심리적 변화란, 길거리에서 어쩌다 마주치는 군인들, 그들은 필경 휴가를 나온 이들일 텐데도, 나는 멀리서도 군복을 보면 그들과 마주치지 않으려 애썼고, 어쩔 수 없이 마주 보고 걸어야 할 때는 눈을 마주치지 않으려고 고개를 숙이거나 다른 곳을 향하거나 하는 일이었다.

많은 시간이 흘러 지금이야 휴가 나온 병사들의 얼굴이 무척이나 앳되어 보이고, 그래서 예전과 같은 엉뚱하게 두려운 마음이야 사라진 건 분명하지만, 그때 나를 향해, 어쩌면 내가 아닐 수도 있지만, 필경 그럴 것이지만, 아무튼 나를 향해 마구 총을 쏘아댔던 이가 이제 와 나를 만나보고 싶다는 게 그 마음속이야 내가 알 수 없고 알바도 아니지만, 나로서는 그럴 마음이 조금도 없는 것이다. 나는 '기억과 기념재단' 사람들이 괘씸하게 생각됐다. 그들이야 이벤트가 필요하겠지. 그런데 왜 내가? 하는 억하심정이 들기도 하는 것이다. 그런데 40주년을 앞둔 시점에 또다시 공영방송의 PD라니, 그림은 그럴듯하겠다.

학교 철학과 어느 전임과 짧은 시간 이야기를 나누다가, 그는 독일 마인츠대학에서 철학과 고전문학과 신학을 공부했던 사람인데, 그는 자신의 저서 『철학의 헌정』 49쪽에서, "한국전쟁 때 숨진 민간인이 무려 남북한을 통틀어 260만 명을 헤아리는데, 이들이 오고 가는 피난길에 우연히 사고로 사망한 것이 아니라 대개는 군경에 의해 조직적으로 학살되었다는 것은 이제는 더 이상 새삼스러운 일이 아니다. 마찬가지로 그 학살의 잔인성에 대해 생각한다 하더라도, 광주항쟁에서 군대가 보였던 야만성이나 잔인성은 건국기나 한국전쟁기 그리고 베트남전쟁기를 거치면서 일관되게 이어져온 이 나라 군대의 잔인성으로 광주항쟁에서 처음 나타난 현상이 아니었다."라고 기술하고 있는 사람인데, 그는 내게 전남 나주에 살고 있는 그때 공수부대원이었고 지금은 목사인가 하는 이를 만나보지 않겠느냐고,

그이의 연락처를 알려준 적이 있다. 「가해자의 기억과 트라우마」라는 제목의 논문을 쓰기 위해 자료를 수집하던 시기의 일이다.

1980년 5월에 광주에 있지 않았던 학자는 자료를 토대로 군대의 야만성과 잔인성에 분노했을 것이고, 아니 어쩌면 분노해야 마땅하다고 생각했을 것이고, 그 군대의 일원이었던 지금의 목사는 군대의 일원이었기 때문에 어쩔 수 없이 행해야 했던 자신의 어떤 행위들에 대해 참회하고 있을 것인가.

나는 아무런 행위를 하지 않았다. 목사의 연락처를 아무 데나 버렸을 것이다. 그런데 또 나는 그 야만성과 잔인성 못잖게 밥에 대해 오랫동안 생각해오고 있는 것이다. 밥, 굶주림이라는 게 사람을 얼마나 비참하게 만드는가 하는 것을 저 철학자나 함께하지 못한 데 대한 죄의식 따위의 시를 노래하곤 하던 이들은, 물론 나야 그 진정성을 의심하는 건 아니지만 그들이야말로 내가 겪었던 그 굶주림의 참담함에 대하여 알기는 아는 건지 가끔 묻고 싶기도 하는 것이다.

처음엔 교도소로 끌려가고, 나중에 헬기로 군병원으로 후송되고, 다시 교도소로, 마지막엔 상무대 영창에 갇혀 있을 때였다. 본래 영창이란, 그게 군부대 내에서 무언가 말썽을 일으킨 장병들을 얼마 동안 가두어두는 구금시설일 것인데, 가서 보니 일종의 원형감옥과 같은 구조로 되어 있었다. 그 쓸모에 대해서는 대체로 알려져 있듯이 수용자들의 행동거지를 한눈에 파악할 수 있다는 것일 텐데, 역시나 가운데에 있는 헌병들의 감시 탁자를 중심으로, 반원형으로 다섯 개의 감방이 자리하고 있었다. 군대의 구금시설답게 그것들을 1소대, 2소대 하고 불렀고, 전면을 철창으로 만들어 내부가 한눈에 들여다보였는데, 나는 5소대라고 불리는 감방에 처넣어졌다.

입감 때부터 시작된 무지막지하게 두들겨 맞기에 대해서는 항상 적으로 따라붙는 일이어서 따로 이야기하지 않겠다. 다만, 밥에 대해서, 굶주림의 역사에 대해서는 말해야만 하겠다. 그래야 그로부터 40년이 지난 지금, 왜 밥벌이에 목을 매고 밥벌이가 유일한 목표가 되어버렸는지에 대해 독자의 이해가 가능할 것이기 때문이다. 실로 나는, 어쩌면 우리는 그날의 열정으로부터 얼마나 멀리 왔는지, 어쨌거나 민주화투쟁이라는 거대한 흐름에 올라탔던 그 열정으로부터 차가운 시장의 논리에 어떻게 매몰되고 말았는지 나름의 변명을 시도하려 하는 것이겠다.

하긴 이도 너무 거창한 것이어서, 조금 민망해져서 이야기를 아주 줄이자면, 영창에서는 하루 세 번 밥을 주었는데, 그 밥이라는 게 영락없는 개밥이었다는 것을 말해주고 싶다. 군대에서 밥을 먹을 때 밥과 국과 반찬을 담는 일체형 식기에 밥을 주는데, 그것은 당연할 것인데, 반찬은 따로 없고 밥과 국을, 그러니까 밥 담는 곳에 밥과 국을 함께 담아주었다. 처음에 나는, 그 밥을 도저히 먹을 수가 없었다. 한 숟갈 떠먹고 나자 토할 것만 같은 역겨움이 솟구쳤기 때문인데, 아직 배가 덜 고파서였을 것이다. 고프기는 했으나 정말로 고프지는 않았던 모양으로, 먹지 않고 옆에 있던 이들에게 넘겨주자 몇 사람이 그걸 나누어서 게걸스럽게 먹는 것을 보고 복잡한 마음이 되기도 했다.

그렇게 하루이틀 지나자, 아니 지금은 정확하게 기억나지 않아서 그런데 내가 몇 끼나 그런 식으로 밥을 대했는지는 잘 모르겠다. 아무튼 나는 그 개밥 이외에 무언가 먹을 수 있는 건 전혀 없다는 것을 바로 깨닫게 되었고, 깨어 있을 때는 말할 것도 없고 지친 잠에 빠져 있을 때도 불시에 깨워 단체기합을 주거나 두들겨 패대는 통에 금세 허기가 졌을 것이다. 그러니 개밥을 기다리게 되고, 개밥을 먹을 시간이 되어 누군가가 밥을 가져와 그것을 나누어주는 시각에 온 마을 −영창 구석구석에 가득 퍼지는, 그 입맛 당기는 구수함을 그리워하게 되었다.

그런데 문제는 그 밥의 양이 너무나도 적었다. 한두 숟갈 먹고 나면 그릇이 비어서 밥이 어디로 가버린 거지 하고 허전해지곤 하는 것이었다. 나중에는 밥알이 입안에 좀 더 머물러 있기를 바라는 마음에, 밥알을 아주 천천히 목구멍으로 넘기려고 혀 아래 그것들을 숨겨두기도 했으나, 어느 틈에 밥알들은 목구멍 속으로 넘어가버리곤 했다. 그 허망함과 속상함에 대해서 나는 오랫동안 기억하고 있는 것이다.

그들은 어쩌면, 우리가 모종의 부정적 열정으로 거리에 나왔고, 거리를 미친 듯이 헤집고 돌아다녔으며, 더러는 돌멩이와 화염병을 던지고 혹은 못되게도 총을 쏘면서 대들기도 했을 것이니, 나로 말하면 교도소를 습격하러 나서기도 했던 자로 알려지기도 했으니까, 우리가 가지고 있을 법한 그러한 종류의 열정에 대해 시험을 해보고 싶었을 것이다. 이를테면, 아무리 슬프고 아무리 화가 나고 아무리 절망해도 굶으면 배가 고프고, 배가 고프면 온몸에서 기운이 빠져나가고 그러다 보면 잠이 오고, 또 그래서 기운이 없다가, 마침내 개밥이든 뭐든 주는 밥을 달게 먹을 것이고, 그래서 어떤 열정이나 신념보다 우선하는 것이 목숨이요 밥이라는 것을, 그러하니 우리는 마침내 굴복하고야 말 것이라는 것을 그들은 알고 있었고, 시험해보면서 그렇지, 무릎을 치면서 무릇 인간이란 누구나 다르지 않다는 것을 확인하면서 넉넉하고 만족스러운 미소를 지었을 터였다.

　아, 그런데 다시 기억을 더듬어보니, 나를 만나보고 싶다는 공수부대원은, 그러니까 그 기념재단의 직원이라는 여자의 말은 그랬다. 그분은 선생님이 교도소를 습격, 이라고 내뱉을 때 몹시 애매한 태도를 보였는데, 선생님이 교도소를 습, 격, 하다 체포되었을 때, 선생님 일행을 향해 사격을 했던 부대의 중대장이셨다고, 그때의 일에 대해 사죄하고 싶다고, 그렇게 말을 전하고 있었다.

　바로잡을 게 많아서 나는 오히려 말문이 막혔다. 그가 어색하게 발음했듯이 교도소 습격이란 허구였으니까. 만들어낸 사건이었으니까. 그러나 사람들은 그렇게 호명했다. 당시의 군부가 그렇게 불렀고, 그래야 자신들이 비무장 시민들에게 총을 난사하여 무고한 이들을 죽음에 이르게 했던 사건들에 대하여 정당성이 확보되니까. 언론도 관련 사실을 보도할 때 교도소 습격은 없었다고, 인근 도로를 지나던 사람들에게 총격을 가해 죽음에 이르게 한 사건을 군부에서 그렇게 부를 뿐이라고 보도하면서도 '교도소 습격 사건'이라고 부르곤 했다. 나는 확인하지 못했지만, 대법원의 관련 판결에도 교도소 습격자들에 대한 계엄군의 사격은 정당하다는 내용이 있다고 들었다.

만약 누군가 무장을 하고 교도소 습격을 시도했다면, 그들을 제지하기 위해 총격을 가하고 체포한 후에 그 난동, 폭동의 원인이 무엇이었는가를 심문하는 일은 국가기구로서야 당연한 일일 것이다. 그야말로 자신들이 맡은 책무를 정당하게 수행한 것이니 포상을 받아야 할 일일 것이다.

그런데 그날, 5월 23일 오전 10시경, 도청 앞에서 나는 우연히 시위 차량에 올라탔고, 하필 빨간색의 소방차였고, 얼마간 신경이 쓰이지 않은 것은 아니었으나 당시에는 별의별 차량이 돌아다녔으므로 그냥 타고 있었고, 계엄군이 외곽으로 물러나서 모처럼 평화롭게 여겨지는 도로를 아무런 생각 없이 질주했고, 대체 무슨 까닭이었는지 운전자는 교도소 방면을 향해 차를 몰았는데, 차에 타고 있던 서로 알지 못하는 비무장 상태의 청년 다섯은 그쪽에 교도소가 있다는 사실조차 인식하지 못했었다. 아, 운전석 옆의 누군가 무슨 종류인지 모르지만 총을 하나 들고 있었고, 그러나 내 생각에 그 총에 총알이 들어 있는 것 같지는 않았는데, 왜냐하면 나도 며칠 전 총을 들었으나 빈총이었으니까, 그런데 갑자기 수백 발의 총알이 날아들었고, 아마 마음만 먹었다면 충분하게 죽일 수 있는 거리였으나 그들은 생포할 목적이었는지 도망가지 못할 정도로만 우리의 움직임을 좇아 총알을 퍼부었다고, 몇 차례 언론과의 인터뷰에서 나는 줄곧 그렇게 증언했다.

내 증언을 믿지 않는 기자는 없었다. 그렇게 보도했다. 왜 아니겠는가. 내 말만 듣고 보도하는 건 아니다. 사건을 알 만한 이들을 교차 인터뷰하고 관련 자료를 뒤져본 다음 맨 마지막에 내게로 와서 사실을 확인할 뿐인데. 그런데 그때 나를 잡아들이고 김대중에게 얼마 받았느냐고, 빨갱이 새끼라고, 공수부대원 서넛이 달라붙어 몇 시간을 주먹과 발과 몽둥이로 두들겨 팼던, 어떻게 사람이 사람에게 그럴 수 있었는지, 그 몸서리치는 기억이 여전히 선명한데, 나는 화해할 마음이 전혀 없는 것이다. 그들의 마음을 나는 믿고 싶지 않은 것이다. 내가 그들과 화해해서 그들의 마음이 편해지기를 나는 원치 않는 것이다.

오늘의 기분

공영방송의 PD에게서 마지막 문자 메시지가 왔다. 선생님은 「5·18 가해자의 기억과 트라우마」라는 논문도 쓰지 않으셨던가요? 그러니까 나를 힐난하고 있는 것이었다.

아무런 답을 보내지는 않았지만 폴더를 열어 저장해둔 예의 논문을 찾아 읽어보았다. "5·18소설에서 역사적 기억을 말한다는 것은 구멍 뚫린 역사적 기록의 빈 곳을 채우면서 다시는 그와 같은 비극적인 폭력이 되풀이되지 않아야 한다는 미래의 과제를 제시하는 것까지를 포함한다. 즉 역사적 고통에 대해 5·18소설이 말하고 있다면, 그것은 고통의 해결이나 제거가 아니라 고통을 주었던 부정적 역사와의 간격을 지탱하면서 수많은 사람들의 고통이 변질되지 않도록 애쓰는 것, 그리고 그것을 다시 반복해서 겪지 않으려는 눈뜬 성찰"이라고 나는 썼다.

문학은 고통의 크기가 커지면 커질수록 역사적 기억에 대해 말하는 것을 지속해야 할 충분한 이유를 갖는다. 피해자들의 고통을 이해하고 그들이 겪고 있는 트라우마를 치유하기 위한 우리 사회의 지속적인 관심과 노력은 아무리 강조해도 지나치지 않다. 다만 문제는, 피해자들의 온전한 치유와 진정한 역사적 화해의 길이 가해자들의 진심 어린 사죄로부터 시작될 수 있다면, 바로 그렇기 때문에라도 가해자들의 고통에 대해서도 주목할 필요가 있다는 점이다. 많은 5·18소설들은 모두 5·18 때 살아남은 자들의 부끄러움과 죄의식에 대해, 항쟁 주체가 누구인가에 대해 이야기하고 있다. 당연하게도 그날 광주에 내려왔던 군인들은 가해자로 그려진다. 그러나 그들은 단지 '괴물'이기만 했을까. 그들도 분단체제의 피해자라는 인식, 나아가 그들에 대한 기본적 인권에 대한 존중이 요구된다. 다만 여전히 남는 문제는 가해자의 진정한 사과가 선행되지 않는 한 피해자들과의 연결은 가능해 보이지 않는다는 데 있다.

그럼에도 불구하고 화해를 청하는 현실의 누군가의 손을 나는 덥석 붙잡을 마음이 없는 것이다. 말과 삶은, 그것을 일치시키려는 부단한 노력에도 불구하고 마음먹은 대로 되는 게 아니다.

오늘의 기분

5_ 누군가 빠져나갔다*

　김재영 선생은 물론이고 학교의 누구와도 지난 3년 동안 아무런 연락을 주고받지 않았다. 그 시기는 내게 더할 나위 없이 힘든 시간이었다. 우선 몸이 많이 아팠다. 왼쪽 가슴 아래에 사선으로 대상포진이 생겨서 형용할 수 없는 통증을 참으며 틈틈이 치료를 받으러 다녀야 했다. "이은주 씨는 무엇보다 건강에 신경을 쓰셔야 되겠어요." 진료를 받을 때마다 의사는 셔츠를 목 근처까지 밀어 올리게 한 후 통증이 없는 쪽 가슴까지 스치듯 건드렸다. 그의 무례함보다는 빈약하고 늘어진 내 몸에 대한 부끄러움과 수치스러움 탓에 눈물이 나곤 했다. 무리해서 과정을 마치고 논문을 쓰고 두 군데 대학에 강

---

* 김선재 시, 「한낮에 한낮이」에서

의를 나가는 동안 나는 자신을 돌볼 여력이 없었다. 늘 혼자서 밥을 먹어야 해서 먹는 것이 매번 부실했다.

아침엔 커피에 토스트 한 조각으로 족했고, 점심은 수업을 마치고서야 먹을 수 있었는데, 그 시간이 대략 세 시 전후여서 대부분의 식당이 브레이크 타임이라고 문을 잠가두었다. 그렇지 않은 곳은 일하는 아주머니들이 식탁 한쪽에서 잠을 자고 있기 일쑤여서 그냥 발길을 돌리기도 했다. 고단한 풋잠을 깨울 염치가 없었기 때문이었으나, 버스를 두 번씩 갈아타고 집에 가서 밥을 지어 먹기까지 지나치게 허기가 졌다. 학교 구내식당이나 외부 음식점에서 사 먹는 밥의 종류도 빤해서 같은 식사를 두 번 세 번하고 나면 다음부터는 깨작깨작했다. 잘 고쳐지지 않는 습관인데 매번 이제 무얼 먹어야 하나 하는 사소한 문제로 나는 점점 신경이 날카로웠다. 밥을 지어 먹는 일이 번거로워서 집에서는 거의 굶다시피 했다.

학교 근처에는 학생들이 많이 거주하고 있었으므로 아이들과 마주칠 확률이 높았다. 그들과 같은 원룸의 위층이나 아래층에서 내가 살 수는 없는 노릇이었다. 더구나 월세를 아끼기 위해서는 도시 외곽으로 나갈 수밖에 없었다. 지하철 노선이 딱 하나밖에 없는 이 도시에서, 더구나 학교 근처로는 노선 자체가 없었으므로, 나는 매번 시내버스를 기다려야 했다. 버스를 두 번 갈아타고 학교를 오가는 데에는 두 시간이 넘게 걸렸다. 환승을 위해 기다리는 버스는 종종 너무 늦게 오기 일쑤였다. 어떤 경우엔 버스 운전자가 운전을 하기 싫어서였는지 아니면 배차시간을 맞추려고 그랬는지 모르지만 너무 천천히 차를 몰았다. 여유 있게 집을 나섰으나 도착해야 할 시간이 아슬아슬해서 한 정류장 먼저 내려 죽어라 뛰어가기도 했다. 사는 게 그리 재미있지 않았다. 차를 하나 사야겠다고 마음먹으면서도 일련의 과정 자체가 한없이 번거롭게 느껴졌다.

집은, 집이랄 것도 없었으나 그래도 지친 몸을 쉬게 할 공간인 낡고 좁은 원룸에 들어서면 오래된 적막이 가득했다. 다른 사람들은 고양이나 강아지를 키우기도 하던데, 나는 그 아이들이 아무도 없는 빈집에서 거의 종일 혼자서 견뎌야 하는 일을 상상하면 차마 그럴 수가 없었다. 그러나 집에서, 하루 종일 말 한마디 나눌 사람이 없다는 것이 도저히 믿기지 않거나 때론 견딜 수 없는 때는 김재영 선생의 전화번호를 찾았다. 이 낯선 고장에서 별다른 계산 없이 내 이야기를 들어주고 함께 밥 한 끼를 먹을 수 있다고 믿는 유일한 사람이었으니까.

그러나 그 사람은 남자였고 아내가 있었다. 더구나 나는 이제 남자들을 믿지 않는 사람이다. 가끔 자신도 모르게 긴장이 풀어질 기미를 보일 때마다, 나는 내 양쪽 뺨을 모질게 후려치곤 했다. 다른 여선생들 몇몇과 가끔 차를 마시기도 했으나 그들은 깜짝 놀랄 만큼 이해에 밝았다. 특히 전이송 선생이 찻값을 내는 경우를 나는 보지 못했다. 전임교수와 식사를 하거나 차를 마시고서도 그랬을까 가끔 궁금했다. 시간강사 노조가 여는 집회에는 단 한 번도 얼굴을 보이지 않았다. 그래도 스승의 날이거나 명절 때 노조에서 나눠주는 문화상품권은 거르지 않고 받아갔다. 노조가 해마다 학술제라는 명분으로 여행을 갈 때도 그들은 빠지지 않았다. 그래야 살 수 있을 거라는 짐작은 했으나, 어쩌면 그렇게들 염치없이 살아가는지 나는 도저히 그들의 세계에 섞일 수 없다는 절망감이 들었다.

서울의 본가에서는 어머니가 가끔 안부를 물어 와서 힘들고 지치면 집으로 들어와도 좋다 했으나, 매번 부모님을 거역하고 살아온 나로서는 그럴 염치가 남아 있지 않았다. 처음 결혼을 하고 싶은 사람이 있었을 때, 부모님은 그 사람의 이미지가 그리 마음에 들지 않는다고 흔쾌히 허락을 하지 않았다. 이미지란 실재와 같지 않다고, 그를 잘 아는 사람은 부모님이 아니라 겪어본 내가 아니겠느냐는 말은 그리 설득력을 갖지 못했다. 첫 인상을 무시하지는 못하는 법이라고, 느낌이 중요하다고 그랬다. 세상을 오래 살다 보면 네가 아직 갖지 못한 지혜가 생기기도 하는 법이라고 부모님은 오히려 나를 설득했으나 그런 경우 대체로 그렇듯이 세상을 오래 살아보지 않았던 나는 내 판단을 믿기로 했다.

이미지와 느낌으로 내 부모에게서 부정당한 첫 번째 남편은 결혼후 그것을 두고두고 내게 되갚았다. 까닭에, 이혼을 했다고, 아이마저 빼앗길 것 같다는 말을 차마 할 수 없었다. 나중엔 아이를 맡기지 않을 방법이 없어서 저간의 사정을 간략하게 말씀드렸을 때, 부모님의 완강한 침묵이 내 영혼을 오래토록 짓눌렀다. 더구나 이제는 모친을 모시고 사는 큰오빠는 나를 수치스럽게 여겼다.

김재영 선생은 물론이고 학교의 누구와도 아무런 연락을 주고받지 않고 지내던 그즈음, 아주 나쁜 일이 있기도 했다. 그러고 보니 어쩌면 이렇게 나와 무관한 타인의 일을 말하듯 하다니, 내가 제대로 된 인간인가 싶다.

나쁜 일이란, 이혼한 첫 번째 남편이 데려간 내 딸아이가 급성폐렴으로 숨졌다는 소식이었다. 그것도 아이를 화장하고 나서야 전해 들었다. 내 몸에서 무언가가 성급하게, 한꺼번에 빠져나가는 소리가 들렸다. 제정신으로는, 학생들 앞에서 도저히 수업을 할 수가 없었다. 무엇보다 문학이란 인간의 삶을 대상으로 하는 것이라고, 그러하니 가장 고통 받고 신음하는 누군가를 따스하게 어루만지는 것이 다른 무엇보다 앞선 문학의 소명일 것이라는 말을, 내가 어떻게, 내 아이의 죽어가는 얼굴이 눈앞에 어른거리는데, 어떻게 뻔뻔하게 그런 말을 할 수 있을까. 내가 돌보지 못하고 살펴볼 수 없는 내 혈육을 두고 어떤 타인의 이야기에 귀를 기울이고 공감하는 포즈를 취하란 말인가.

나는 미친년처럼 강의실을 뛰쳐나와 도로 한가운데를 가로지르며 딸아이의 이름을 불렀다. 학교에서는 강의를 거두어갔고, 그것은 그럴 수밖에 없다고 나도 사정을 이해했고, 나는 병원에서 치료를 받거나 상태가 조금 좋아지면 다시 강의를 하거나 그러다 다시 강의실을 뛰쳐나가거나 하는 일을 반복했다.

그러던 어느 날 깊은 밤중에 김재영 선생에게 전화를 넣었다가 바로 끊었을 것이다. "선생님, 이제 저는 어찌해야 할까요?" 그에게라도 매달려 울고 싶었다. 하지만 생각은 말이 되어 나오지 않았다. 목에서 쉰 바람 소리만 새어나올 뿐 아무 소리가 나지 않아 나는 깜짝 놀랐다. 후두폴립이라는 질환이 생겼다는 것을 병원에 가서야 알았다. 성대에 말미잘 모양의 작은 종기(물혹)가 생겼다는 것이다. 말은 커녕 숨쉬기도 힘들어졌다. 수술을 하면 상태가 호전된다고는 했으나 2주 넘게 나는 말을 잃고 살았다. 귀로는 온갖 말과 소리를 들을 수 있었으나 그에 대한 내 느낌과 생각을 말로 발화할 수 없는 상태가 지속되면서 나는 비로소 내가 세상에서 완벽하게 거세되고 있다는 느낌이었다. 말을 잃어버린 자는 결코 한 사회의 시민이 될 자격을 상실했다는 것을 뼈저리게 느꼈다. 나는 수술을 하지 않았다.

두 번째 결혼을 했던 사람은, 하지 말았어야 할 결혼을 나는 또 하고 말았는데, 그 사람은 한없이 선량했으나 다른 한편 더없이 무심했다. 때로는 폭력적이기도 했다. 지도교수가 논문 심사에서 번번이

태클을 걸면서 노골적으로 나를 압박할 때에도, 그 사람은 오히려 그러게 왜 처신을 제대로 하지 못하느냐고 오히려 나를 몰아세우곤 했다. 처신이라니, 그가 대놓고 나를 요구하는데, 나의 마땅한 처신이란 대체 어떤 처신을 말하는 것일까.

학교의 선생들, 전임들도 전이송과 같은 강사들도, 강사노조의 집행부 사람들도, 심지어 교내 양성평등센터에서도 지도교수인 피종수에 관한 내 말을 끝까지 들으려 하지도 않은 채, 그 선생은 그럴 사람이 아니라고 정색을 하는 것이었다.

그는 사회문제에 대해 언제나 진보적인 목소리를 내온 학자인 데다 능력 있고, 다른 사람들에게 친절하고, 무엇보다 후배나 제자들에게 헌신적인 스승인 걸 당신도 알지 않느냐고 오히려 나를 나무랐다. 그것은 부인하기 어려운 일이었다. 학과의 원로 교수인 그는 인문대학 학장을 역임하고 대학본부의 교무처장과 교수평의회 의장까지 지낸 실력자였다. 안 해본 것은 총장뿐이었고, 정년이 조금 남았으니 어쩌면 총장이 될지도 몰랐다. 오래전 교무부처장 때는 학내에 양성평등센터를 설립하는 데 앞장섰고, 이어서 교수 연구실마다 방문의 위쪽을 투명 유리창으로 만들자고 제안해서 반발도 샀으나 인문대 교수들은 그래도 호응을 하기도 해서 여학생들 사이에서는 드물게 괜찮은 교수라는 평가가 자자했다. 그의 제자들은 학과의 전임과 학내 연구소의 연구교수와 인근 대학 여러 곳의 전임과 시의 민간기구 여러 곳의 중요 직책을 맡고 있었다. 그만큼 그는 제자와 후배들을 가능한 한 최선을 다해 지원하고 이끌어주는 사람으로 정평이 나 있었다.

학위논문이 부실해서 심사가 지연되는 누군가가 있으면 다른 제자들을 동원해서 밤낮으로 부실한 논문을 수정하고 보완해서 깔끔하게 정리하는 한편 심사위원이 떡이 되도록 술대접을 했다. 그런 자리에 나는 물론이고 과정 중에 있는 여제자들도 불려나가 분위기를 부드럽게 하는 데 동원되었다. 동원된 제자들이 돌아갈 때 적지 않은 차비를 챙겨주는 것도 잊지 않아서 크게 불평하는 이도 드물었다. 오히려 꿀알바라고, 자조인지 푸념인지 진심인지 모를 말을 내뱉는 이도 없지 않았다.

그런 탓에, 정년을 얼마 남겨두지 않은 분에게 행여 욕되는 일이 없도록 우리가 주의하는 게 마땅한 일이라고, 그와 있었던 사소한 일들을 동네방네 모조리 까발려서 대체 네게 무슨 이익이 있겠느냐고 사람들은 오히려 나를 힐난했다. 나는 주눅 들었다. 그른 말이 아닌 것도 같았고, 동의하기 싫다는 감정이 복받치기도 했으나 주변엔 모두 그를 감싸는 이밖에 없었다. 그를 비난하고 배척하는 것보다 그의 아주 약간의 실수를 눈감아주는 게 모두에게 유익하다면서 내 어깨를 어루만졌다. 수컷들이란 다 그런 거라고, 너처럼 아직 젊고 예쁜 여자를 보면 어느 정도 발정기를 일으키기도 한다고, 그게 우리나라 남자들이라고도 했다.

이념과 명분마저 사리사욕 앞에서는 그 힘을 잃고 마는 것을 나는 숱하게 보아왔다. 더구나 여성의 몸을 탐하는 남성의 시선에서 그럴 사람이 아닌 사람은 없다. 끊임없이 자신을 경계하지 않으면 누구라도 무너지기 쉬운 것이다. 알아요, 당신? 나는 차디찬 경멸과 뜨거운 분노의 마음을 담아 지도교수를 쳐다보았다.

나는 지도교수란 사람에게서 넘어설 수 없는 절벽을 느꼈다. 그런데 남편이라는 사람이 지도교수와 다를 게 없는 태도로 나를 몰아붙이자 더 이상 그와 함께 할 필요가 없다고 결심했다. 남편이라는 사람은 지도교수가 너를 쉽게 본 건 네 행실에 뭔가 문제가 있기 때문 아니겠느냐고, 자기네 사무실에도 매사에 흘리고 다니는 여직원들이 한둘이 아니라고, 그래놓고선 너 보라고 이런 옷차림 하고 다니는 게 아니라고, 남자들의 시선강간이 지겹다고 파르르 떠는 걸 보면 불쑥 한 대 쳐버리고 싶은 마음이 들기도 하더라고, 너는 어느 쪽이냐고, 내 몸에 올라탄 채 두 손으로 목을 졸랐다.

그만한 일로 다시 이혼을 하느냐고 주변에선 나를 나무라는 눈치였다. 처음이 어려웠지 나중에는 별일도 아닌 것처럼 여겨졌다. 나를 이해할 생각이 없는 사람과 어떻게 날마다 몸을 섞고 일상을 공유하면서 남은 생을 살아갈 수 있을 것인가. 그러고 보면 나와 관계없는 사람이었으나 김재영 선생이 무조건 내 편이 되어주었던 사람이다. 그의 말없이 바라보는 깊은 눈과 애틋한 표정에서 나에 대한 감각을 읽기는 했으나, 그렇다 해서 또 다른 남자일 뿐인 그에게 기대거나 서로 힘들 일은 만들지 않아야 한다고 나는 매번 다짐했다. 그에게마저 연락을 끊은 까닭이 그랬다.

3년 전 여름, 아마 그와 마지막이었을 식사가 우연히도 내 생일날이었다. 그 사람은 단지 한 끼의 식사 정도로만 기억할 것이다. 그러나 나는 그 여름날 하오의 식사를 지금도 선명하게 기억한다. 그날 그 사람은 차를 운전하고 일부러 내가 사는 허름한 동네까지 왔었다. 나를 차에 태우고선, 오랜만에 야외로 나가서 식사를 할까요, 아니면 가까운 데로 갈까요? 하고 물었다. 나야 아무 데나 좋았다. 그는 패밀리레스토랑에서 먹는 연어 샐러드를 좋아하는 모양이었다. 나는 생선초밥이 생각났으나 그냥 웃기만 했다. 그러다가, 말을 꺼낼까 말까 망설이다가, 그래도 너무 고마워서, 오늘이 마침 내 생일이라고, 선생님이 그걸 알 리야 없을 테지만 정말 고맙다고 인사를 했다. 미리 생각해둔 것은 아니지만, 그날 그 사람이 그러냐고, 축하한다고 지나가는 말이라도 한 마디만 했어도, 나는 그에게 한 번쯤 내 마음과 몸을 기대고 말았으리라고 생각한다.

물론 그가 내게 냉정한 태도를 보인 것에 대해 나는 충분히 이해할 수 있었다. 학교는 말이 많은 동네였다. 어디나 그렇긴 할 테지만 서로 가까운 이들끼리만 무언가를 공유하고 주고받았다. 그들은 강의와 연구와 특강과 학교 안이나 밖의 프로그램의 참여에서 배타적 동맹을 맺고 서로를 챙겼다.

전임들 사이에서는 그 사람을 경원시하는 분위기가 있었으나 내가 그런 말들을 전해줄 수는 없었다. 그가 모를 리도 없다고 생각했다. 그의 문제는, 그가 너무 늦게 공부를 했다는 것이었다. 교수들은 자신들과 비슷한 나이이어서 그랬을 텐데, 김재영 선생이 그리 편하지 않은 듯 보였다. 학위를 받고 강단에 서야 하는 후배들은 김재영 선생처럼 나이 많은 강사들을 싫어했다. 다른 곳에 전임으로 가든가 그럴 능력 없으면 그만 물러나든가 해야 자신들의 설 자리가 생기는 때문이었다. 직속 선배들에게야 어쩔 수 없는 노릇이어서 싫은 기색을 내비치지 못했으나 김재영은 이방인이었다. 한번은 피종수 교수가 내게 묻기도 했다. "그런데 이은주 선생과 김재영 선생은 어떤 사인가?"

사람들은 궁금한 모양이었다. 그들의 알 듯 말 듯한 미소에서, 나와 김재영 선생이 한 몸으로 엉켜 지내는 상상을 하고 있기라도 한 듯한 표정을 읽을 때도 있었다. 나는 그들의 결코 숨겨지지 않는, 혹은 숨기고 싶지 않은 마음들을 읽으며, 다만 비릿했다. 그의 손이라도 한번 정답게 잡아볼 걸 그랬구나 싶기도 해서 쓴웃음이 나올 때도 있었다.

그 사람도 한 번쯤은 나를 안아보고 싶었을까 쓸데없는 궁금증이 일기도 했다. 모두가 그들의 알 듯 모를 듯한, 선의는 결코 아닌 호기심 가득한 표정들 탓이었다. 어쩌면 그런 사정들을 그가 모를 리 없었으므로 그날 내 생일이라고, 그렇다고 내가 무엇을 바란 것도 아니었으나, 그는 내게 그토록 무심한 표정이었을 것이다. 나는 몇 군데에 보낼 편지를, 간명하게 썼다. 그 다음 날, 나는 휴대폰을 해지했다. 그에게서, 모두에게서, 나는 사라지기로 마음먹었다.

6_ 지킬 것이 없다는 생각을 할 때마다*

급성폐렴으로 죽었다는, 내게 아무런 연락도 없이 화장을 했다는 내 딸아이의 침울한 얼굴이 눈앞에 밟혀서 한낮에 길을 걷다가도 나는 눈물을 줄줄 흘리거나 걸음을 멈춰 서서 꺼이꺼이 울었다. 그런 나를 보고 사람들은 미친년 보듯 하기도 했다. 전남편의 회사로 찾아갔다가 로비를 지키는 경비원에게 진짜로 미친년 취급을 당하고 건물 밖으로 내동댕이쳐지기도 했다. 후두폴립이라는 말도 안 되는 질환 탓에 여전히 목에서 말 대신 쇳소리만 나오고 있어서 더욱더 그러했을 것이다. 이런 삶도 삶인가. 누구에게는 삶이 모욕이 아닌가, 나는 지치고 낙담하였으나 끝내 본가로 들어가지도, 스스로 목

* 김선재 시 「빈칸」에서

숨을 버리겠다는 결심도 하지 않았다. 지킬 것이 남아 있지 않다는 생각이 문득 들어서 질긴 생을 이어가는 스스로가 욕되다는 느낌이 없지 않았으나, 살고 싶다는 욕망 또한 부정할 수 없었다.

그러나 고통스럽게 계속되는, 실업상태를 벗어나려는 노력과, 거듭해서 거절당하며 보내는 시간과, 다른 사람들로부터 받는 경멸의 시선들이 나를 점점 무너트리고 있었다. 이 모든 것이 결국 나의 무능력 때문이라는 자괴감이 암세포처럼 자라는 것을 나는 느꼈다. 나는 점점 갈 곳을 잃은 채 밤거리를 담배나 피우며 서성거리기를 반복하고 있었다. 누군가 따뜻한 밥 한 끼와 편안한 잠자리를 제공하겠다고 말을 걸어오기라도 한다면, 그가 누구라도 따라나설 것 같기만 한 날들이 위태롭게 이어지고 있었다. 불안한 마음을 스스로 느꼈다. 날마다, 매 순간.

그러던 어느 날 늦은 저녁, 누군가의 영결식장에서 김재영 선생을 다시 만났다. 만났다기보다는 그를 멀리서 볼 수 있었다. 그와의 마지막 식사 후 얼마 지나지 않아서였다. 짧은 순간이나마 가슴이 뛰고 얼굴에 미열이 오르는 것을 나는 느꼈다. 그에게 달려가 기대고 싶은 마음이 솟아올랐다. 사랑보다 오래 지속되는 것이 연민이다. 사랑은 사람을 떠나게 할 수도 있지만 연민은 사람을 떠나지도 못하게 한다. 그를 오랜만에 먼발치에서 보게 되었을 때, 우리 사이에 어떤 감정이 남아 있다면 그것은 연민의 정이라고 나는 깨달았다.

오래전, 내가 기껏 세 시간짜리 강의 하나에 연연하다가 성폭력의 희생자가 될 뻔했던 때에, 그러나 그 누구도 내 하소연을 제대로 들어주지 않아서 힘들었을 때, 김재영만이 내 편이 되어주었던 것을 나는 여전히 기억하고 있는 것이다. 그 당시에는 일을 어떻게 처리하는 게 현명한 일인지 분간하지 못할 만큼 혼란스러운 데다 논문 심사를 목전에 둔 처지였다. 까닭에 수습은커녕 일을 더 크게 만든 그에게 원망의 말을 퍼부었다. 그가 상심했을 것을 모르지 않았으나 그의 마음까지 헤아릴 여유가 그때 내겐 없었다.

내게 세 시간짜리 강의를 주기로 했던 자에게, 그는 지도교수의 제자이기도 했는데, 처음 고맙다는 인사를 하러 갔을 때였다. 그가 이끄는 대로 밥을 먹고 술을 곁들이고, 수업과 상관없는 이야기를 들으면서 고단한 시간을 견딜 때, 늦은 밤에도 전화해서 얼굴 좀 보자고 억지를 부릴 때, 그 얼마간의 시간들을 경과하면서 그자는 결국 나를 가지고 놀아도 문제없겠구나 하는 판단을 했을 것이다. 이혼을 한 번 했고, 딸아이는 시가에서 키우고, 본가가 아니라 학교 근처 원룸에서 혼자 살고 있으며, 생활비와 학비를 벌기 위해 번역일과 편집일을 프리랜서로 하고 있으며, 빨리 학위를 받고 강단에 서면 좀 더 안정적으로 내 공부를 할 수 있을 것 같다든가 하는 이야기들을, 하지 않았으면 더 좋았을까?

그런 말들은 하고 싶어서가 아니라 하지 않을 방법이 없었던 것이라고 나는 종종 나를 위로한다. 대학이라는 공간에서 전임은 작으나마 어떤 선택권을 갖고 있고, 그것은 나와 같은 사람들에게는 작지 않은 영향력으로 작용한다. 그런 그가 묻는 것을 내가 거짓으로 대답할 연습을 나는 미처 해놓지 못했던 것이다. 그게 죄라면 도리 없을 것이다. 그자는 나를 가지고 놀고 싶어 했다.

지도교수는 내 말을 듣고서는 마음이 상했겠구나, 위로하면서 저녁을 먹자고 했다. 술을 곁들이는 시간이 쌓이자 그는 얼마간 불콰해진 자신의 얼굴을 두 손으로 쓸면서 서로 오해를 푸는 게 좋지 않겠느냐고 자신의 제자를 불러냈다. 나는 그러지 마시라고 할 수 없었던 게, 내심으로는 조용하게 일을 마무리하고 싶기도 했던 탓이었다. 그자의 말처럼, 그가 나를 어떻게 한 것은 아니니까. 지도교수의 말처럼, 어떻게 해보려다 마음대로 되지 않았을 뿐이니까. 그만한 일로 문제 삼는 건 슬기로운 학문 공동체의 삶이 아니니까.

김재영 선생이 그자에게 전화해서 당신이 한 행위에 대해 사과하지 않으면 가만 두지 않겠다고 하는 바람에, 그 충분히 사려 깊지 못한 전화 때문에, 그자는 오히려 길길이 뛰면서 나를 꽃뱀 같은 년이라고 이야기하고 다니는 중이었다. 성폭력의 피해자에서 꽃뱀으로 나의 위치가 전도되었어도 나는 말을 갖고 있지 못했다. 공동체 안에서 분절된 언어로 말할 수 없을 때, 그 말은 말이 되지 못하는 소리에 머문다. 대학이라는 학문 공동체에서 공식적인 언어로 말할 수

오늘의 기분

있는 시민권은 오직 전임교수에게만 있다.

그들은 오해를 풀자고 내게 억지로 술을 마시게 했다. 그런 관계와 그런 상황에서 연거푸 술을 거절할 수 있는 사람이 있을까. 의심하고 주저하고 망설이며 당혹스러워할망정 그 자리를 뿌리치고 나설 사람이 있을까. 양주 두 병을 셋이서 똑같이 나눠 마셔야 했으니 나는 또 취하고 말아서 몸이 말을 듣지 않고 정신이 몽롱해져가고 있다는 것을 충분히 알았다. 그들은 비틀거리는 내게 맨발인 채 탁자 위로 올라가서 춤을 춰보라고 했다. 부축해주겠다고 손을 끌고 엉덩이를 밀어 올렸던 것 같다. 그들이 그날 밤 나를 어떻게 했을까. 설마 그럴 리는 없을 것이라고 믿지만, 사실 기억이 나지 않는다. 그들끼리 가끔 낄낄거리면서 어지럽게 나누던 말들, 좋은 밤이라고, 아름다운 밤이라던 말들이 쓰러진 술잔들 사이로 흩어지던 것만이 어렴풋이 기억날 뿐이다.

그러나 그들은 나와 화해하지 않았다. 지도교수는 무시로 나를 불러서 논문의 논지가 지나치게 빈약하고 방법론도 허술하기 짝이 없다고 화를 냈다. 나는 학위논문 「전쟁과 섹슈얼리티」에서 제주의 4·3이나 광주의 5·18과 같은 전쟁 상태와 유사한 경우에 왜 남성 군인들이 여성 양민들에게 성적 폭력을 거리낌 없이 행하는가를 분석하고 있었다. 그전에 나는 제주의 4·3이나 광주의 5·18을 일종의 정치적 학살(politicide)이라고 정의했다. 다른 무엇보다 정권이나 지배집단에 대한 정치적 반대로 인해 양민들이 희생됐다는 점에서 그랬다.

지도교수는 그게 불만인 모양이었다. 역사적 사건을 균형 있게 바라볼 것이 필요하다고, 아직 역사적 평가가 마무리된 것도 아닌 데다 상반된 가치가 여전히 충돌하는 사건에 대해 학문적으로 접근할 때는 더욱 그러하다고 역정을 냈다. 할 말이 넘쳐나서 머리가 깨어질 듯 했으나 내겐 언어가 없었다. 지도교수의 심기를 거슬려서 자칫 삐끗했다가는 나의 오랜 수고는 물론 앞으로의 삶도 벼랑 끝에 내몰리는 것이다. 나는 자주 그에게 늦은 시각까지 술대접을 해야 했다. 그가 정말 분명하게 나를 원한다면 내가 감수할 수 있을까를 자주 어림해보았다.

그는 또 어느 날, 나를 연구실로 불러 내 손을 만지작거리며 물었다. "자네는 군인이었던 경험이 아예 없는 거지?" 아버님은 군인이셨습니다만 하고 하마터면 말할 뻔 했으나 돌아가신 부친을 욕보이고 싶지 않아서 나는 그의 다음 처분을 기다렸다. 부친은 끝내 별을 달지 못하고 군복을 벗었다. 그때 부친은 승진의 열쇠를 쥐고 있던 이들에게서 거액의 현금과 차마 들어줄 수 없는 또 다른 압력을 받고 있었다. 부친이 머뭇거리는 사이 기회는 다른 이에게 돌아갔다. 그때의 부친이 그랬던 것처럼 나는 지도교수가 내게 진정 원하는 게 무엇일까를 궁리하느라 그가 내 몸을 그에게로 끌어당기는 것도 깨닫지 못했다. 그는 전쟁 상태의 군인들에 대해 길게 이야기했다.

　자네는 논문에서 전쟁 상태와 같은 상황에서 군인들이 여성에게 가하는 성적 폭력의 문제를 지나치게 부정적으로만 보는 것 같아. 전쟁 상태에 내몰린 군인들에게 가장 중요한 것은 무엇보다도 자신의 안전이야. 상관의 명령에 절대 복종해야 자신의 안전을 지킬 수 있어. 누가 적인가를 분별하는 것도 중요하고. 제주 4·3 때 토벌대에게 적은 누구였겠나? 토벌의 대상이었겠지? 국가에 저항하는 자들이 그 대상이었을 테고. 그 토벌의 대상 중에 여성들도 물론 포함되었을 테고. 젊은 군인들이 토벌의 대상인 즉 적의 일원인 여성 일부에게 가한 폭력의 성격을 그들 자신의 두려움을 해소하기 위한 하나의 방법으로 이해 가능할 수는 없을까, 나는 자네 논문을 읽다가 그런 생각이 종종 들더라고. 그는 정색을 하며 내게 물었다. 지금 자네에게 적은 누군가? 자네의 손을 잡고 있는 나인가? 상황을 충분하게 인식하지 못하고 있는 자네 자신인가?

　지도교수가 심사 일정을 계속 미루는 사이 정해진 심사의 마감 날짜가 지나가버렸다. 아무 데도 하소연할 곳이 없었다. 논문의 심사 날짜를 정하고, 심사위원을 구성하고, 가부를 결정해서 대학원 위원회에 넘기는 그 모든 일정을 진행하는 전적인 권한은 지도교수에게 있었다. 나는 아무것도 할 수 없는 상태에서 그의 처분만 바라며 발을 동동 구르거나 눈물로 하소연을 할 뿐이었다. 그들은 무슨 두려

6_ 지킬 것이 없다는 생각을 할 때마다

움을 해소하겠다고 나를 그리도 괴롭혔을까.

나는 결국 그들로부터 도망치기로 결심했다. 지난 몇 년간 수행했던 연구가 물거품으로 돌아가는 순간이었다. 그 많은 자료와 공부와 아까운 시간들이 무위로 돌아가고 있었다. 내가 결국 그들의 횡포를 견디지 못하고 짐을 싸서 그들의 영향권 밖으로 멀리 도망치려 했을 때, 맨 처음 생각난 사람이 김재영 선생이었다. 그에게 미안했고, 그밖에는 마음의 의지처가 없었던 것이다. 다른 이유가 있다면, 그동안 해왔던 공부 말고 다른 주제의 논문을 준비하기엔 너무 벅찬 일이었기 때문이다. 그러나 그가 나를 위해 해줄 수 있는 실제적인 일은 아무것도 없었다. 그도 나처럼 매 학기 강의시간을 배정받기 위해 노심초사해야 하는 처지였다.

그를 누군가의 장례식장에서 다시 만났을 때, 그의 표정에서 얼마간의 당혹감과 숨겨지지 않는 반가움을 나는 읽었다. 다행이라고 생각했다. 나의 삶에 관한 이야기들이 어떤 자에게는 나를 희롱하고 나를 죽이려는 독약이 되었으나, 그의 이야기들은 내 마음 깊은 곳에서 슬픔과 연민의 정을 길어 올리게 했다. 그러나 지금 나는 그의 눈길 바깥에서 그를 바라보기만 한다. 나는 두 번이나 결혼에 실패한 사람이고, 나도 모르는 사이에 딸아이를 잃었으며, 내 탓이었겠으나 대학 강단에서 밀려난 사람이었다. 그에게 티끌만큼의 짐도 지워선 안 된다고 나는 마음먹는다.

밥벌이를 구하는 일로 인터넷을 검색하다가 누군가의 죽음에 관한 기사를 보았다. 전쟁 중인 곳이 아니어도 세상에는 날마다 사람들의 죽음이 이어진다. 누구의 죽음이라도 안타깝지 않은 것은 아니겠으나 그것이 나와 무관한 죽음이라면 더 이상 놀랍거나, 가슴이 아리거나, 오래 잊히지 않는 것도 아닌 무감각이 우리를 지배하는 정신의 구조가 된 지 오래다. 그런데 내가 몇 년 동안 강의를 나가던, 이제는 상관없어진 곳이긴 해도 그 사립대학의 시간강사 한 사람이 스스로 죽어버렸다는 뉴스를 듣고서 나는 마냥 무심해질 수가 없었다. 발길이 나도 모르는 사이, 자연스레 그쪽으로 향했던 것이다.

영결식은 장례식장 옆에 마련된 작은 강당 모양의 공간에서 진행되고 있었다. 그리 크지 않은 멀티비전에서는 이제 고인이 된, 대학의 교양학부 강사로 10년을 살았다는 이가 남긴 유서가 공개되고 있었다.

"나는 죽는다." 첫 문장은 그렇게 시작되고 있었다. 유서에 그는 10년 넘게 지도교수의 종이었다고도 썼다. 요구하는 대로 논문을 대신 써주고 온갖 잡다한 일을 도맡아 했던 건 그에게 했던 지도교수의 약속 때문이라 했다. 기회가 되면 전임교수가 될 것이라고 믿었던 그는 그 기회가 어쩌면 자신에게 영영 돌아오지 않을 수도 있겠다는 생각을 어느 날 불현듯 하게 된 모양이었다. 그가 대신 써주었

6_ 지킬 것이 없다는 생각을 할 때마다

던 박사 논문으로 학위를 받은 그의 여자 후배가 작은 규모의 사립 대학에 전임으로 임용되던 날이었다. 지도교수의 정년은 아직 여러 해가 남아 있었으므로 그의 뒤를 기약하다가는 40대 중반에 접어든 그가 먼저 늙어 죽을지도 모를 일이었다.

그는 지도교수를 찾아간다. 그는 묻는다. "그 자리에 왜 저를 보내주지 않으시고요?" 노교수가 대답한다. "그 애는 젊고 예쁘잖아. 싹싹하고." 그는 당혹스러우면서도 다시 묻는다. "그 애 논문도 제가 써주었잖아요." 노교수가 다시 대답한다. "실력은 중요하지 않아. 그만한 강의는 누구라도 할 수 있어. 그리고 사실 돈도 많이 준비해야 하는데, 자네는 그게 안 되잖아?"

어떤 기시감 때문에 나는 현기증이 일었다. 장례식에 참석한 사람들은 대부분 이곳저곳 대학의 시간강사들일 것이었다. 내가 익히 알고 있는 얼굴들도 많았는데, 나는 그만 자리를 떴다. 나를 보고 멀리서 고개를 까닥이는 이들도 있었고, 자기들끼리 옆구리를 쿡 찌르며 턱짓으로 저기를 좀 보라고, 저 미친년이 여기 와 있네 하는 듯해서 말할 수 없이 불편했기 때문이었다. 사실 그들 대부분은 그들이 현재 가지고 있는 너무도 귀하고 소중한 어떤 것들이 언제라도 사라져버릴 수 있다는 초조감을 굳은 표정 뒤에 숨기고 있는 것이다. 자칫하면 그들도 유서를 남기고 죽은 사람처럼 비참한 상태에 내몰릴 수도 있다는 두려움 때문에 손가락 하나 까닥하지 못한 채 침묵하고 있는 것이다. 나는 그들을 잘 안다. 그들이 나고 내가 그들이며 그들과 내가 죽은 이와 다르지 않기 때문이다.

내가 개인적으로 아는 사람은 아니지만 죽어버린 그의 처지와 나의 형편이 별반 다를 게 없었다. 더구나 나는 그 무렵 워낙 몰리고 있던 때였으므로, 오랫동안 시간강사를 했던 이의 자살은 밤마다 내 꿈속에서 시연되고 있었다. 책상에 반듯하게 앉아 커피를 한 모금 들이켠 다음 유서를 쓴다. 읽어본 다음 마음에 들지 않는 부분을 다시 고치고, 그러니까 좋은 글은 추상적이어서는 안 되고 가능한 한 구체적이어야 한다고 학생들에게 가르쳤던 대로, 추상적이어서 모호한 부분을 가능한 한 구체적으로 수정한다.

예를 들면, "나의 지도교수는 나에게, 자신이 구상한 연구주제를 받아쓰게 했습니다."를 이렇게 수정하는 것이다. "나의 지도교수는 나에게, 자신이 그동안 구상하고 있던 연구주제라면서, 「예술의 본질과 미적 경험」에 관한 논문을 한 편 써 오도록 했습니다." 그는 계속하여 나에게, "예술의 본질은 작품이라는 대상도 아니고 예술가, 혹은 관객의 주관적 감성도 아닌 미적 경험이 아니겠는가?" 하고 물었습니다. "그렇지요, 교수님." 나는 지체 없이 대답했지요. 나의 지도교수는 대답을 머뭇거리는 것을 굉장히 싫어했거든요. 그는 항상 무엇이거나 명쾌하게 설명하지 못하면 그것은 설명하는 주제에 대한 이해가 아직 되어 있지 않은 탓이라고 여겼습니다. 공부가 덜 되어 있다는 뜻이죠. 그래서 나는 지도교수가 지도하는 것을 따라 그것이 무엇이거나 우선적으로 분명하게 대답하는 연습을 했습니다. 그가 나의 생사여탈권, 곧 학문의 길에서 안정적으로 자리를 잡느냐, 여기저기 이곳저곳을 시간강사로 떠돌다 어느 날 흔적도 없이 사라지느냐 하는 명줄을 쥐고 있었으므로, 나는 그의 눈짓과 얼굴 표정 하나에도 신경이 곤두섰고, 그가 개처럼 한쪽 발을 들고 오줌을 싸도록 하면 틀림없이 그렇게 했습니다. 실제로 나의 지도교수는 술을 과하다 싶을 만큼 즐겼는데, 그럴 때마다 내게 한 발을 개처럼 들고 오줌을 누라고 명령하곤 했거든요. 멍멍 하고 개 짖는 소리까지 내라고는 하지 않았으니 그나마 인간적이기는 합니다. ……

그런데 그의 표현이 그렇듯이 개처럼 지도교수의 지시를 따랐던 그에게 돌아온 것은 이제 더 이상은 아무 데도 쓸모가 없다는 그 무용하다는 의식, 그것으로부터 발원한, 깊고도 깊은 모멸감이었다고 썼다. 그러하니 이제 죽는다. 다만, 나를 노예처럼 부려먹었던 지도교수를 처벌해달라는 부탁을 남겼다. 그가 세상을 향해 남긴 유서는 짧고 명료했다. 결국 그는 살아남기 위한 어떤 조건 혹은 자격을 상실한 것일까. 그가 지도교수든 그 누구든, 혹은 대학이든 이 사회 전체든 간에 그가 아직은 유용하다는 증명을 하지 못한 걸까. 그런데 누군가의 처벌을 위한 증명은 또 어떻게 가능하기는 할까. 돌아오는 길 내내 나는 자주 휘청거렸다. 어떤 수치심을 느꼈기 때문이다.

나는 아직 유용한가? 어떤 혹은 무엇으로 그 쓸모 있음을 증명할 수 있을까?

그의 죽음은 잠시 동안 뉴스거리가 된다. 그러나 뉴스 말미에 달린 대부분의 댓글들은 그의 죽음을 조롱한다. 능력이 없어서 전임이 되지 못했으면 그냥 그러려니 하고 살지, 부모 덕에 편하게 공부해서 박사까지 된 사람이 현실을 너무 모르는구나, 지잡대 출신이구만, 무슨 전임이 되겠다는 야무진 꿈을 꾸고 있었을까, 시간강사도 과분하지 싶은데, 따위의 말들, 누가 노예의 삶을 살도록 강요했던 건 아니지 않겠느냐 하는 것들. 사람들은 자신의 경험의 무게만으로 타인의 고통을 가볍게 여겼다. 누군가 조금 알고 있다고 생각되는 이의 부고 비슷한 소식을 들을 때, 아니 나와 전혀 상관없는 이라도, 누군가의 죽음이 알려질 때 대체로 숙연해지는 게 사람의 본성일 것이다. 사회적으로 공분을 일으키는 죽음인 경우에는 함께 분노하고, 무엇인가를 바꿔보자고 애쓰는 마음자락도 마찬가지의 성정이라고 나는 믿었다. 그런데 오래전 누군가가 죽었다는 부고를 아주 우연히 보게 되었을 때, 그때 내 마음은 그렇지 않았다. 그는 나를 좀 괴롭힌 사람이었는데, 그가 죽었다는 사실이 기쁜 건 아니었으나, 안됐다거나 안타깝다거나 하는 연민의 감정을 불러오지는 못했지 싶다. 그냥 비릿했다.

그는 유서에 썼다. "지킬 것이 없다는 생각을 할 때마다, 나는 살고 싶은 마음이 가시곤 했다." 나는 그 문장을 자주 읽었다. 그러다 보면 눈가에 눈물이 맺히고 그것이 얼굴에 흘러내리고 마침내 목에서 꺼이꺼이 소리가 나왔다. 나는 그 문장이 가슴을 후벼 파는 걸 매번 느낀다.

경찰의 조사 결과 강요는 없었다. 당치 않은 소리라고 지도교수는 펄쩍 뛰었다. 지도교수는 정년을 몇 해 남겨두고 있었으므로, 그는 다만 자신의 불명예를 염려했다. 그 다음의 반응은 왜 죽느냐, 하는 것이었다. 죽을 힘으로 살아서 싸우지 않고 왜 죽어버렸느냐 하는 비난이었다. 죽더라도 확실한 물증을 남기든가. 사람들은 더러 혀를 쯧쯧 찼다. 그는 세상을 향해 남긴 짧고 명료한 유서 말고 별다른 물증을 남기지도 않았다. 그럴 힘이 남아 있다면 죽을 필요조차 없었을 것이다. 예전에 학부 때, 2004년의 일이다. 같은 과는 아니었지만 학교가 같아서 남의 일 같지 않게 기억하고 있는 한 자매가 그런 경우였다.

언니는 서른 살의 대학원생이었고, 동생은 스물다섯의 방송 백업 댄서 겸 단역배우였다. 마침 여름방학이 되자 동생은 언니에게 방송 드라마 보조출연을 해보자고 권유한다. 엑스트라 알바였다. 사극과 같은 방송 드라마는 인적이 드문 산속에서 열흘이고 보름이고 계속해서 필요한 장면들을 찍는다. 보조출연자가 많이 필요한데, 그들의 공급은 보조출연자 공급업체의 반장들이 전적인 권한을 갖는다. 그것도 권력이어서 촬영이 끝난 후 술 한잔 하고 가라는 반장의 말을 거부할 수 없다. 출연을 그만둘 각오라면 모르지만 아니라면 그들의 말을 들어야 한다. 말을 들어야 한다는 말은 그들의 성적 요구마저도 들어야 한다는 의미다. 드라마 제작업체나 방송국 PD는 알거나 모르거나 그런 일에 관여하지 않는다. 일정에 맞춰 촬영을 하는데 지장만 없으면 된다.

어느 날 언니가 반장들 열 명에게 윤간을 당한다. 물론 언니는 집에 와서 그런 말을 하지 않는다. 하지만 더 이상 촬영장에 나가지 않고 방 안에 틀어박혀 지낸다. 누구에게랄 것 없이 큰소리로 욕을 하거나 엉엉 소리 내 울거나 머리를 벽에 부딪치거나 하는 증세를 이상하게 여긴 동생이 조심스레 묻자 마침내 사실을 밝힌다. 자매의 모친은 그들을 찾아가 따지지만 그들이 윤간 사실을 인정할 리 없다. 오히려 당신의 딸이 먼저 유혹한 거라고 모욕을 준다.

경찰 조사 과정에서는, 수사 과정에서 조사관이 네 번이나 바뀌었는데, 한 조사관은 그녀가 메모한 증거 자료를 스무 번 넘게 책상 위에 후려치면서 "성인이 좋아서 자는 것 아니냐?"고 말했다. 저들은 조폭같이 생긴 남자들을 보내 협박을 하는 바람에 고소도 취하한다. 언니는 마침내 자살한다. 동생도 언니의 뒤를 따라 목숨을 끊는다. 2009년 사망 당시 언니는 34세, 동생은 30세였다. 부친은 울화를 이기지 못하고 뇌진탕으로 세상을 뜬다. 이제 혼자 남은 모친은 심장병을 앓는다. 저들은 이제 홀로 남은 어머니를 상대로 명예훼손에 따른 손해배상 청구소송으로 끈질기게 괴롭힌다.

그들 가족을 죽음으로 몰아간 엑스트라 공급업체 반장들은 누구 하나, 아무런 처벌도 받지 않는다. 그녀가 윤간을 당할 때 항거 불능 상태에 있었다는 것을 증명하지 못한 때문이다. 피해를 당한 즉시 신고하지 않은 것, 나중에 고소를 취하한 것, 그리고 당사자가 죽어버렸으므로 그 사실을 증언해줄 사람이 아무도 없다는 것 등이 불기소의 이유였다. 그러니까 법이라는 것이 이런 경우 희생자를 보호하는 데 아무런 쓸모가 없는 것이다. 유서만으로는 가해자들을 처벌할 수 있는 증거 능력을 인정받지 못하는 것이다.

나는 그가 남겼다는 유서의 첫 문장, "나는 죽는다."는 그 말이 비수처럼 내 가슴을 열고 들어오는 아픔을 느낀다. 그 다음 문장, 오래 수정한 흔적이 느껴지는 그 문장은, "내가 죽는 까닭은, 나의 삶이 무용하기 때문이다."라고 되어 있었다. 무용하다, 쓸데없다, 쓸모없다. 그런 삶이 있을까, 아무 데도 쓸모없는 그런 무용한 삶이 과연 있을까. 더구나 죽고 싶은 사람은 없을 것이다. 지금 나, 너무 힘들다고 하소연하는 것이고, 현재의 고통을 죽음으로 끝내고 싶다는 절망을 아무도 알아주지 못해서일 것이다.

화력발전소에서 비정규직 하청업체 직원으로 일하고 있던 젊은 노동자가 혼자서 설비 점검을 하다가 연료 공급용 컨베이어 벨트에 끼어 죽었다. 그냥 죽은 게 아니라 몸통이 둘로 나누어진 사체로 몇 시간이나 방치되었다. 그와 비슷한 안타까운 죽음들이 그치지 않고 있어서 그때마다 사람들은 죽음의 외주화를 멈추어야 한다고 분개한다. 예전에는 특성화고에 다니는 어린 여학생이 통신회사의 콜센터에서 일하다 자살하기도 했다. 통신회사를 옮기려는 이들에게 해지를 유보하도록 하소연하는 게 그 여자아이의 일이었다. 날마다 실적을 채워야 하는 압박감 탓에 여자아이는 죽기 며칠 전, 엄마에게 "나, 이 일 안 하면 안 돼?" 하고 물었다 했다. 그 여자아이의 부모는 힘들지만 조금만 참자고 했다던가. 가난한 부모가 가난한 자식을 죽음으로 내몰았다는 회한으로 절규하는 것을 뉴스 화면으로 보았었다.

가난한 이들의 자식들이 비정규직 하청업체의 노동자가 되어 위험한 일을 떠안고 지하철이나 발전소나 어디서든 결국 죽음에 이르는 이 사회가 정상은 아니다. 누구나의 죽음이 평등하지 않고 죽음마저도 그 값이 다른 것 역시 부조리하다. 나는 그것을 안다. 문학수업이었음에도 나는 그런 일들을 거론하면서 문학의 책무가 무엇이어야 하는가에 관해 이야기를 나누곤 했었다. 아무려나 나는 선생이었기 때문이다.

그러나 그런 슬픔마저 온전히 내 것은 아니다. 나는 나대로 힘들고 지치고 아프다. 그러하니 슬퍼하고 분노하되 아무 말 없다고, 지금 목구멍에 밥이 넘어가냐고 구박할 일은 아니다. 세상사에 눈 감고 귀 막고 있는 것 아니니까. 누구나 나름대로 힘든 시간을 보내고 있으니까. 지금 분노하는 이가 반드시 정의로운가 하면 또 그런 것도 아니니까. 더구나 대다수의 피해자와 가해자는 방관자들의 수동성을 인권 침해에 대한 지지와 동조로 간주한다. 그러나 가해자들이라면 모르지 않을 터이지만 방관자들이 수동적인 이유는 두려움 때문일 수도 있다. 나도 까딱 잘못하면 어느 순간 저들과 같은 나락으로 떨어질지 모른다는 본원적 두려움, 최대한 아는 체하지 않는 것이 나를 지켜줄지도 모른다는 자기보호 본능, 진리가 너희를 자유롭게 하리라고 광고하는 대학도 여느 곳이나 다르지 않았다.

나도 집안이 여유가 있어서가 아니라 다른 일은 할 줄 모르고, 그나마 문학이라면 조금 흥미가 있고 잘 할 수도 있을 듯해서 나름으로는 온갖 모욕과 곤란을 마주하면서도 공부를 마치고 박사 논문을 썼을 뿐이다. 학부 때부터 온갖 알바를 뛰면서 스스로 학비와 생활비를 마련했다. 편의점과 커피전문점과 아이들 과외와 학교 안에서의 자잘한 일들을 쉬지 않고 해야 겨우 한 학기 등록금을 모으고 빠듯한 생활비를 감당할 수 있었다. 연애도 제대로 못했다. 그래서 서툰 결혼을 했다. 그런데 한눈팔 시간도 돈도 마음의 여유도 없다. 그래야 부모님이 원하는 공부가 아니라 내가 하고 싶은 공부를 할 수 있어서 그랬다. 그래야 떳떳할 수 있겠기에 그랬다.

내가 아는 대부분의 동기들도 나와 크게 다르지 않았다. 고등학교를 졸업하고 나서 형편이 아주 나쁘거나 공부엔 별 취미가 없는 경우를 제외한 대부분의 친구들은 관습처럼 대학에 진학한다. 요란한 소음을 내면서 외제 차를 끌고 다니는 부잣집 자식들이 없는 건 아니지만 그건 정말 드문 경우다. 다들 나처럼 힘들게 살면서 힘들게 공부하고 이런저런 곳에 힘들게 취업을 하거나 힘들게 공무원 시험 공부를 하거나 다 잘 안 되겠다 싶은 경우 힘들게 대학원에 진학한다. 그뿐이다. 그래서 겨우 학위를 받고 시간강사로 연명하면서 그 다음에 올 무언가의 기회에 대해서는 그다지 기대하지 않으며 살아갈 뿐이다. 대학의 비정규직 교수, 시간강사인 우리도 결국 하청 노동자에 불과한데 그것이 비웃음과 조롱과 비난의 대상이 되는 건 너무 억울하지 않은가.

유서를 남기고 자살한 교양학부의 선생의 사정도 그리 다르진 않아보였다. 남겨진 아이들이 셋이고, 아내는 식당에서 일한다고 했다. 그러나 조금 더 배웠다는 사실 때문에 시간강사의 죽음은 보편적 공감이나 분노의 정서를 불러오지 못한다. 오직 주변부에 오래 머문 자만이 그 어두운 세계를 온전하게 이해할 수 있을 따름이어서 같은 처지의 사람들만이 함께 아주 약간의 눈물이라도 흘릴 뿐, 고학력 빈곤층인 시간강사들은 어디서나, 학교 안에서나 밖에서나 유령 같은 존재로 떠돌고 있었다.

6_ 지킬 것이 없다는 생각을 할 때마다

그런 죽음이 종종 지면을 장식했다. 오래전 내가 대학원 공부를 시작하던 때, 지금의 내 나이쯤 되는 시간강사가 학위를 받았던 미국의 텍사스주 오스틴시로 가서 고단한 시간강사의 삶을 마감한다. 그녀가 남긴 유서에는, "보이지 않는 장애물을 넘으려고 발버둥치며 4년을 보낸 뒤 이곳 오스틴에서 비로소 갈망하던 안식을 찾았다."고 씌어 있었다. "전임으로 임용되는 게 도무지 가능하지 않은 부조리와 모순으로 가득 찬 한국의 대학 구조에서 연구와 강의를 열심히 하겠다는 순수한 열정과 희망을 접게 만들었다."고도 썼다.

퀴블러로스(Elisabeth Kubler-Ross)는 죽음을 앞둔 사람들과 인터뷰한 결과를 토대로 임박한 죽음에 대한 심리학적 반응을 묘사했는데, 그것을 그는 다섯 단계로 나누어 설명한다. 부정과 고립된 상태에서 처음에는 분노를 느끼다가 타협을 모색해보기도 한다. 살고자 하는 열망을 쉽게 포기할 수는 없으니까, 아니 그게 잘 안 되니까. 그러다 절망에 빠지고 결국 그것을 받아들인다고 했다. 동일한 단계를 거치는 것은 아니겠으나 나라면 어떤 상태, 어떤 단계를 거칠까 가끔 궁금했다.

나와 대학원 동기들은 불안한 마음을 안고 과정을 시작했다. 모두가 그런 경우는 아닐 거라고 애써 믿으며, 그것은 단지 누군가의 불운일 뿐이라고, 혹은 의지가 굳지 못한 사람들의 성급한 선택 아니겠는가, 그렇지 않겠는가 하고, 그게 아니라면 도대체 이 나라에 무슨 희망이 있을 것인가 하고 생각했다. 지나고 보니, 그 누군가의 불운이라는 게 특정한 어느 개인에게만 해당되는 것은 아니었다. 그러나 또 누군가에게는 절실했던 것이 누군가에게는 선물처럼 주어지는 경우도 있는 법이어서 그의 죽음은 누군가에게는 행운일 수 있었다. 남긴 건 유서라는 형식의 종이 몇 장이 전부여서 그의 죽음은 오히려 모든 것을 단순하게 덮어버리는 알리바이가 됐다. 아무도 처벌받지 않았고 아무것도 밝혀지지 않은 채, 그의 죽음은 사람들의 기억에서 재빨리 잊혀져갔다.

어쩌면 나도 그럴 것이라는 생각이 들자 잠결에서도 눈물이 주르륵 흘러 베개를 적셨다. 하긴 통일되기 전 동부 독일에서 살았던 어떤 작가는, 살아서 죽음의 상태를 견디는 것이나 삶을 죽음의 상태에 내주는 것이나 어느 쪽이든 결국 마찬가지라고 했다.* 결국 사람은 혼자니까. 그래서 이제 나는 슬픔이라든가 하는 감정 따위가 느껴지지도 않는다.

나는 오랫동안, 아마 일주일 넘게 아무것도 먹지 않은 채 작은 침대에서 가수면 상태에 있었지 싶다. 허기가 지고 목이 말랐으나 물한 모금 마시고 싶은 의지도 기운도 다 소진되고 없음을 어렴풋이 깨닫는다. 허술한 작은 침대에서 내려갈 힘마저 없다. 손을 뻗어 물

* 드라버트, 『거울 나라』, 59쪽.

한 잔을 마시고 싶다는 생각은 드는데 나는 그럴 힘이 없다. 급성폐렴에 걸려 숨을 거두었다는 내 딸아이가 목이 찢어질 듯 밭은기침을 내뱉는 소리가 내 귀를 가득 채우기도 했다. 제때 병원에 데려가 적절한 항생제 치료만 했어도 살릴 수 있었을 것을, 아이 곁에 내가 없었다는 사실이 나를 괴롭게 했다. 결국 내가 내 아이를 죽게 만든 셈이었다.

나는 생의 온기를 잃어버렸다. 내 몸에서 무언가가 한꺼번에 빠져나가는 것을 나는 다시 느낀다. 누군가 내 방문을 가볍게 몇 번 두드리는 것도 같다. 환청일지도 모른다. 그러나 그 모든 생각과 느낌과 감각은 점점 희미해진다. 나는 죽는다, 까닭은 나의 삶이 무용하기 때문이다. 그렇구나, 나의 삶이란 아무 곳에도 쓸모가 없었구나.
......

7_ 사소한 슬픔

코로나 바이러스가 확산세를 멈추지 않은 탓에 한 학기 내내 비대면 수업이 진행되고 있었다. 동영상 강의를 만들어 학습 시스템에 올리고, 주마다 과제를 내주고, 과제를 정해진 기간 안에 제출했는지를 확인하고, 마음이 지나치게는 다치지 않게 피드백해주는 일들을 해야 해서 거의 종일 컴퓨터 앞에 붙어 앉아 있어야 하는 날들이 계속됐다. 과목별로 표시를 달리해서 학생들의 휴대폰 번호를 입력하고, 단체 채팅방을 만들어 불러 모으고, 그래도 한둘은 꼭 빠져나가기도 했지만, 매주 강의 영상을 올렸다는 것, 과제를 내주었다는 것을 고지하고, 리포트 작성법 특강을 별도로 만들어 안내해준 다음의 과제물부터 특강에서 강조했던 내용들이 잘 반영되고 있는지 등을 확인하는 일들, 그렇게 해서 각각의 평가 요소들을 메모해두는 일들로 나는 너무 바빴다.

　학생들은 온라인 수업의 내용이 강의실 수업과 비교해서 지나치게 부실하다고 불평이었고, 모든 수강 과목의 매주 차마다 과제물 폭탄을 안고 가야 한다고 아우성들인 모양이었다. 그런데도 비싼 등록금을 다 챙겨갔다고 일부라도 반환해야 한다고 요구하면서 혈서를 쓰는 아이들도 있나 보았다.

　그럴듯한 주장이고 할 만한 불평이라고 나는 생각했으나, 처음에는 저러다 내 강의료도 깎이지 않을까 염려되기도 했고, 그건 아니어서 다행이라는 안심이 된 이후에는, 저놈들은 천정부지로 치솟는 집값과 그 주범인 부동산 투기꾼들, 과도한 방위비 압박을 하는 미국이나 쓸데없는 비난 전단을 북에 보내겠다고 소란을 피우는 탈북자단체들에 대해서는 아무 소리 안 하면서 제 몫들에 대해서는 혈서까지 써가면서 챙기려 드는구나 하고 비릿한 마음이 되기도 했다.

　나는 그 모든 것들을 학습을 관리하는 틈틈이 인터넷 뉴스를 검색하면서 알게 되었다. 마스크를 사기 위해 약국 앞에서 줄을 서는 풍경은 이내 사라졌으나 외출 때마다 마스크 착용은 습관이 되었다. 어떤 사람들은 산책길에서도 심지어 자가용을 운전하면서도 마스크를 쓰고 있어서 나는 그들의 과잉반응에 고개를 저으면서도 그 막연한 두려움을 이해했다. 공영홈쇼핑이나 홈앤쇼핑 같은 곳의 앱을 다운 받아놓고 필요한 물건들을 구매하는 일이 많아졌다. 휴식도 없는 과도한 노동으로 택배 노동자가 숨졌다는 뉴스가 들려오기도 했고, 아파트 입주민에게 시달리던 경비원이 끝내 자살했다는 소식도 들려왔다. 마스크를 착용해달라는 말에 역무원에게 주먹을 휘두르고 도주한 젊은 남자아이도 있고, 버스 운전자의 멱살을 쥐고 욕설을 퍼부었다는 중년 여성에 관한 동영상도 떠돌았다. 많은 사람들이 작은 분노를 참지 못하는 듯 보였다.

나는 일주일에 한 번 정도 뭉친 목의 근육을 풀려고 물리치료실에 가기 위해 외출하는 것 정도, 또 일주일에 한 번씩 홈쇼핑만으로 해결되지 않는 일용할 식품들을 구입하기 위해 대형마트에 다녀오는 일들 말고는 바깥출입을 하지 않았다. 그런 경우에도 QR 코드로 나의 신원을 기입해두어야 했고, 그러니까 일거수일투족이랄까 나의 거의 모든 동선이 기록되는 걸 감수해야 했다. 아내가 오래전부터 알레르기 치료약을 복용 중이었고, 응급의 상황에서도 주사를 맞았다간 바로 실신을 하는 고약한 상황을 서너 차례 겪은 탓에 나는 행여 바깥 어딘가 누구에게서 바이러스 균을 묻혀 오지는 않았는지 매사 조심스러웠다. 외출하고 오는 경우엔 손만 씻는 게 아니라 샤워를 하고 모든 옷을 벗어 세탁기에 넣었다. 세탁 건조기를 새로 들여놓고, 코드제로와 로봇청소기도 장만해서 날마다 집안 청소를 했다. 옷가지에 붙어 있거나 집안 곳곳에 내려앉은 먼지들을 털어내면서 아내는 "이것 좀 봐요, 이 많은 먼지들을……." 하고 혀를 끌끌 찼다.

사람들을 만나는 대신 이메일과 문자 메시지와 메신저를 통한 메시지가 하루에도 수십 개씩 날아들었다. 어딘가에서 우편으로 책들을 보내왔고 나도 그들에게 최근에 나온 내 평론집『소설적 상상력과 젠더 정치학』을 보냈다. 출간을 축하한다고 아우성이었던 이들 중 거의 대부분이 내 책을 사보지 않았다는 것에 나는 굳이 감정을 드러내지 않았다. 그들의 선택이었으니까 내가 무어라 할 수는 없었다. 받은 책 중에서는 5월 동인시집을 재간행한 전집도 있었다. 광주나 5월이란 단어조차 꺼내기 힘들었던 그 시절, 시로나마 참혹한, 납득할 수 없는 죽음의 시간을 이야기하자고 다락방에 모여 눈시울을 붉혔던 '5월시' 동인들, 이제는 백발이 성성한 초로의 얼굴이 된 5월시 동인들의 시집을 재출간한 전집이었다. 몇 사람에게만 보내긴 했으나 내 책을 받은 누군가는 잘 받았다고 연락을 해왔고, 어떤 이들은 받는지 어땠는지 말이 없었다. 책의 교환은 대부분 SNS를 통해 알게 된 작가들과 이루어졌다.

SNS는 무엇보다 비대면 시대의 유용한 도구였다. 비용을 거의 들이지 않고 다른 사람들의 생각을 살펴볼 수 있는 하나의 작은 세계였으나 시간의 낭비와 부질없는 감정의 소모를 줄이기 위해 나는 SNS의 친구 숫자가 300이 넘지 않게 관리했다. 영화관에 가는 대신 세계 최대 동영상 스트리밍 사이트라는 넷플릭스(Netflix)에 접속해서 〈부부의 세계〉 같은 놓친 드라마와 〈베르사유〉 같은 시리즈물과

〈사냥의 시간〉 같은 한국 영화를 틈틈이 보았다. 한 달에 결제하는 금액이 영화관에 가서 영화 한 편을 보는 금액보다 낮아서 바이러스가 아니라도 영화관은 망하게 생겼다는 쓸데없는 걱정을 하기도 했다.

영화를 보고 나면 너무 피곤해서 영화를 보았던 두어 시간만큼 잠을 잤다. 바이러스 확진자가 매일 어느 도시에서 얼마나 발생했는지, 몇 사람이 죽었고, 또 얼마나 완쾌되었는지 날마다 생방송으로 전달되고 있었으나, 대체로 무료한 날들이었다. 숫자로 호명되는 숱한 죽음들도 그것이 우리 집 문턱을 넘어서기까지는 내 일이 아니었기 때문이었다. 만족스럽지는 못했으나 수십 군데에 청원과 민원을 넣고 싸운 끝에 버스공제조합과 합의를 보았다. 소송 서류를 낸 다음 날 나는 그것을 취하했다. 승소는 당연했으나 몇 개월의 신경의 소모 끝에 받을 수 있는 돈이 저 만족스럽지 않은 합의금보다 더 많지는 않을 거라는 조언과 판단 때문이었다. 궂은일은 빨리 잊어버리자고 아내와 나는 그렇게 다짐했다.

여느 때처럼 우편물 하나가 왔다. 아마 누군가 책을 보낸 모양이라고 생각했다. 그런데 주소지가 1년 전부터 강의가 끊겨 이제는 나와 별 상관이 없는 사립대학이었고, 보내는 이는 모르는 이름이었다. 간혹 잘 모르는 사람이 주로 책을 내면 작가회의 주소록을 확인해서 책을 보내오기도 했다. 나는 책을 보내오는 사람이 누구든 고맙다는 문자 메시지를 보냈고, 내 SNS에 소개를 해주었다. 사진을 여러 번 바꾸면서 가능한 한 돋보이는 각도에서 시집이나 소설들의 사진을 찍었다. 다른 이들은, 내 책을 받은 이들은, 그러나 대체로 그렇게 하지 않았다. 그럴 때면 그러려니 하다가도 내 책은 소개할 가치가 없다는 것일까 하고 문득 마음이 상하기도 했다.

학교에서는 전임이나 강사를 가리지 않고 내가 그의 얼굴과 이름을 아는 이라면 누군가의 부고나 축하할 일에 외면하지 않았다. 봉투를 들고 찾아가서 인사를 했다. 그런데 연전에 내 모친의 부고를 냈어도 내가 인사를 했던 전임 두엇과 강사들 대부분은 모른 체해서 마음으로 깜짝 놀랐다. 전임이야 모른 척할 수도 있었다. 서운하지 않았다. 전임이니까. 그들은 본래 그러니까. 그런데 강사들은 왜 그럴까에 대해 고민하다가 병이 날 지경이었다. 인간성 자체가 뻔뻔한 건가 싶기도 하다가, 내가 그들의 선배가 아니어서, 1년에 한두 차례 워크숍에서 얼굴 마주치는 것 말고는 따로 볼 일 없으니 그랬을까, 짐작을 했다. 그랬을 것이다. 나는 매 학기 강의시간 배정에 목을 매달고 있는 처지였고, 아무런 선택권이 없었다. 그래도 빚은 갚아야 예의 아닐까, 그러니까 어떤 놈은 강의실에 들어가다 나와 마주칠 상황이었는데 나를 피해서 멀리 돌아가기도 하던데, 왜 그랬을까, 더러운 새끼들이었다. 아, 전이송은 그중에서도 최악이었다.

지난여름 계절학기에 한 과목을 맡았을 때, 학과에서는 나 말고도 다른 이에게, 그러니까 팀티칭으로 수업을 하도록 지정을 한 일이 있었다. 서너 과목 정도를 계절학기에 개설하는데, 많은 강사 중에 한 사람에게만 강의를 주기는 마땅찮았을 것이다. 나는 사정을 충분히 이해했고, 고마웠다. 강의료 한 푼이 들어오지 않는 방학에 계절학기 강의는 아주 드문 혜택이었다. 문제는 하필 나와 팀을 이루어 강의를 나누어 하는 여자 강사였다. 전이송이었다.

시를 전공한 그이는 나와 같은 학기에 학위를 받은 이였고, 나이는 스무 살 가까이 어렸는데, 문단에서도 한참 후배였다. 아무튼 여러 해 전에 그이의 부친 장례식장에 조문을 갔고, 부의금을 건네주었으나, 그는 내 모친의 부음을 듣고서도 모른 체했다. 학기가 시작되기 전 워크숍에서 얼굴을 마주쳤는데도 지나가는 말이라도 인사조차 없었다. 어쩌면 저럴 수 있을까, 나는 그의 뒤통수를 바라보다가 절레절레 고개를 저었다. 그러나 내가 대표강사로 지정되어 있어서 수업시간 배분을 위해서는 이야기를 나누어야 했다. 하필 B대학에서도 계절학기 강의를 주었고, 봄학기가 끝날 무렵에 여행 계획도 잡혀 있어서 내가 후반부 강의를 해야만 했다. 나는 문자로 그에게 내 사정을 말하고 의견을 물었다. 그런데 그이도 사정이 있어서 자신이 후반부 강의를 해야 한다고 그랬다. 난감한 일이었고, 문자를 한참 쳐다보면서 괘씸하다는 생각을 했다.

내가 앞부분 강의를 해도 되는 걸로 일이 정리된 건, 대학 밖에서 하고 있는 다른 수업 일정과 B대학의 계절학기 강의시간이 겹쳐서 도저히 둘 다 할 수 없는 사정 때문이었다. 아까웠고, 더구나 다음 학기에도 같은 과목의 강의를 얻으려면 계절학기 강의를 하는 게 옳지 않을까 고민이 많았다. 다행히 학생들의 교수 수업평가도 만족할 정도였고, 그 강의평가라는 게 어쩌면 그리도 불만족스러운지 매번 입맛이 썼지만, 어쩐 일로 지난 학기 '문학과 신화' 강의는 평가가 아주 좋았다. 아무튼 개정된 강사법이 적용되는 시기라 학교 밖의 수업을 포기하는 게 더 나은 선택이 아닐까 며칠을 고민을 거듭했다. 그러나 계약기간이 남아 있는 수업을 그만두는 건 무책임하다는 말을 들을 게 빤했다. 시간을 되돌릴 수는 없는 일이지만, 그래도 시간이 흘러 되돌아보면, 그때 나는 B대학의 계절학기 강의를 했어야 했다.

전이송은 내가 대학이라는 공간에서 만난 많은 사람들 중에서 가장 최악이라고 할 수 있다. 하계 계절학기 팀티칭 문제를 마무리해야 해서 전이송을 불원간 만나야 했고, 마침 같은 과목을 강의했던 강사들이 강의 마무리를 위한 간담회를 하기 위해 저녁을 먹을 기회가 있었다. 그렇더라도 굳이 가지 않아도 될 자리긴 했으나, 마침 계절학기 강의시간이 목전이었고 전이송도 나오는 자리라 참석했다가 나는 그이에게서 전혀 예기치 못했던 봉변을 당했다.

봉변이라고밖엔 설명할 수 없었던 일은, 계절학기 팀티칭을 함께 맡은 전이송에게 느닷없이 거친 항의를 들은 일 때문이다. 나는 선생님의 학생이 아니라고, 왜 자기에게 상의를 하지 않고 일방적인 통보를 하느냐고, 전이송은 깜짝 놀랄 만큼 크게 갈라지는 목소리로 따졌다. 내가 앞부분 강의를 하겠다고 수업일정표를 건네면서 당신의 생각은 어떠냐고 물은 뒤의 일이었다.

"아니, 내가 의견을 물은 거잖아? 무슨 일방적인 통보야, 그게?"

"통보했잖아요, 문자로. 내가 후반부에 강의할 테니 네가 앞부분을 해라, 이렇게요."

"내가 사정이 있어서 뒷부분을 했으면 좋겠는데 당신은 어떠냐고 물었잖아?"

"그게 통보지 무슨 상의냐고요. 제가 선생님 학생인가요? 네?"

"아니, 내가 전이송 선생보다 나이가 스무 살 가까이 많고 오랫동안 알고 지내는 사이라 별 생각 없이 이랬으면 좋겠다, 하고 물은 건데 그게 그렇게 언짢은 일인가? 응?"

"나이가 여기서 무슨 상관이에요? 처음부터 상의를 해야지, 저는 선생님 학생이 아니라니까요."

그날 나는 다른 선생들이 오기 전, 저녁식사를 하기 전에 식당을 빠져나왔다. 식사를 하고 가라는 어느 선생의 만류가 있었으나, 나는 그런 상황이 참담하고 부끄러워서 견딜 수가 없었다. 내가 전임이라면 그런 상황은 상상도 할 수 없는 일이었다. 같은 시간강사란 말이지? 동급이란 말이지? 그래서 네가 내게 함부로 소리칠 수 있었단 말이지? 나이 따위가 대체 무슨 상관이냔 말이지? 하는 생각에 심장이 경련을 일으킨 듯 아파오고, 등골에 불덩이가 닿는 것 같은 통증이 느껴졌다. 아니 좀 더 솔직하게 말해야겠다. 나는 그때 어쩌면 사람이 사람을 죽이는가를 충분히 이해할 수 있었다. 그날 이후 종종, 나는 그이를 다양한 방법으로 죽여 없애는 꿈을 꾸거나 궁리를 했다. 내게 지킬 것이 아무것도 없게 될 때, 만약 내게 그런 때가 온다면 어쩌면 그런 일이 실제로 일어나지 않는다고 말하지 못하겠다.

그 당장에는, 차를 몰고 학교로 가 한적한 곳에서 심호흡을 했다. 집에서는 저녁을 먹고 오겠다고 나선 탓에 집에 곧장 갈 수도 없었다. 배가 고파 저녁을 먹어야 했으나 어디 가서 혼자 밥을 사 먹을 것이며, 이런 상태에서 밥이 넘어가기는 할 것인가 싶었다. 잠시 진정이 되자, 그이의 말이 다시 생각났고, 어쩌면 그이의 입장에서는 당연한 반응일 수 있겠다고 나는 생각했다. 전이송을 이해하고자 한 것은 결코 아니었고, 괘씸하기 이를 데 없다는 생각은 내 몸에서 빠져나가지 않았고, 앞으로도 그럴 것이나, 나는 전임교수가 아니며, 앞으로도 그럴 가능성은 당연히 없었다. 강사로 연명하는 일도 이제 2, 3년이면 그만두어야 할 나이가 됐다. 그이는 매우 정확하게 상황을 파악하고 있었고, 그런 면에서 지혜로운 사람이었다.

그가 내게 했던 말과 태도가 결코 용납되지 않았으나, 조금은 이해할 수도 있을 것 같았다. 이해하려고 했다. 달리 보면 그녀의 말이 전혀 그른 건 아니었으니까. 그녀가 전임교수라면 내가 그이에게 했듯이 문자로 내 의견을 먼저 제시하지는 않았을 것이고, 내가 당신보다 스무 살 가까이 나이를 더 먹지 않았느냐는 말을 하지도 않았을 테니까. 무엇보다 그녀의 대꾸처럼 학교에서 강사들의 위계라는 게 군대나 뒷골목의 어깨들 조직 못지않았다. 과정을 먼저 시작하고, 학위를 먼저 받은 순서를 따라 발언권이 위계화되어 있었다. 아, 물론 그것은 당연하기는 했다. 나는 나이만 믿고 그 위계를 자주 무시하려 했다. 나는 그것이 얼마나 바보 같은 짓인가를 나중에야 알았다. 무엇이거나 일을 그르친 다음에야 알게 되는 것들, 그러나 이미 소용없는 것들의 목록에는 그런 것도 있었다.

아무튼 학교는, 학부와 석사와 박사를 일직선으로 한 이들을 골라 조교 자리도 주고, 연구원 자리도 주고, 박사후연구원 자리도 주고, 학술연구교수 자리도 주고, 연구원의 전임 자리도 주고, 다른 학교 전임으로 가는 데 필요한 경력을 만들어주기도 했다. 그렇게 상부상조하고들 살았다. 사람 사는 일이 마땅히 그래야 했다. 다만 나는 예외여서 씁쓸하기만 했다. 박사과정만 A학교에서 한 탓에 나는 그들의 선배도 아니었다. 그런데 나이라니, 하찮은 수작을 내가 했던 것이다. 오히려 그들은 나 같은 이방인이 제발 이제 그만 좀 사라져주기를 바랄 것이었다. 그래야 그들 몫의 강의시간이 몇 시간 더 생길 것이었다.

그들은 나를 마치 먼 곳에서 살아가는 사람처럼, 그들과는 같지 않은 어떤 대상이라고 할 것도 없는 무엇인가를 그저 멀뚱멀뚱 쳐다보는 수준으로 나를 대하곤 했는데, 그것은 내가 그들이라도 그렇게 생각할 일이긴 했다. 그러니 나로 말하면 단지 운이 나빴을 뿐, 그들의 탓만은 아닌 것이다.

다만 가끔 한 번씩은, 대체로 5월 기념주간이라든가 하는 때거나 아무 민주주의나 그것의 확장이 필요하다는 어떤 집회라거나 하는 때에 그날에 희생된 이들의 넋을 기리며 살아남은 자의 부끄러움과 책무를 운운하거나 하는 순간들에 나는 대단히 비릿해지곤 하는 것이다.

그래, 너희들은, 추상적인 어떤 곳, 먼 곳에서 그날과 관계 맺고 있는 민주영령이나 민주투사를 찾아 애도하거나 추모하거나 기념하거나 옷깃 여며 기리는 대신 너희들과 지근거리에 있는 나에게 한 번이라도 손을 내밀었어야 옳지 않겠니? 하는 마음이 들기도 하는 것이었다. 나야말로 너희들이 옷깃 여며 묵념하고 기리는 바로 그들 중 한 사람이니까, 하고서. 생각해보면 되게 웃기는 일이라는 것을 나는 물론 모르지 않기에 혼자 씁쓸하게 미소 짓곤 했다.

8_ 오늘 우리는 무슨 얘기를 할까[*]

작은 택배 상자 안에는 뜻밖에 이은주 선생의 제본된 논문이 한 권 들어 있었다. 작은 메모지에는 은주 언니가 김재영 선생님께 보내드리라 했다고, 벌써 서너 달 전의 일인데 잊고 있었다고, 죄송하다고, 단정한 손글씨로 그러나 담담하게 용건만 적혀 있었다. 달리 연락처가 있지도 않아서 무엇이거나 더 물어볼 형편도 아니었다. 논문의 제목은 「전쟁과 섹슈얼리티」였다. 그를 본 듯 반가웠다. 그 논문을 쓰면서 많은 애를 썼고, 내 연구주제와 비슷한 점이 많아서 내게 조언을 구하기도 했다. 그런데 3년이나 소식을 끊었던 그가 다른 아무런 말 없이 그녀의 여동생에게 달랑 자신의 논문 하나만 보내다

* 김선재 시, 「거리의 탄생」에서

니 하고 나는 조금 의아하기도 했다.

3년 전 여름, 아마 이은주 선생과 마지막이었던 식사가 우연히도 그녀의 생일날이었다. 그가 그렇게 말해서 알게 됐으나, 어느 패밀리레스토랑인가 아니면 그냥 초밥 전문점인가에서 식사를 할 때, 나는 아무런 반응을 보이지 않았고, 그래서 혼자 마음속으로는 조금 놀랐던 기억이 되살아났다. 같이 식사를 하는 누군가가 마침 오늘이 내 생일날이라고 하는데, 그러시냐고, 아, 정말 축하드린다고, 그런 말 한 마디를 하지 못할 까닭이 무엇이었을까.

이은주 선생에게서 어느 날 밤 전화가 왔다가 곧바로 끊어지고 곧이어 소식이 아예 끊기고 나서 나는 몇 번 그날의 그 부주의를 여러 번 상기하곤 했다. 물론 학교는 말이 많은 동네였다. 누군가 이 광경을 보면 필경 온갖 뒷말이 무성할 것이었다. 이은주 선생은 강의를 하다가 뛰쳐나가기도 했고, 몸이 회복된 다음 다시 강의를 맡았다가도 다시 강의실을 뛰쳐나가기를 반복했다. 나는 그에게 연민을 느꼈으나 아무런 실제적 도움을 줄 수 있는 처지가 아니었고, 더구나 내심으로는 지금은 아무렇지 않아 보이지만 또 언제 발병을 해서 내게 혹여 해를 끼치거나 하면 무슨 수로 감당하지 하는 일말의 두려움이 없지 않았다. 그와 어떻게든 연루되는 것은 피하고 싶었다는 게 내 솔직한 마음일 것이다. 그러면 나는 그날 그의 정신이 온전한가를 관찰했던 것일까. 설마 그랬을 리는 없겠으나 아니라고도 못 할 것이다. 그래서였을 것이다. 그날 내가 이은주 선생의 생일을 축하한다고 말하는 대신에 무심하게 식사를 했던 까닭이란.

그가 보내온 논문은 그러나 심사위원들의 날인도 없었고, 논문이 심사에 통과했다고 인정된 날짜도 기입되어 있지 않았다. 그러고 보니 그의 학위논문은 결국 통과되지 못했다는 이야기를 들은 것도 같았다. 그렇다면 내게 온 이 미완성, 아니 미승인된 학위논문은 무엇을 의미하고 무엇을 어떻게 해달라는 뜻일까, 나는 머리가 지끈거리기 시작했다. 무엇보다 이은주 선생은 어디에서 무엇을 하고 지내는 것일까 궁금했고, 보고 싶은 마음이 일렁거리기도 했다. 궁리 끝에 학과 조교에게 메일을 보냈다.

"선생님, 나 김재영인데요. 미안한 일인데, 부탁이 하나 있어요. 선생님은 아마 잘 모를 수도 있겠는데, 아니 알 수도 있고요. 아무튼 우리 과 강사 중에 이은주 선생이라고 있었어요. 몸이 많이 아파서 강의를 그만둔 지 꽤 됐는데, 내가 그 선생께 마음의 빚이 있거든요. 그게 무엇인지까지는 이야기하기 마땅찮고요. 아무튼 이은주 선생의 연락처를 알았으면 해요. 모바일 번호는 바뀐 듯하고, 메일도 비활성화된 계정이라고 반송되어 오고, 그러니 혹시 이은주 선생 집 주소를 알려주실 수 있겠어요? 그랬으면 좋겠어요. 몇 년 전, 그러니까 한 3, 4년 전의 강의신청서가 보관되어 있다면 거기에 주소가 있을 거예요."

　조교는 메일을 확인하고서도 아무런 답을 하지 않았다. 조교는 과의 행정업무는 물론이고 전임들의 사사로운 일들까지 도맡아 처리하느라 바쁘긴 할 것이었다. 나는 조교를 해본 경험이 없어서 어떤 종류의 감정노동이 그들을 지치게 하는지 잘 모른다. 다만 그들은 늘 바쁘다는 것 정도는 알았다. 한번은, 어떤 전임이, 스스로 조금만 걸어가면 구내 우체국이 있는데도 조교에게 우편물 접수를 맡기는 것을 보았다. 누군가 전임의 딸이나 아들이 결혼을 하거나 그들의 부모나 배우자의 부모가 죽거나 하는 일이 생기면 조교가 집사처럼 거의 모든 일을 도맡아 하는 것도 보았다. 그들의 제자들이기 때문이어서 그랬을 것이다. 1년 혹은 2년마다 조교가 바뀌는데, 박사과정을 마치고 논문을 준비 중인 전임들의 제자들이 돌아가면서 맡는 듯했다. 조교를 마치면 이런저런 학내 연구원으로 임용되어 연구비를 지원받으며 논문을 썼다. 그리고 강사가 되었다. 그들 중 누군가는 언젠가 전임이 되기도 할 것이었다. 지금의 전임 중에 누가 조교와 연구원과 강사를 거쳐 지금의 자리에 있는지는 잘 모른다. 나는 이 학교에서 박사과정을 마친 후 학위를 받고 그 후 비교적 오랜 시간을 강사로 연명하고는 있으나, 학부 때부터가 아니라 박사과정만 공부한 탓에 학교 내부의 사소한 일들에 대해 그리 잘 알지 못한다. 박사과정 때 누구나 다 받는 장학금을 나만 받지 못하기도 했다.

어쨌거나 나이도 한참 아래고 과정으로도 까마득한 후배일 것이나 나는 학과의 전임도 아닌 데다 그의 선배도 아니었다. 학교에서는, 학부와 석사와 박사를 일직선으로 마쳐야 사람 노릇을 할 수 있는 것으로 보였다. 그런데 나는 박사만 이 학교에서 마친 것이다. 뒤늦게 학부 공부를 했는데, 그때의 전임 한 사람을 학위논문 심사위원으로 초빙했었다. 내 의지라기보다는 논문을 심사하는 학과 교수의 제안이고 결정이었다. 그때의 나는 미처 생각지 못했으나 어쩌면 그는 내가 학위를 받고 난 다음의 일을 배려했던 것 같기도 했다. 나중에 검정색의 하드커버로 제본된 학위논문을 들고 인사를 하러 학부 때의 전임을 찾아갔다. 그는 학위를 받은 대학에서 자리를 잡을 수 있도록 그쪽 교수들과 잘 지내라는 충고를 했다. 학위를 받은 대학에서는 모교 교수들과 잘 지내야 한다고 일러주었다. 그들이 서로에게 떠넘겨서만은 아니지만 나는 아무 곳에서도 잘 지내지 못했다.

나는 특히 모교라는 말이 낯설었다. 그것은 마치 사랑니 사이에 이물질이 껴서 좀체 빠져나가지 않는 바람에 쓸데없는 감정의 소모를 해야 할 때와 같은 느낌이었다. 너무 늦은 나이에 야간수업을 들었던 학부에 대해서는 그다지 좋은 기억이 없다. 특히 어느 겨울은 난방이 되지 않은 강의실에서 수업을 듣다가 견디지 못하고 밖에 나가 내의 한 벌을 사서 입고 와서 다시 강의를 듣기도 했다. 아무리

추워도 갑갑해서 내의를 입지 않는데, 그때는 그럴 수밖에 없었다. 희한하게도 화장실에는 난방이 되었는데, 얼어붙은 몸을 녹인답시고 쉬는 시간에 화장실 라디에이터 난방기 옆에 오래 서 있었다. 지린내와 똥내가 뒤섞인 화장실 냄새가 온몸에 배어든 것을 모르고 있었는데, 옆에 앉아 있던 누군가 슬며시 일어나 자리를 옮겨갔다. 수업을 듣는 내내 두통에 시달렸던 기억이 상기도 새롭다.

무엇보다 나는 너무 늦은 나이에 공부를 시작했다. 같이 수업을 듣는 이들 중에서 내 나이와 엇비슷한 이들이 없는 것은 아니었으나 대부분은 당연하게도 20대 초반의 청년들이었다. 어떤 수업은 조별로 과제를 수행하도록 했다. 아무도 나를 끼워주지 않아서 황당하고 민망해서 그 수업의 수강을 취소하기도 했다. 교수는 그 일로 오랫동안 나를 미워했다. 학생들은 어리고 교수들은 내 나이와 그리 많은 차이가 나지 않아서 나는 어느 쪽과도 쉽게 어울리지 못했다. 아주 가끔씩 내게 무슨 정신적 문제가 있는 것일까 우울증이 와서 학생심리상담소에서 상담을 받아볼까 하는 생각도 했다. 그러나 나는 문제의 원인을 잘 알고 있었다. 학교에서 수업을 듣긴 했으나 내 정체성이 학생만은 아니어서 그것도 민망하기는 했다.

아무려나 나는 메일을 확인하고서도 왜 아무런 말이 없느냐고 조교를 나무랄 계제가 아니었다. 왜 아무런 말이 없느냐고 묻고 싶지 않은 것은 아니었다. 나는 대체로 궁금한 것이거나 그 처사가 아무래도 부당하다고 생각될 때, 그것에 관해 묻거나 설명을 듣고 납득하기 전까지 끙끙거리는 편이다. 그러나 학과 사무실 전화번호를 찾다가 그만두었다. 그에게서 들을 수 있는 최상의 답은 아마도, "아시잖아요? 그건 개인 신상에 관한 거라 제가 말씀 드릴 수 없다는 걸." 정도일 것이라고 짐작했기 때문이다.

그렇게 되면 더 이상 할 말이 없을 뿐 아니라 오히려 민망해질 수도 있는 일이었다. 피차 곤란한 상황을 만들지 않으려는 조교 나름대로의 현명한 처신일 수도 있었다. 나는 그렇게 생각하기로 했다. 어쩌면, 왜 무엇 때문에 이제 와서 내가 이은주의 주소지를 알고 싶어 하는가에 관해 더러 뒷말들이 있었는지도 모를 일이었다. 다른 누구보다도 이은주와 각별했던 사이 아니었나 하고 어리둥절해할지도 몰랐다. 사람 사는 곳 어디나 그렇듯 학교도 말 많은 동네였다. 다만 나는 떠도는 말들을 항상 뒤늦게야, 그것도 아주 일부만 알게 되곤 했다. 그것은 내가 학교 내부의 사람이 아닌 이방인이었기 때문일 것이었다.

비대면 수업으로만 채워졌던 봄 학기 학사 일정이 모두 끝나가고 있었다. 여름에 접어들었어도 코로나 바이러스는 물러갈 기미가 없었다. 오히려 그동안 확진자가 상대적으로 적어 바이러스 청정 지역으로까지 불렸던 내가 사는 도시에서는 한꺼번에, 일주일에 60명이 넘는 확진자가 발생했다. 누가 바이러스 보균자이며 어디에서 바이러스가 활개치고 있을지 깜깜이라는 게 사람들의 불안을 부추겼다. 코로나 바이러스가 발발한 지 6개월이 지날 무렵 전 세계적으로 누적 확진자 1천만 명에 사망자만 50만 명이 넘어섰다. 그러나 보도된 통계는 믿을 만한 것이 못 된다. 어쩌면 그보다 적어도 두세 배가 넘는 사람들이 적절한 치료는 물론 제대로 된 애도 과정을 거치지도 못한 채 저세상으로 떠났으리라고 믿었다. 우리나라의 경우 3백 명 가까운 사람이 사망하였고, 감염 확산이 우려되는 사회적 긴장이 여전히 진행 중에 있다.

예정되었던, 본래의 날짜보다 미루어서 진행하기로 했던 인문학 강좌 하나가 펑크 났다. 기약 없이 미뤄졌고, 다른 인문학 강좌들은 아예 일정을 잡지조차 못하고 있었다. 그나마 대학 강의를 세 군데나 하고 있어서 굶어 죽을 일이 없다는 게, 그게 당분간이긴 하지만, 그래도 마음이 놓였다. 어떻게든 죽지 않고 견뎌내다 보면 살아지기는 할 것이었다.

그 와중에도 1년 전에 수업이 끊겨서 나와 별 상관이 없게 된 사립대학 강사노조에서는 날마다 단톡 메시지로 노조의 투쟁 소식을 전하고 있었다. 노조는 대학본부 건물 앞에서 1년 가까운 날들을 단체협약 이행 투쟁을 벌이고 있었다. 총장의 출근 시간에 맞춰 오전 8시 30분을 전후한 한 시간 동안 날마다 피켓 시위를 하고 있었다. 사람들은 대체로 불편한 마음이었으나 집행부 사람 몇이서 하는 고생을 모른 체할 수도 없어서, 나도 그랬고 또 몇몇은 한 번씩 돌아가면서 시위에 동참하기도 했다. 강의는 끊겼지만 조합비를 따로 내고 있어서, 그럴 만한 까닭이 있기는 해서 그랬는데, 아무튼 단톡방에서 날마다 울려대는 알람은 사람의 마음을 성가시게 했다. 알람을 꺼놓았으나 쌓이고 있는 메시지를 무시할 수는 없는 노릇이어서 들여다보다가 고약한 메시지 하나를 발견했다. 노조 간사로 있는 젊은 여직원이 발신한 메시지였다.

"교수님들! 바쁘다는 핑계로, 또 잘리면 어쩌지 하는 걱정으로 거기 그렇게 조용히들 계실 겁니까? 여기 계신 분들은 집행부라서 이 고생이 당연하다는 것인가요? 이분들도 교수님들과 같은 신분이고 사랑하는 가족이 있는 사람입니다. 이렇게 투쟁으로 얻어진 열매의 단물만 쪽쪽 빨아 드시겠습니까? 자기 권리는 본인이 스스로 찾으셔야지요. 그렇게들 계십시오. 그러면 평생 아니 교수님들 후대에도 대대손손 시간강사 대접만 받으실 겁니다. 지성이 있다면 판단하십시오."

아, 이런 빌어먹을. 짜증이 솟구쳤다. 사무실에서 월급 받고 일하는 사무간사가 조합원들인 강사들에게 할 말은 아닌 것이다. 기약

없이 이어지고 있는 투쟁에 지치고 조합원들의 참여가 적어서 힘이 빠지는 것에 대해 감정을 주체하지 못하는 그런 순간이 자주 있을 것이라고 짐작은 하면서도 말하는 본새가 형편없었다. 거의 악담 수준의 막말을 듣고 두 사람이 단톡방을 말없이 나갔다. 나는 몇 마디를 하고 나갈까, 그냥 조용히 사라질까 하다가 퇴장을 유보하기로 했다. 지금 이 순간 단톡방을 나가는 사람은 그들이 보아선 괘씸하기 이를 데 없는 사람들로 찍힐 것이 분명했다. 다른 선생들이라고 생각이 없거나 입이 없어 침묵하는 것은 아니기도 할 것이었다. 그러나 다시 생각해보니 부아가 끓어올랐다.

무엇보다 나는 노조의 일들에 다른 선생들 못지않게 참여해왔던 사람이다. 시간강사의 열악한 처우를 개선해달라는 요구, 고용 안정과 학문 공동체의 일원으로서의 법적 신분을 보장해달라는 요구 들을 하기 위해 세종로 교육부 청사 앞에서 했던 그동안의 상경 집회와 국회의원회관의 3백 명 가까운 의원실을 돌면서 했던 홍보 투쟁, 국회 내 토론회 참석 때 자리를 채워야 하는 일들을 마다하지 않고 거의 매번 참여했다. 그런 집회에 참여하는 이들은 노조의 집행부 사람들 말고 나와 같은 집행부 아닌 조합원은 몇 명 되지 않았다.

그러나 내게 특별한 사감이야 있을 리 없고, 대체로 늘 함께했던 까닭에 작은 것은 나누기도 했으나 결정적인 어떤 순간에 그들은 나를 배제했다. 학위를 받고 강의를 하고 있는 국립 A대학 노조에서는 지난봄 중국 상하이 임시정부 청사 등을 둘러보는 여행에서 나를 제외했다. 한번은 꼭 가보고 싶었던 곳이어서 실망이 컸다. 고약한 메시지를 보낸 사립 B대학의 강사노조에서도 몇 년 전 초여름 페루 마추픽추로 여행을 가는 프로그램에서 나를 뺐다. 사립 B대학의 강사노조에서는 한 달 전에도 2백만 원씩을 지원한다는 교내 학술 프로그램에서 나를 제외했다. 누구 못지않게 연구실적이 많은 나를 제외한 것, 그리고 해외여행에 나는 포함하지 않은 까닭이란, 참가를 희망하는 인원이 넘쳐서 공정하게 심사를 하거나 추첨을 했다는 것인데, 나는 그들의 빤한 거짓말들을 믿지 않았다. 그들과 가까운 이들은 여행과 학술 프로그램에 모두 포함되었기 때문이었다. 참여자 명단을 공개하지 않았어도 나는 대체로 그들의 면면을 모르지 않았다. 연구논문이라고 발표하는 학술제에 가서 보면 대부분 내용은 부실하고 형식은 허술한 것을, 그것도 몇 번씩 우려먹는 것을 들고 나와 발표하고 발표비를 나눠 가졌다. 부끄러운 줄 몰랐다. 이익 공동체를 먹여 살리려는 가부장의 눈물겨운 노력에 나도 때로는 가담해서 나누어주는 떡고물을 받아먹기도 했다.

그러나 그들과 가까운 이들, 국립 A대학은 학부와 석사와 박사과정에서 선후배로 연결된 이들이고, 사립 B대학 역시 외부 출신이 아닌 그곳 대학 출신자들만으로 끈끈하게 연결된 관계를 유지하고 있었다. 나는 집행부의 일원이 아니었다. 나를 N분의 일로 대접한다는 데 대하여 견디기 힘든 모욕을 나는 종종 느꼈다. 물론 그들은 이런 나를 오히려 황당해할 것이다. 입장과 처지가 다르면 그럴 수 있는 것을 나는 모르지 않는다.

예전에는 재야단체라 했고, 지금은 시민단체라 부르는 곳들도 대개 그러한데, 그것은 일정한 헌신, 초기 단계의 희생을 바탕으로 한 도덕적 우위를 고리로 연속성 혹은 일관성이라는 장점과 대체 불가능성이라는 불순한 속내를 감춘 채 신성구역을 구축하고 있다. 민주화운동을 하다, 하긴 교수 시국선언문 정도 만들어 뿌리는 일이 그리 대단한 것인가 의구심이 들기는 하지만, 그래도 침묵하거나 방관하거나 어용 지식인이 되는 것보다야 낫긴 하지만, 어쨌든 그런 일로 잠시 해직되기도 했던 어느 교수가 죽고 나서 그의 아내가 광역의원을 하고 그의 딸은 전공과 무관한 무슨 센터의 연구원으로 있다가 지금은 어머니의 뒤를 이어 광역의원이 되어 있다. 자신의 능력과 무관한 누군가의 후광으로 그들 가족이 사회적 자본을 움켜쥐고 있는 것은 정의와는 거리가 멀다.

그러고 보면 나는 어디서나 온갖 오지랖을 부리다가 왜 저들은 내가 그들에게 한 것처럼 나를 대하지 않는 거야 하고 화를 내는 덜 떨어진 사람같이도 보여 스스로 한심했다.

출근 시간대 피켓 시위 장면과 참여를 당부하는 문자 메시지가 날마다 울려댔다. 마침 법인 이사회가 새롭게 구성되고 첫 회의가 열리는 날이라는, 그러하니 시간이 없더라도 무조건 참여해달라는 문자 메시지를 읽은 다음 날 오전 출근 투쟁에 참여하러 나갔다. 집에서 학교까지는 자동차로 40분 가까이 걸리는 거리라서 그 시각에 맞추려면 일찍 일어나야 하고 출근길 정체에 막히지 않아야 해서 서둘렀다.

10년 동안 강의를 했던 곳인데 1년 전에 강의가 끊긴 곳에, 물론 다른 일로 여러 차례 오기는 했으나 출근 시간에 학교에 들어서는 일이 낯설게 느껴졌다. 학교에서 내게 강의를 주지 않은 것은 나로서야 섭섭한 일이었고 생계의 한 축이 무너지는 암담한 일이기는 했으나 이해 못 할 일은 아니었다. 자기 학교 출신들에게 강의를 맡기고 계약교수 자리라도 주어야 대학원이 유지될 수 있을 것이기 때문이었다.

그래도 서류를 내고 면접을 보고 그것이 모두 들러리였다는 것을 알고 난 후의 기분은 더러웠다. 소멸시효 3년이 지나기 전에 퇴직금 청구소송을 해야 할까 가끔 생각했다. 강사노조는 그런 문제에 대해 아무런 관심조차 없었다. 자신들의 타임 오프 시간을 확보하는 것이 우선적인 관심인가 싶기도 했다. 물론 그것을 비난할 건 없다. 누구라도 자신의 몫을 챙기고 나서야 주변을 둘러볼 여유가 생기는 법이니까.

출근 투쟁에 나간 건 사실 예의 그 사무간사를 따끔하게 혼내주려는 마음이 커서였다. 그런데 막상 초췌한 모습들을 마주하자 입이 떨어지지 않았다. 새로 총장이 된 사람은 자신이 총장이 되기 전 학교와 노조 간에 맺은 단체협약의 이행을 거부하고 있었다. 자신이 서명한 문서가 아니라는 것이 이유라고 했다. 그것은 불법이었으나, 단체협약 모두에 대한 이행을 거부하면 노동법 위반이되 일부는 이행하고 일부는 유보하고 일부는 거부하는 것에 대해 관련법 조항은 강제성을 갖지 못하는 모양이었다. 국립대학 강사노조는 활동에 아무런 문제가 없어 보였으나, 사립대학은 노조를 성가신 존재로만 인식하는 듯했다.

학교 사정이 어려운 건 모두 알고 있는 일이어서 들어줄 수 있는 것은 들어주고 들어주기 어려운 것은 어렵다고 협력을 요청하면 될 것을, 그리고 노조는 도장 찍은 문서 그대로 이행을 요구하지 말고 물러설 수 있는 것이 무엇인지 좀 더 유연했으면 싶었으나 그들 사이엔 어떤 접점도 보이지 않았다. 해볼 테면 해보라는 듯, 그래 끝까지 해보자는 듯, 한 학기 내내 그러고들 있었다. 민주주의를 최상의 가치로 내걸고 그것을 지키기 위해 싸워왔던 대학 구성원들은 각자의 위치와 신분과 이해가 달라서 서로가 서로를 밀어내고 있었다.

새롭게 구성된 이사회의 의장은 전에 헌법재판소 재판관을 지낸 사람이라고 했다. 노조는 기대보다는 그만한 경력을 가진 사람이 왜 이 어지러운 판에 이사장을 맡았는지 의아해하는 분위기였다. 학교는 오랫동안 이해집단 간의 갈등이 끊이지 않았고, 학생 수의 지속적인 감소로 재정적인 어려움을 겪고 있는 중이었다. 그래도 이사회 의장에게는 매월 5백만 원의 업무추진비에 골프장 회원권을 제공하는 게 대체 가당키나 하는 일이냐고 항의하는 대자보를 연전에 본 기억도 있다. 아마도 그래서였을 거라고 나는 짐작했다.

그러나 나는 그런 문제에는 별로 관심이 없었다. 줄 만하니 주는 거고 받을 만하니 받을 터였다. 받고 일을 잘 하면 그만한 대가가 아깝지 않을 것이고 자신의 명예도 유지할 수 있을 것이었다. 그보다는 새롭게 이사장이 된 사람이 전에 국회 인사청문회 과정에서 자신이 판사로 재직할 때 내렸던 셀 수 없이 많은 판결 중에 5·18 당시 시민군에게 내린 징역형의 선고 문제가 나는 불현듯 떠올랐다.

5·18 때, 시민들과 공수단원들이 죽음과 죽임의 상태에 놓여 있던 어느 때, 잠시 쉬고 있던 공수대원들을 향해 버스를 몰고 돌진한 사람이 있었다. 나는 그를 잘 몰랐다. 5월 단체에서 5월 운동을 얼마간 했어도, 그래서 거의 모든 사람들의 행적을 잘 알고 있노라 했던 나였으나 사실은 알고 있는 게 많지 않았다. 아무튼 그 버스를 몰고 적진으로, 그때 군인들과 시민들은 서로가 서로에게 적이었으니, 적진을 향해 용감하게 버스를 몰고 돌진한 끝에 그는 군인들 서넛에게 사상을 입힌다. 몇은 그 자리에서 죽는다. 몇은 서로를 적으로 오인한 끝에 총격전을 벌여 그들 스스로 사상을 입은 오인 사격, 사상 사

고가 있었다. 그것을 제외하고는 시민군과의 전투 중에 사망한 군인은 없다. 저 돌진해온 버스로 인한 사망자가 군으로서는 사실 거의 유일한 전투 중 사망 사건일 것이다. 그래서 그는 체포되었고 재판에 넘겨졌고 실형을 선고받았다. 그때 재판장이 세월이 흘러 헌법재판관이 되고자 할 때 그의 발목을 잡은 과거의 판결 중 하나가 저 운전자에게 실형을 선고한 사건이다.

오랜 시간이 흘러 폭동은 민주화운동으로, 폭도는 민주유공자가 되었다. 전두환은 그의 책 『전두환 회고록』에서 "역사는 승자의 기록이라는 말이 있다지만 '내란'으로 판정되었던 '광주사태'는 어느 날 '민주화를 위한 노력의 일환'으로 규정되더니 어느 순간 한 걸음 더 나아가 '민주화운동'으로 자리매김되었다. 역사는 수정되었고, 그 역사는 사회적 통념으로 규정되었으며, 급기야 신화의 지위를 차지하고 말았다."고 울분을 토한다. 그의 입장에서 보면, '불순분자들의 사주에 의한 폭도들의 소요' 또는 '국가발전을 저해하는 혼란이었던 5·18'이 민주주의 발전에 기여한 역사적인 사건으로 둔갑된 것이다.

헌법재판관이 되고자 했던 사람은 그 운전자를 직접 찾아가 사과를 한다. 그때는 5·18의 역사적 의미를 잘 이해하지 못했고, 정세도 암울하던 때였다, 그러하니 나의 그 판결의 어쩔 수 없었음을 이해해달라고 허리를 숙인다. 나는 잘 모르겠다. 내가 마음속으로 두려운 것은, 그의 행위가 정말 영웅적인가 하는 것에 대한 회의가 삭제되지 않고 있는 점이었다. 그렇다면 또 언젠가 역사적 해석이 달리 적용되는 어느 때가 온다면, 저 운전자는 그때도 민주주의를 위해 목숨을 걸고 싸웠던 사람으로 기억될 수 있을까. 나는? 나는 교도소를 습격했던 자로 군부와 당시의 검찰 심문조서에 기록되어 있을 것인데, 그럼 나는 무엇이 될 것인가.

변하지 않는 진실이란 없지 않을까. 수만 가지의 해석만이 진실의 이름으로 호명되고 유포되고 있는 것은 아닐까, 나는 그것만이 두려웠다. 나는 다만 아무 말 없이, 혼자 생각만으로 새로 이사회 의장이 된 전직 법관과 민주유공자가 된 그 운전자의 공적을, 그리고 내가 행했거나 견뎌왔던 시간들을, 총장의 출근과 이사회의 개최 시간에 맞춘 피켓 시위를 하는 중에, 나는 속으로 혼자서, 그런 생각들을 하고 있었다. 구호는 다른 사람들이 외치고, "흩어지면 죽는다, 흔들려도 우린 죽는다."는 비장한 가사의 음악은 앰프에서만 크게 울리고 있었다.

그래도 약자는 노조였고, 그들의 요구 자체가 부당한 것은 아닌데다 오랫동안 고생하고 있는 것도 사실이긴 해서, 나는 그들에게 무례를 따지거나 하지 않았다. 강사노조가 할 수 있는 최대한의 투쟁 방법은 학기를 끝내고 나서 학생들의 성적 입력을 보류하는 것이었다. 몇 번 그런 사태를 접할 때마다 나는 너무 괴로웠다. 이제는 그런 투쟁은 하지 않아도 되는 모양이고, 나는 지금 이 학교에서는 강의하지 않는다. 다행인가. 다행인 것은 본관 앞에 컨테이너를 갖다 두고 밤낮 없이 시위를 해도 전원과 수도를 끊지는 않았고 화장실을 이용하게 했으며, 구사대 같은 무뢰한들을 풀지는 않았다. 그것은 불법이어서, 대학이어서, 세상이 좋아져서? 사실 별 관심이 없었다. 내 일은 아닌 데다 결정적일 때마다 그들이 나를 경계 밖으로 내몰기도 했으므로 이제 그들과의 인연도 이번 학기가 마지막이라는 생각을 나는 하고 있었다.

그런데 한 시간의 피켓 시위를 마치고 컨테이너 안의 노조 임시 사무실에서 차 한 잔을 나누다가 나는 이은주 선생에 관한 새롭고 놀라운 소식을 들었다. 누구누구는 어떻게들 지낸답니까? 하는 지나가는 말로 얼마간 어색한 시간을 메우려고 나눈 이야기 끝이었다.

9_ 낯선 이의 이름을 호명하며

"이은주 선생, 죽었는데요."

"이은주 선생이 죽다니, 아니, 대체 왜, 언제?"

나는 믿기지 않아서 연거푸 묻는다. 황망하다.

"지난 봄학기가 시작될 무렵의 일인데, 선생님은 아직 모르고 계셨군요."

"강사법이 개정되고 나서 처음 공채들을 했잖아요, 지난해 가을학기에. 그때 이은주 선생은 고생을 많이 했다고 들었어요. 아마 어디에서나 거절을 당했을걸요. 학위가 없었잖아요, 논문이 통과되지 않아서."

최근 들어 그녀 생각이 자주 나곤 했다. 한두 마디로 설명하기 어려운 이유들로 스스로 목숨을 버리는 이들이 더러 있다. 작년 여름 방학 때는 예술대학에 재학 중인 남학생 하나가 그런 모양이었다. 학교에서는 아니고, 그가 살던 집도 아니고, 엉뚱하게 다른 아파트 옥상에서 아래로 떨어진 모양이었다. 그 바람에 멀쩡하게 귀가하던 50대 가장이 가족들이 보는 앞에서 그 남자아이 밑에 깔려 함께 숨지는 사건이 있었다. 안타까운 일이었다.

뉴스에서는 학교의 이름을 영문 이니셜로 표시했으나 온라인 공간에서는 곧바로 학교와 학과가 실명으로 떴다. 학교에서 가끔 소란을 피우기도 했다는 것, 강의실 한쪽에 둔 화재 진압용 소형 소화기를 마구 뿌려대기도 하는 등 이상 증세를 보였다는 목격담까지 나돌고 있었다. 어쩌면 그런 일들이 그렇게 삽시간에 알려지게 되는지 소름이 돋았다. 디지털 메커니즘이 지배하는 세상에서 이젠 더 이상 개인의 프라이버시는 보호받지 못하는구나 싶었다. 나는 한편 그 소식을 듣고서 잠시 잊고 있었던 이은주의 안부가 궁금했던 것이다.

누군가는 한 치 앞을 내다볼 수 없는 불투명한 미래가 그 젊은 학생의 죽음의 원인이라 했다. 또 누군가는 사회적 연결망의 지나친 협소함과 과도함 모두가 불안의식을 일깨운다고 했다. 누군가는 그게 아니라고, 관계망의 양적 문제보다는 친밀한 관계의 질적 내용이 보다 중요하다면서 다른 나라에 비해 높은 자살률은 우리 사회가 위험사회임을 방증하는 징후라고도 했다. 그게 아니라고, 사실은 몇

해 전에도 교양과목을 강의하는 어떤 여선생에게 집착하다가 문제를 일으켰다고도 했다. 그러나 자살했다는 학생은 내가 알지 못하는 이였고, 느닷없이 함께 죽은 중년의 남자 역시 모르는 사람이었다. 때문에 그들의 죽음이 안됐다는 잠깐의 생각은 들었으나 사실 그뿐이었다.

내가 뉴스를 보고서 이은주를 생각해낸 까닭은 언제부터인지 모르나 그녀 역시 가끔 이상증세를 보였기 때문이었다. 언젠가 이은주가 밤중에나 새벽 시간에 전화를 했다가 곧 끊어버리는 일이 있었다. 내가 곧바로 전화를 걸어도 받지 않았다. 나중에 만났을 때, 그때 왜 그랬느냐고, 무슨 급한 일이 있었느냐고 물어도 이은주는 아무 말 없이 희미하게 웃기만 했다. 혹시라도 필요한 일이 있거든 언제라도 개의치 말고 연락하라고 말은 그렇게 했으나, 말을 그렇게 하고 나자 내 마음속에 작은 근심이 자리 잡기도 했다. 그녀는 어쩌면 그때 나를 향해 똑똑 두드렸다는 것인지, 그때나 지금이나 알 수 없으나.

아무튼 지금 생각해보니 나는 너무 늦게 그녀의 안부를 묻고 있는 참이다. 그녀가 몇 달 전에 죽었다는 누군가의 전언을 듣고서야 나는 황망한 정신 속에서 그녀를 추억하고 있는 것이다.

이은주는 이혼을 두 번인가 했고, 초등학교에 다니는 어린 딸아이를 그녀가 맡아 키우고 있었는데, 수업을 하다가 이혼한 전남편이 딸아이를 데리고 가버렸다고 비명을 지르며 강의실을 뛰쳐나가는 일이 몇 번 있었다. 그런 일이 두어 차례 반복되자 치료를 위해 강의를 스스로 포기하기도 했고, 한번은 그녀가 맡아 하던 수업을 내가 대신 하기도 했다.

그녀에게 마음의 빚이 있다고 한 건, 수업을 대신 하면 강의료가 당연히 내 계좌로 들어오는데, 이은주에게 얼마간이라도 건네주지 않았던 일을 말하는 것이다. 지금도 그렇지만 그때도 나의 상황이 녹록지 않았다. 평소에는 대학 강의와 학교 밖 인문 강좌 등으로 괜찮은 편이었으나 1년에 방학 넉 달은 한 푼의 수입도 들어오지 않았다. 그래도 어찌어찌해서 잘 먹고 잘 살았다. 이은주도 꽤 어려울 거라는 짐작을 하면서도 한 달 분의 강의료라도 챙겨주지 못한 건 올바르지 않았다. 나는 두고두고 그 마음의 빚을 짊어지고 살아야 할 것이었다.

이은주가 포기한 수업을 내가 대신 맡아 하기로 할 때, 물론 담당 교수의 승인을 받고 학과 조교를 통해 수업 담당 교수를 교체하는 절차를 밟기는 했다. 그런데 나중에 조교는, 왜 자기들끼리 주거니 받거니 했느냐고 학과장이 크게 화를 냈다는 말을 부러 전해주었다. 학과장의 지시가 있었을 것이다. 내게 비교적 호의적이라고 생각하고 있었고, 그래서 필요한 인사를 하곤 했으나 학과장의 그런 반응에 뜨악해서 나는 그를 찾아가 죄송하다고 고개를 숙였다. 내 앞에서는 뭐, 괜찮다고 그랬다. 괜찮은 것인지 아닌지 혼란스럽기는 했으나, 그와 나 사이의 위계에 관해서는 다시 한번 분명한 확인을 거친 셈이었다. 그는 그런 모양새를 확인하고 싶었는지 모를 일이었다.

어쨌거나 이은주가 거듭 그런 소란을 피우자 학과에서도 그녀에게 더 이상 강의를 주지 않았다. 학과 입장에서야 어쩔 수 없는 일이었을 것이다. 이은주가 강의를 하다가 뛰쳐나갔을 때, 그런 일이 몇 차례 반복되었을 때, 어떤 학생들은 대학본부에 전화해서 항의를 하기도 했다는 말을 나중에 듣기도 했다. 학생들 입장에서는 그럴 수도 있겠다고 생각하면서도, 나는 야속한 마음이 오랫동안 가시지 않았다.

그 학생들이 내 수업을 들었던 건 아니겠으나 아무튼 수업에서 나는, 사람들은 왜 타인의 고통에 무감각할까에 대해서 많은 이야기를 했다. 영화를 보기도 하고, 소설을 읽어보게도 하고, 시험도 내고 리포트도 내게 하면서 두루 생각을 해보게 했다. 물론 경쟁에서 이기려는 열망에만 들떠 있는 사회에서, 그것을 강요하는 현실에서, 대부분의 사람들은 역사나 공동체 혹은 타인의 상처 따위를 거들떠보지 않는 대신 마치 자동인형처럼 앞으로 돌진하게 마련이라고는 하지만, 그렇기만 하다면 세상은 아무런 희망이 없지 않겠는가를 자주 생각해보는 것이다.

9_ 낯선 이의 이름을 호명하며

그러나 한편 내가 아프면 다른 사람이 아픈 걸 돌아보지 못하는 게 사람이다. 사람의 관계라는 것도 좀 더 가깝거나 아니면 좀 더 미운 이도 있는 법이어서, 무엇보다 다른 이에 대한 자신의 감정이란 게 그리 믿을 만한 것도 아니어서, 그 관계란 곧잘 부서지기도 하는 것이다. 기대고 의지해도 상처받기 쉬운 게 사람이기도 하니까. 그러니 타인의 고통에 무감각해질 수밖에. 그래야 견디거나 살아낼 수 있으니까.

그러니 나의 경우에도 누군가 어떤 학생이, 피치 못할 일이 있어서 오늘 수업에 가지 못한다고 죄송하다는 연락을 해 올 때, 그 표정 없는 문자 메시지를 그대로 곧이듣거나 작은 염려라도 하는 건 아니다. 그저 관성적으로, 알았다고 짧은 문자를 보낼 뿐이다. 그러니 딸아이를 찾으러 가야 한다고 소리치며 강의실을 뛰쳐나가는 교수의 이상행동을 보고서, 수업을 안정적으로 이끌어갈 교수를 선정해달라고 대학본부에 전화하는 학생들의 그 참을성 없는 성정을 나무라기만 할 수는 없을 것이다.

아무튼 이은주의 안부가 궁금하고 염려되고 그랬을 때, 나는 맨 먼저 그녀의 전화번호를 찾았다. 그러나 모바일에 저장해두었던 그녀의 전화번호는 없는 번호가 되고, 메일은 곧바로 튕겨 나오고, 그녀의 정확한 집 주소는 알지 못해서 그녀의 소식을 도무지 알 길이 없자 갑자기 조바심이 났다. 혹시나 해서 페이스북에서도 이름을 찾아보았는데, 그녀의 이름은 있었으나 프로필 사진도 게시 글도, 아무것도 없는 상태였다. 동명이인일 수도 있었다. 그러나 그녀가 언젠가 로그인을 하게 되면 알 수 있도록 친구 신청을 해두었다. "이은주 선생님이세요?" 하고 메시지도 남겨두었다.

그런데 이은주 선생이 자살을 했다. 그러니까 3년 전 여름, 밥 한 끼를 같이 먹은 게 마지막이었다는 뜻이었다. 그해 가을 누군가의 장례식장에서 언뜻 얼굴을 스친 것도 같았는데, 그녀를 아는 체하기가 마땅찮은 위치여서 그러고 말았는데, 그게 마지막으로 본 얼굴이라니, 휑한 가슴에 서늘한 바람이 불었다. 그렇게 아파했던 사람을 조금 더 따뜻하게 대해줄 것을. 나는 잠시 눈에 가득 눈물이 고여서, 그것을 들키지 않으려고 하늘을 올려다보았다.

그녀에게 내가 도움을 줄 수 있는 건 아무것도 없어서 3년 전 여름에도 한 번 밥을 사준 적이 있었다. 사실은 그녀가 포기한 수업을 대신 했으나 강의료의 일부라도 챙겨주지 못한 미안한 마음에 따뜻한 밥 한 끼를 대접해주었던 것이다. 그때가 마침 자신의 생일날이라고 고맙다고 했던 게 뚜렷이 기억난다. 나는 말 많은 학교에서 그녀를 가끔 만나는 게 알려지거나 혹여 그녀가 다시 발병을 해서 곤혹스러운 일이 생기지나 않을까 하는 마음 때문에 아무런 대꾸를 하지 않았다.

죽음이 누군가에게는 너무 늦게 오거나 또 느닷없이 너무 일찍 와서 아무리 냉정해지려 해도 어느 누구의 죽음이나 슬픔의 감정을 유발한다. 그렇더라도 어쩌면 그 여름, 자신의 생일날 내가 아, 그런가요? 하고 진심을 다해 축하를 해주었더라면, 어쩌면 그이는 자신을 조금이라도 붙들고 조금 더 버틸 수 있지는 않았을까, 세상에 아무도 그이를 붙잡아주지 않았구나 하는 생각에 너무 가슴이 아파서 나는 조금 울었다. 너무 미안했다.

"그런데요, 지난번 김재영 선생께서는······."

자리에서 일어나기 전, 강사노조의 집행부에 있는 선생이 나지막한 소리로 내게 물었다. 2년 전쯤에 어느 국립 지방대 전임이 스스로 목숨을 버렸는데, 장례식장까지는 가지 못하고 모여서 추모식을 마친 날 저녁, 술을 마시던 차에 내가 했던 말이 상기되었던 모양이었다. 그때 나는 그 전임을 구체적으로는 알지 못하였지만 아무튼 그는 유서에 총장직선제 관철을 주장하면서, 그것이야말로 대학 민주화의 지름길이라고 강조했다.

민주화를 위한 교수협의회 주관으로 조촐한 추모식을 연 자리에는, 국립대학교 전임들과 규모가 각기 다른 사립대학교 전임들과 대학이 문을 닫아버려서 창졸간에 교수도 강사도 아닌 형편의 전직 교수들과 여러 곳에 강의를 나가는 강사들이 두루 왔었다. 각자의 처지에 따른 소회가 조금씩은 달랐겠으나 어쨌거나 그의 죽음 자체는 분위기를 숙연케 하는 데가 있었다. 그러나 나는 말을 하지 않았고 또 하지도 못했으나 마음속으로는 조금 뜨악하기도 했다. 전임들에게는 총장직선제가 목숨을 버리면서까지 중요한 일인지 몰라도 적어도 시간강사들에게는 아니었기 때문이다. 총장을 직선하거나 간선하거나 정부가 임명하거나와 관계없이, 좀 더 사실적으로 말하면, 독재정권 시절이나 민주정부 시절이나 상관없이 시간강사들의 처지는 조금도 다르지 않았다. 총장을 직선해도 시간강사들에겐 선거권이 없었다. 시간강사는 대학의 구성원 자격에서 배제되고 있었다.

"삶에도 위계가 있듯이 죽음에도 그러합니다." 그때 나는 그렇게 읊조렸을 것이다.

집에 돌아와서 그녀가 내게 남겼다는 학위논문「전쟁과 섹슈얼리티」를 꼼꼼하게 읽었다. 행여 어딘가에 내게 남긴 어떤 암호라도 있지 않을까 하는 심정이었다. 논문은, "한 사회가 여성을 어떻게 위치 지우고 대우하고 취급하는가 하는 문제는 그 사회의 심층을 이해하는 데 있어 중요한 열쇠를 쥐고 있는 주제이다. 대부분의 가부장제 사회에서 여성의 몸은 그 자체가 지배적인 담론에 의해 형태화된 몸이다. 따라서 여성의 몸의 역사는 여성에 대한 억압의 역사와 매우 밀접한 연관을 지니고 있다. 몸이란 결코 자연적이지 않으며 권력과 정체성의 지형도, 또는 권력과 정체성의 관계에 대한 지형도이다. 이 글에서는 몸은 살아 있는 것, 혹은 실체적인 것인 동시에 그 자체가 사회적으로 혹은 문화적으로 구성된(engendered) 개념-상징으로 이해한다."로 시작되고 있었다.

　그리고 "이 글에서 오래된 이야기들을 다시금 기억해내는 까닭은 우리가 그와 같은 비극과 희생의 반복을 멈추기 위해서라고 할 수 있다. 전쟁에서 돌아온 남성들은 민족의 아들로 귀환하였으나, 몸을 더럽힌 채로 돌아온 이들 여성들은 자신의 목소리를 갖지 못했을 뿐 아니라 오랫동안, 모두가 침묵했다. 성적 능욕을 당한 여성들은 피해자-희생자이면서도 수치심과 죄의식을 내면화할 수밖에 없었다. 이렇게 식민주의는 민족주의와 함께 여성을 역사와 삶으로부터 배제-소외시켜왔다. 전쟁을 전후한 시기에 여성들이 겪었던 참혹한 비극이 역사 속에서 반복되지 않기 위해서는 이들 여성들의 고통과 추방의 경험이 끊임없이 서사화되는 한편 해방을 위한 연대의 기억-운동으로 승화되어야 한다. 이 글은 그러한 연대의 기억을 다시금 환기하는 작은 역할을 할 것으로 기대한다. 다시는 망각 속에 잊힌 역사를 반복하지 않기 위해서, 끊임없이 반복하고 되풀이되어 우리의 (무)의식에 각인된 여성에 대한 정절에의 강요-혐오의 정서를 삭제하는 데 이 글이 일정하게 유용한 쓰임이 있기를 기대한다."로 마무리되고 있었다.

　논문은 매우 의미 있는 주제를 다루고 있었을 뿐 아니라 형식적 완결성을 갖추고 있어서 덜어내거나 보완할 곳이 따로 있어 보이지

오늘의 기분

않았다. 나는 어디에 이 논문을 보내서 출판을 하거나 저널에 발표가 될 수 있으면 좋을 텐데, 하는 궁리를 했다. 그에게 갚지 못한 마음의 짐을 조금이라도 덜어내고 싶었다.

10_ 얼마든지 숨길 수도 있는 마음

지금은 서로 연락이 뜸하지만, 그래서 사람들이 맺고 또 푸는 그 관계란 것이 얼마나 허술한 것인가를 가끔 생각해보곤 하는데, 나는 소설 창작 아카데미에서 소설이란 무엇인가에 대해, 지난 4년여 동안 강의를 했었고, 내게 강의를 들었던 이들 중엔 이러저러한 경로로 등단을 한 이들이 몇 있었다. 좋은 일이었다. 옛 스승과도 서로 연락을 하지 않았는데, 따로 할 말이 없어서였다.

오래전 SNS에서 알게 된 어느 뮤지션이 친구 관계에서 나를 삭제하게 된 사실을 알게 되었을 때, 나는 그가 발매한 음반을 구입해서 듣고, 사실 노랫말이 없는 무반주 첼로곡이어서 충분히 알아듣지는 못했으나 그래도 여느 작가들의 책을 그렇게 했듯이 내 타임라인에 게시하기도 했는데, 매우 섭섭한 마음이었다. 까닭이 궁금해서 나는 평소에 그렇게 하지 않는 일이었으나 메시지로 물어보았다. 왜 그랬는가를 물었다. 돌아온 대답은, 친구의 의미가 무엇일까를 생각하다가 친구라고 범주화하기 곤란하다 싶은 사람들을 좀 삭제했노라고, 섭섭하시면 다시 친구가 되어도 괜찮겠다고 그랬다. 한참을 생각하게 하는 화두였다. 그 후 나는 종종 친구나 동료 작가나 사제지간이나 무엇이거나 관계에 관한 그 개념과 범주를 생각해보는 버릇이 생겼다. 다만 나는 소설 창작 아카데미에서 소설이란 무엇인가에 대해 지난 4년여 동안 강의를 할 때, 무엇보다 그들의 작품에 대해 합평을 할 때, 그 작품들을 겸허하고 진지한 태도도 읽고 그것들이 지니고 있는 장점들을 어떻게 확장하면 좋을 것인가보다는, 왜 이것은 소설이 아닌가에 대해 가혹하게 비판했던 것이 오랫동안 죄책감을 갖게 한다.

코로나 바이러스 탓에 애초에 5월 중순에 열리기로 되었던 '5월 문학제'가 6월 하순에야 열렸다.

전국에서, 그러니까 서울이나 경북 대구나 부산 경남이나 충청 지역 등에서 많은 작가와 시인들이 왔다. 나는 몇 년 동안 그런 모임에 거의 나가지 않았는데, 우선 시간을 내기가 어려웠다. 오랫동안 나는 대학의 강의 말고도 주말을 활용하여 이런저런 수업을 해야 했다. 작년까지만 하더라도 토요일에는 소설 창작 아카데미에서 소설이란 무엇인가에 대해 강의를 했었으니까. 대부분의 어떤 모임이란 게 대체로 금요일 저녁부터거나 아니면 토요일에 열리곤 했는데 '5월 문학제'도 그러했다. 다른 이유는 그들 중 두 서넛이 영 마음에 들지 않아서였다. 그들도 그러했을 것인데 어디가나 데면데면하거나 하는 자들이 있게 마련이고, 무엇보다 예의 없는 이들도 있어서 나는 그런 게 걸리면 냉정하게 발길을 끊곤 했다.

몇 년 전 일인데, 그해 열렸던 '5월 문학제'에 토론자로 참여한 적이 있다. 내 박사 논문과 이후의 연구주제와도 밀접한 일이라서 즐겁게, 기꺼이 참여했다. 누군가의 발제에 대해 내가 무슨 토론을 했는지는 기억에 없다. 나는 다만 생각하기를, 5·18과 관련해서 의미 있는 것은 그 사건 이후의 삶일 텐데, 그러니까 그 역사적 사건을 경험한 이후의 삶이 어떻게 달라졌는가 하는 점에서 보면 별로라는 것이다. 그때 그곳에서 그런 일이 있었구나 하는 것을 설령 알게 되었다고 해서 달라질 것은 또 무엇인가를 나는 자주 생각해보는 것이다. 울릉도에서 독도를 향해 가던 어느 여름날 뱃길에서 겨우 새우깡 정도를 얻어먹겠다고 필사적으로 유람선을 따라오는 갈매기들이 나는 좀 미웠던 것 같기도 하다.

그런데 그런 경우엔 발표비라거나 뭐 그런 걸 주게 되어 있을 것이다. 나는 어느 경우에나 계산이 정확한 것을 좋아하는 사람이라 계속 신경이 쓰였는데, 한 달여가 지났어도 아무 말이 없어서 회계를 맡고 있는 시인에게 문자를 보냈다. 안 주냐? 그랬더니 대표에게 확인해보겠다는 답이 왔다. 그러더니 사흘 후에 입금해주겠다고 해서, 기다렸다. 약속된 날 입금이 안 되어서 다시 문자를 보냈다. 아직 안 주냐? 그랬더니 한 시간 정도 후에 아무 말 없이 10만 원이 입금되었다. 늦어서 미안하다거나, 예산이 많지 않아 금액이 약소하다거나 한두 마디 정도는 해야 하지 않을까? 성질을 죽이지 못하고 전화를 걸어서 예의가 무엇인지를 가르쳐주려다가 그만 참았다.

근래 몸이 자주 아팠다. 요즘 부쩍 아, 내가 늙어가는구나 하는 생각이다. 아프고 나면 대체로 많은 것에 관대해진다. 살아갈 날들이 그리 많이는 남아 있지 않구나 하는 감각을 느낄 때 사실 그렇게 큰 문제가 아닐 바에야 다른 이들과 굳이 앙앙불락할 것 까지는 없지 않겠느냐고 스스로 묻고 답하고 있기도 해서 40주년을 맞는 '5월 문학제'에는 나가보기로 했다. 많은 사람들을 알고는 있어서 대체로 친절한 마음으로 인사를 나누고, 나는 그것이 모처럼 즐거웠다. 5월과 무관한 누군가가 학교에서 정년을 한 뒤 오월문학연구소를 차렸다는 말을 들을 땐 비릿하기도 했다. 다 돈이 나오고 돈이 되니까 하는 일이려니 했다. 5월에 대해 단 한 줄의 문장도 쓴 적이 없는 이가 심포지엄을 진행할 땐 재주도 많구나 하는 생각을 조금 했다. 누군가는 무언가를 맡아 해야 할 것이긴 했다.

그래도 40주년인데, 문학에 대해서 말하자면, 그동안의 성과와 한계를 짚어보고 앞으로의 과제를 함께 공유했어야 했다고, 나는 혼자 마음속으로만 생각했다. 그 생각을 입 밖으로 발화하는 순간 나는 여러 사람들의 보이거나 보이지 않는 비난에 노출될 것이라고, 그러니 말을 주의해야 한다고 스스로를 다독였다. 이 동네도 본질보다 관계가 중요했다. 누가 누구와 연결되어 있고 누가 누구와 소원한 관계인지 눈에 잘 보였다. 좀 더 본질적인 의미에서 왜 5·18 문학이 여전히 논의되어야 하는가의 문제를 다루지 않았어도 사실 그 문제는 다들 알아서 생각할 것이긴 했다. 그래도 맨 처음의 임헌영 선생의 기조발제는 매우 좋았다. 5월 문학이 증언의 다락방에서 사랑과 평화의 광장으로 나아가야 하지 않겠는가 하는 방향성의 제시가 없었다면 심포지엄은 맹탕일 뻔했다.

5월 문학상 시상식은 잘 마련된 행사였다. 오래전 소설이 당선되어 제1회 문학상을 받을 때, 나는 기념재단의 한쪽 창고 같은 곳에서 몇 사람만이 참석한 간소한 시상식에서 상을 받았었다. 세월이 좋은 방향으로 흐르기도 해서 저렇게 환한 조명 아래서 많은 사람의 축하를 받는구나 싶었으나, 나쁠 건 없었다. 좋았다. 본상 수상 작가에 대해서는, 나는 그녀의 소설들에 대해 부정적인 글을 몇 편 쓰기도 한 터라, 그가 나를 알 까닭은 없으나 그를 보고 있는 내 마음이란 게 조금 고양이 같았다. 진보 문학 진영 매체에서는 그녀의 소설을 매우 건강한 민중성으로 평가하고 있었으나 나는 매번 신파로 끝나는 그의 소설을 그리 좋아하지 않았다. 특히 초기 5월 소설 어느 곳에서는 80년 5월 이후 살아남은 자들의 힘든 삶, 특히 이혼을 했거나 애인이 죽음으로써 혼자 남겨진 여성들의 모습이 광주와 연결되고 있는 장면이 많이 있다. 그날에 살아남은 사람들이 지금 어떻게 살아가고 있는지를, 어떻게 죽어가고 있는지를 선연하게 보여주면서 소설 내 인물들의 힘겨운 삶의 조건이란 이처럼 아직 해결되지 않은 과거의 비극에서 연유하고 있다는 것을 역설한다. 그래서 광주는 아직 현재진행형이라는 것이고, '나'의 자살을 예감하면서 '어쨌거나 살아서 견뎌내야 한다'고 말하는 소설 내 또 다른 인물의 외침은 비장하다. 하지만, 소설 내 인물들의 행위의 필연성이 독자들의 공감을 얻는 데는 실패하고 있다. 나는 그렇게 읽고 그렇게 썼다.

그의 초기 작품에 해당하는 이 소설은 인물들 간의 서사적 갈등관계가 생략된 채 5·18항쟁을 일종의 기호 혹은 상징으로 처리한 탓에 현실과 문학의 간극을 오히려 넓게 만들고 말았다고 할 수 있다. 또한 그의 대부분의 소설에서처럼 이 소설에도 모성에 대한 강박이 두드러진다. 그녀는 여성성을 넘어선 보편적 윤리로서의 모성을 강조하고 있다. 그것을 통하여 상처의 치유와 연대의 모색이라는 가능성을 애써 강조하고 있다. 살아가야 한다는 의지의 확인, 생명에 대한 사랑의 강조, 희망적인 결말의 화해와 용서는 그 자체로 아름답기는 하지만, 문제는 그것을 모성적인 것으로 규정짓고 늘 여성의 몫으로 남겨둔다는 데 있다. 그것은 남성/여성의 이분법적 오류를 반복하는 데 불과하다. 역사의 상처를 치유하는 것이 모성이라는 논리는 여성 문제의 하나로 다루어야 할 어머니의 문제를 역사담론 속에 지워버리는 결과를 가져온다.

아, 그러고 보니 조금 알 것 같기도 하다. 나를 보고도 데면데면했던 이들 중 몇은 내가 그들의 소설에 대해 쓴 평론이 마음에 들지 않아서였겠구나 하고 뒤늦게 생각이 들었고, 그러자 나는 미안한 마음이 되었다. 나는 우리 지역 작가들의 소설을 애정 가득한 마음으로 읽고 소개하고 글을 썼으나 본의와는 다르게 혹여 그들의 소설을 정확하게 읽어내지 못하거나 부정적인 평가를 했는지도 모르겠다. 얼마든지 숨길 수도 있을 마음을 그러나 글에서는 숨기지 못했구나, 싶었다. 그래도 내 일이 주례사를 쓰는 일이 아니어서 어쩔 수 없다. 5월과 관련한 중편소설로 널리 이름을 알린 한 작가의 그 후속 작품들을 읽으며 나는 "이것은 소설이 아니다."라고 쓰기도 했다. 그 '결코 소설이 아닌 소설'의 내용을 간명하게 소개하면 다음과 같다.

광주에서 시가전이 격렬할 때 '영신'은 남편과 함께 도시를 빠져나갔다. 결혼한 지 채 두 달이 되지 않은 때였다. 그들은 다니던 성당의 신부 주선으로 시외의 과수원 안에 있는 별채에서 지내게 되고, 거기에서 아이-'수환'을 갖게 된다. 도청이 계엄군에게 함락되고 광주는 평정된다. 영신은 친구 '연희'로부터 사건의 와중에 임산부였던 스물세 살의 '최미애'라는 여인이 계엄군의 총에 맞아 숨진 사실을 전해 듣는다. 배꽃이 하얗게 흩날리는 그때, 자신은 남편과 열락의 시간을 보냈는데, 그 시각에 한 여인은 임신한 몸으로 남편의 귀가를 기다리던 집 앞 골목길에서 계엄군이 쏜 총에 맞아 죽었다는 것이 그녀를 깊은 죄의식으로 몰아넣는다. 그런 까닭에 영신은 "죄의식과 행복해지면 안 된다는 심리로" 아들 수환을 미워하게 된다. 그러곤 위암으로 죽는다. 영신의 여학교 때 친구인 '연희'는 오랫동안 연애하던 남자와 헤어진다. "잘생기기고 집안도 좋은 남자였는데 그와 결혼하면 행복할 것 같아서, 행복하면 죄스러울 것 같아서" 그랬다. 연희는 오랫동안 연애하던 남자와 헤어지고 정비공이었던 시민군 출신과 결혼한다. 그때는 숨 쉬고 있는 것조차 부끄러웠기 때문이라는 것이다.

이것은 냉정하게 말하면 소설이 아니다. 너무나 억지스러워서 나는 너무 화가 났다. 현실은 그렇게 명료하거나 단순한 게 아니다. 이 소설의 여성들이 스스로 떠안고 있는 죄의식이란 모성에 대한 강박의 결과일 뿐이다. 혼자 애를 써서 5월 여성 관련 독립영화를 만든 감독에게서도 비슷한 냉기를 느꼈는데, 그녀의 영화에 대한 나의 비평이 그의 마음을 흐리게 했을 것이었다. 이제 5월에 관해서는 더 이상의 문학적 증언은 무의미하지 않겠는가. 행사 마지막에 마련된 시 낭송회에서 낭송되었던 시의 대부분은 그가 누구인지 이름과 목소리를 가리고 듣는다면 한 사람의 목소리라 해도 될, 하나같이 비탄에 젖어, "아, 아, 5월이여, 광주여"를 무한반복하고 있었다. 그 시는 벌써, 40년 전에 발표된 시였다.

이어진 술자리에서는 예의를 차리느라고 어떤 선배 소설가에게 두어 시간을 붙들려 그의 이야기를 꼼짝없이 들어주어야 했던 게, 돌아보면 힘든 일이었다. 그는 하필 나에게서 소설 창작 강의를 들었던 이들 몇에게 소설 창작 지도를 하고 있는 참이었다. 나보다 더 많은 소설을 썼고, 더 일찍 등단했고, 나이도 더 많았으므로, 나는 술을 입에 대지도 않았지만 그는 술을 아주 좋아하는 사람이어서 그의 빈잔에 연거푸 술을 따라주면서 그의 말을 얌전하게 들어주었다. 그에게서 소설 창작 수업을 듣는, 예전에 내게 수업을 들었던 사람들에게 조금이라도 나쁜 영향이 끼치지 않기를 바라는 순정한 마음뿐이었다.

그가 말했다. "그런데 그 사람들이 소설을 제대로 쓰지 않고 소설에 대한 이해가 많이 부족한 것은, 그러면서도 소설에 대해 아주 많이 알고 있는 것처럼 여기고 있는 것은 대체 무엇 때문이랍니까?"

나는 불현듯 오래전 서울의 어느 대학교 박사과정에 지원하려고 면접을 보았던 때의 장면이 떠올랐다. 면접위원으로는 아마 너댓 명의 교수가 앉아 있었는데, 문예창작과로는 서울대라고 자타가 인정하고 있는 곳이어서, 그들은 문학을 하는 누구에게나 잘 알려진 작가와 시인들이었다. 나는 전날 밤 「그는 진짜, 정말, 화가 났을까」라는 단편으로 유명한, 그 소설을 여러모로 감명 깊게 읽었던 나로서는, 그의 다른 소설들과 그의 문학세계를 조망하고 있는 잡다한 글들을 열심히 읽어두었던 참이었다. 그래서 예상 질문으로, "당신은 문학을 무엇으로 규정할 수 있는지 간명하게 설명해보시오."라거나, "당신이 소설을 쓰고자 하는 그 마음은 어디로부터 발원한 것인지 혹여 설명해볼 수 있겠소?" 정도의 소박하고 천진한 질문을 만들고 답을 마련해두었다.

그런데 정작 질문은 그가 아니라 다른 교수가 하는 것이었다. 시인이기도 하고 「흔들릴 때마다 막걸리 한 잔」이라는 그의 시 또한 묘한 매력이 있는 것이어서 나는 그 시를 외우다시피 좋아하고 있었는데, 그 시인 교수는 질문이라기보다는 마구 힐문을 하는 것이었다. "여기 보니까 지방지 신춘문예에 오래전에 당선되었는데, 여태까지 별다른 문학적 성취가 없는 까닭은 무엇이오?"

"그러게요, 나도 그것이 답답하여 여까지 공부를 하겠다고 오는 것이지요." 나는 마음으로 불만이 컸으나 그런 마음을 숨기고 죄인처럼 낮은 소리로 말했지 싶다.

"세상을 읽는 눈이 아직 여물지 못해서 그런 모양입니다, 죄송합니다."

그는 즉시 다리를 외로 꼬면서 누구라도 다 들릴 수 있게 중얼거렸다. "염병, 말만 번드르르하기는."

그가 내게 왜 그랬는지, 무엇이 마땅치 않아서 그랬는지, 정말, 진짜 화가 났었는지 따위에 대해서는 내가 알 길이 없었으나, 또 사람이란 게 특별한 무슨 까닭 없이도 누군가가 혐오스럽기도 한 것이기는 해서, 그동안 내가 타인들에게서 무슨 존중 같은 걸 받고 살아온 것도 아니어서, 그러려니 했다. 그 시인 교수는, 그때 면접에 합격해서 박사과정 공부를 마쳤던, 후배쯤 되는 작가의 전언에 따르면, 대학원생 제자들 여럿에게 못된 짓을 하다가 학교를 떠났다고 했다. 그 못된 짓에 관한 매우 구체적인 이야기까지 들었으나 이야기를 전해준 이의 말도 온전하게는 믿을 수 없는 노릇인 데다, 정작 당사자는 그게 아니라고 제자들을 상대로 소송을 하기도 해서, 그 문제에 관해서는 인터넷 기사 역시 사라지고 없다. 그러나 무엇을 부인한다고 해서 그것이 곧바로 진실이 되는 것은 아닐 것이다.

나는 건너편에서 내 대답을 기다리고 있는 선배 소설가에게 무언가 말을 해야 했다. 나는 술을 마시지 않고 말했다. "1급 작가에게 배워야 1급 작가가 될 것인데, 아니 되기라도 할 것인데, 죄송합니다, 저도 소설을 잘 모르면서 제가 소설을 가르쳤으니 제몫의 잘못이 크겠지요."

그는 작게 웃었다. 책망인지 비웃음인지는 알 길이 없었다. 우리는 누구라도 자신의 마음을 숨기는 데 어려움이 없는 사람들이니까. 또 그렇다 하더라도 우리는 누구라도 그 숨긴 마음을 대체로 어림하는 데 능숙하기도 하는 것이어서.

문학상 2차 심의는 양심에 비추어 공정하게 했다. 규정대로라면 그는 한때 나의 제자이기도 한 셈이어서 심의를 기피했어야 했는지 모르겠다. 그러나 담당 부장은, 그렇게 따지자면 제자거나 아는 이들이 너무도 많을 것이어서 그도 문제니까 그건 괜찮지 않겠느냐고, 작가적 양심에 따라 심의하면 될 거라고 했다. "선생님은 아직도 양심을 믿으시는군요? 믿지 않을 도리가 없기는 합니다만." 나는 빙긋 웃었다. "양심이란 게 올바름의 문제라면 이제 사람들은 그것을 중요하게 여기지 않아요, 세상은. 관계가 더 중요하다고 보는 거죠." 나는 드러나지 않게 마음을 숨기면서, 그렇게는 결코 말하지 않고, "물론이죠." 라고 대답했다.

소설가의 이야기는 몹시 길었는데, 자신의 소설에 대한 생각과 그동안 발표했던 소설들과 문단의 자잘한, 그리고 비루하기 이를 데 없는 비하인드를 들려주었다. 나는 고개를 주억거렸는데, 다만 내게 강의를 들으면서도 누군가들은 다른 선생에게로 가서 강의를 듣고 합평을 하기도 했다는 것을 나중에 알게 되었을 때, 이해 못 할 것은 아니었으나, 세상에 이해하지 못할 일은 없겠으나, 마음이 그렇게 미쁘지는 않았다. 그러다 나도 따라 술 몇 잔을 마시고 말았다. 음주운전을 하면서 집으로 돌아갈 순 없어서 마련된 숙소에서 하룻밤을 지내기로 했다.

10_ 얼마든지 숨길 수도 있는 마음

이러저러한 남자 시인들 몇몇과 하룻밤을 지내면서 이러저런 이야기를 나누다가 대학의 문창과나 문단에서 거의 아무렇지도 않게 일상화되었다는 성폭력의 행태에 관한 이야기를 나누었다. 유명한 문학상도 받은 어느 유명한 남자 시인은 그의 출신 대학 문창과에서 강의를 하는데, 그 과에는 그 남자 시인의 스승인 꽤 유명한 여자시인이 전임으로 있기도 한데, 후배이자 제자인 여성 시인과 시인 지망생들에게 일상적으로 성폭력을 행한다고 그랬다. 나는 물었다. 주변에서 아무도 그걸 말리거나 문제제기하는 사람이 없느냐. 그랬더니 나와 이야기를 나누던 남자 시인은, 그는 오래전 국가폭력이 발생했던 어느 지역의 진실을 취재하는 작업을 하고 있다는데, 성폭력을 아무렇지도 않게 행하는 그 선배의 '시적 재능이 천재적이어서' 차마 그를 다치게 할 수 없다는 것, 그래서 침묵할 수밖에 없다고 말하는 것이었다. 아니, 그것은 옳지 않은 일 아니냐고, 국가폭력은 악이고 성폭력은 괜찮은 거냐고 나는 그에게 힐난하듯 물었다. 그 대학 문창과에는 유명한 여자 소설가도 있는데, 그 여자 소설가는 오래전 국가폭력이 행해졌던 이야기와 관련한 장편소설을 써서 꽤 유명해지기도 했는데, 그이는 그럼 어떤 반응이더냐고 나는 물었다. 그는 말했다.

"모두들 모른 체하죠."

나는 갑자기 모든 것이 다 싫어졌는데, 물론 그날 밤 잠을 거의 자지 못한 까닭은 엄청난 코골이 파열음을 내며 저 혼자 잠을 자던 어느 뻔뻔한 남자 시인 때문이긴 했으나, 어쨌든 그럼 나는 왜 분노하는가와 관련해서 가만 생각해보니 혹여 그들이 행하는 그 알량한 권력이, 혹은 대체 불가의 능력이 내겐 없어서, 그래서 나는 저들을 질시해서 그러는 건 아닐까 생각을 해보기도 하였다. 전혀 아니라고는, 자신 있게는 말 못 하겠다. 누군가의 무엇을 비난하는 자는 그렇게 함으로써 비난의 대상보다 도덕적 우위에 있다는 카타르시스를 느끼게 된다고 누군가 말했고, 영국의 철학사상가인 홉스는 "인간은 타인의 결함을 보고 웃는 존재"라고까지 말한 바 있는데, 그건 그렇다고, 나는 충분히 공감하기도 하는 것이다. 그렇더라도, 그래도 개새끼들이다. 다들 눈감아주고 침묵하니까, 이 시각에도 누군가들은 견딜 수 없는 치욕을 견뎌내느라 끙끙거리겠지. 혹은 누군가는 스스로 목숨을 버릴 거고.

11_너는 돌이킬 수 없다고 말하고*

이은주 선생의 논문 「전쟁과 섹슈얼리티」를 출판하기 위해 내 책을 여러 권 냈던 출판사와 의논을 주고받는 사이에 봄학기 수업이 끝나고 성적 입력을 했다. 세 군데 학교는 시스템이 각각 달라서 행여 작은 실수라도 하지 않으려고 서두르지 않고 일처리를 했다. 남은 일은 성적 부여한 근거 자료들을 챙겨놓는 것이었는데, 그 일은 생각보다 일이 너무 많아서 며칠을 출력하느라 고생을 했다. 리포트와 중간 대체, 그리고 기말 대체 과제물들을 모두 출력하고 시스템상의 성적표와 일치시켜 점수 기입을 하고 서명을 하고 날인을 하는 그 모든 과정에 시간과 신경의 소모가 자심했다. 그러나 그것은 사

* 김선재 시, 「영원으로 향한 영원의 시간」에서

실 단순한 노동이라 할 수 있고, 정작 문제는 성적 이의신청 기간이 각각 일주일이라는 데 있었다.

성적 이의신청은 기본적으로 학생들의 권리였지만, 그래서 무슨 근거로 그러한 평점을 주었는지를 당연히 설명해야 했지만, 설명만으로 끝나지 않는 경우가 종종 있었다.

한 아이는, 겉으로는 정중했다. 교수님의 수업에서 많은 걸 배우게 되어서 감사하다고, 그런데 리포트 점수와 평점의 기준을 알려주시면 앞으로의 생에 더욱 도움이 될 것 같다고 거듭 메일을 보내왔다. 그런 태도는 앞으로의 생에 그리 도움이 될 것 같지 않다고 썼다가 행여 쓸데없는 구설에 오를지도 모르겠다는 염려 탓에 삭제하고 이러저러한 기준이었다고만 답을 했다. 또 다른 학교의 어떤 여학생은 정말 끈질기기도 하려니와 못되게 굴기도 했다. 성적 정정 기간 마지막 날 밤까지 끝없이 메일을 보내왔고, 깊은 밤 시간에도 학교 인트라넷 게시판에 항의성 질문을 남겨서 질문에 답해달라는 문자 메시지가 자동으로 전송되어 왔다.

물론 내가 전임이 아니라는 걸 다 알고서 덤비는 것이다. 나는 그렇게 짐작했다. 내 위치를 받아들이는 데 나는 익숙한 편이었다. 학기가 끝나고 난 후 다시 학기가 시작되고 그래서 강의실을 찾아 교정을 종종걸음을 걷다 보면 가끔 인사를 하고 지나치는 여학생들이 있었고, 어떤 남자아이는 전에도 그랬던 것처럼 뚱한 표정으로 내 앞을 가로질러 가기도 했다. 언젠가 내 강의를 들었던 학생인데, 성적이 흡족하지 않았던 모양이었다. 수업을 위해 강의실에 들어서거나 수업을 마치고 나오는 길에 남자아이를 자주 보게 되었다. 분명 아는 얼굴인데 매번 뚱한 표정으로 나를 모른 체하고 지나쳤다.

마음이 편치 않았던 나는, 한번은 남자아이를 불러서 이야기를 해볼까 하다가 그만두었다. "제 못난 것은 생각하지 않는 그 정도의 됨됨이라면 다른 과목의 경우도 마찬가지 아니었겠니?" 하는 생각이 들어서 말을 나누고 싶은 마음이 싹 가셨기 때문이었다. 그런 학생들이 없지 않아서 맨 처음에는 당혹스러웠으나 이제는 거의 아무렇지도 않았다. 아니 사실은 아무렇지 않은 게 아닌 것이다. 너무너무 싫은 것이다. 누구에게나 좋은 평점을 주고 싶기는 했으나, 어떤 경우에는 그러고 싶지 않기도 해서 때로는 여석을 남겨놓고도 A나 B를 다 채워주지 않기도 했다.

매번 기말고사를 치르고 성적 입력을 해야 하는 학기 말 무렵이면 나는 신경이 극도로 예민해진다. 학기마다 다르고 수업마다 다르지만 성적 입력이 끝나자마자 자신의 성적에 대해 물어오는 학생들이 적지 않았다. 수업에서 내가 어떤 진심을 담아 이야기를 했는지는 무관한 일이었다. 참을성 없는 아이는 전화로, 대체로는 문자로, 드물게는 메일을 보내왔다. 메일을 보내온 학생의 경우가 그런대로 예의를 갖추어서 성적을 좀 더 잘 받아야 하는 사정을 알려왔다. 그렇게 할 수만 있다면 성적을 좀 더 나은 쪽으로 정정해주고 싶은 경우가 없지 않았으나, 그럴 경우 그 아이는 가까운 친구에게도 내게 메일을 보내볼 것을 권유할 것이라고 나는 짐작했다. 더구나 여분을 남기지 않고 성적 입력을 마친 탓에 어찌해볼 도리도 없었다. 나는 흔들리지 않기 위해 혹은 휘둘리지 않기 위해 애초에 여분을 두지 않고 성적 입력을 하는 편이다.

이번 봄학기는 코로나 바이러스의 창궐로 한 학기 내내 비대면 수업을 했다. 학교에 전혀 나가지 않은 것이어서 단 한 명의 학생도 마주하지 못했다. 신입생들은 방송통신대학에 입학한 기분이었을 것이다. 비대면 수업이어서 학생들에게 평점을 주는 것에 좀 더 많은 재량이 주어졌으나, 그래도 성의를 다한 친구와 그렇지 않은 친구를 당연히 구분했다.

어쨌거나 대부분은, 아쉽지만 내 설명에 뒤로 물러선다. 한 학기 동안 수고하셨다고, 방학 동안에 잘 지내시라는 문자를 남기기까지 하고서. 말썽을 일으키지 않아 다행이다. 그러나 한 학기에 최소 한두 명 정도는 아주 고약한 녀석이 있기 마련이다. 절대 물러서지 않고 끈질기게 묻는다. 궁금한 게 단순히 자신의 점수가 아니라는 거지. 그럼 뭐냐? 리포트 점수와 중간과 기말 점수가 왜 그 점수인지를 다른 학생과 비교해서 설명해달라는 것이다. 비교해서 설명하기 시작하면 감당하기 어려운 것이, 리포트나 서술형 답안의 점수를 매기는 일이 기계적 객관성을 갖기가 쉽지 않은 탓이다. 전화를 받고 상대의 목소리를 듣지 않아야 감정의 평형 상태가 깨지지 않는 것인데, 나는 종종 실수를 하고 만다.

"그러니까 나한테 지금 더 이상 무얼 어쩌라는 것이야?"

말의 속도가 가팔라지고 나면 결국 후회만 남게 된다. 납득할 때까지 설명을 요구하면서 결코 납득할 생각이 없는 경우는, 십중팔구, 내가 전임이 아니라 강사의 신분이라는 것을 잘 알고 있기 때문이다. 그래서 다음 학기에도 강의를 하는지 두고 보겠다는 위협을 남기는 아이도 있었다. 당연히 나는 그런 위협에 뜨거운 물속에 던져진 시금치처럼 빠르게 위축되었다. 미안하다고, 화를 낼 일이 아닌데 미안하다고, 먼저 사과하는 일도 있었다. 성적 입력을 마칠 시기에 다음 학기 수업 배정이 이루어지고, 과목마다 다르긴 하지만 수업 배정은 연구실적보다는 거의 전적으로 학생들의 수업평가 점수에 달려 있었다. 매번 학생들의 평가가 달랐다. 같은 교재로 같은 내용의 수업을 해도 어쩌면 그렇게 차이가 두드러지는지 나는 매번 절레절레 고개를 젓곤 한다.

무의식중에 아이들을 차별하는 마음이 있고 내가 그것을 부지불식간에 내색하고 말았을까 되생각해보아도 그런 것 같지는 않았다. 아니었다 할 수는 없을 것인데, 어떤 학과의 경우엔 수업 태도가 너무 좋지 않았다든가 하는 기억이 일종의 편견으로 작동하기는 할 것이었다. 그래도 신경이 더 쓰이는 수업의 경우엔 오히려 많은 자료를 프린트하고 그것을 스테이플러로 집어서 나누어주는 수고를 하지만, 성적에 대해서는 모두를 만족케 할 방법이 없는 것이다.

사는 것이 힘들고 무서운 건, 내 수업을 들었던 아이들에게서 다음 학기에도 강의를 할 수 있는지 두고 보자는 위협을 들어야 한다는 사실보다는, 실제 그런 일은 아직 일어나지 않았으나, 어쩌면 그런 일이 정말 일어날 수도 있겠다는 불안한 마음을 갖는 것이었다.

예전에 정말 내게 못되게 굴었던 남자아이가 SNS에 메시지를 남겼었다. 한 학기에 2백 명이 넘는 학생들과 수업을 하는 나는 그 아이의 얼굴은커녕 이름이나 목소리조차 기억하고 있지 않았으나, 그 아이는 그렇지 않은 모양이었다. 그동안 군대에 다녀왔다고, 군대에서 교수님 생각을 많이 했다고, 그런데 자신이 했던 행동들이 너무 후회된다고, 죄송하다는 내용이었다. 건강하게 잘 다녀온 모양이니 다행이라고, 고맙다고 답을 주었으나, 그 아이와 관계를 맺고 싶지는 않았다. 나는 그 아이를 차단했다. 미움은 오래 남아 종종 지워지지 않는 얼룩이 된다.

그래도 최근에는 학생들의 이의신청이 눈에 띄게 줄었다. 만족할 만한 수업이 이루어진 경우도 있고, 그런 수업의 학생들은 진심을 담아 고마움을 표하기도 했다. 혹은 수업에서 소통이 잘 된 반도 있겠고, 인색한 교수 수업평가와 비교하면 자신의 평점이 의외로 괜찮은 때문이기도 할 것이었다. 학생들은 원했던 평점보다 나쁘면 전체 평점이 낮아져서 장학금을 받거나 하는 데 어려움이 있을 것이나, 다음 학기에 재수강으로 만회할 기회는 있었다. 그러나 나와 같은 강사들의 경우엔 수업을 배정받지 못할 수도 있었다. 실제 그런 경우가 종종 있다. 어떤 내용의 수업을 준비해야 그 수업이 서로 만족스러울까 하는 고민보다는 아이들이나 나 자신의 점수와 수업평가 결과가 훨씬 중요하다. 가끔 넌더리가 난다. 아이들이 싫어지기도 한다.

그래도 봄학기 수업에 대한 학생들의 교수 수업평가는 기대 이상이었다. 한 학기 동안 고생하셨다고, 고맙다고 쓴 인사가 많았고 어떤 학생은 이번 학기 우리 학교 강의 중에서 최고였다고 남긴 문장도 있어서 나는 하마터면 울음을 터트릴 뻔했다. 그러나 자정 넘어 2시나 3시를 아랑곳 하지 않고 10여 차례 메일을 보내 성적을 따져 묻던 여자아이가 들었던 수업은 가을학기에 폐강되고 말았다. 단 한 명만이 수강신청을 했던 것이다. 핵심교양으로 지정되어 한창 교과목을 개발 중이었는데, 나는 느닷없는 일격을 받고 종일 기분이 우울했다. 그 여자아이에게 끝내 F를 철회하지 않았던 데 따른 보답으로 그 아이는 그들의 대나무숲에 얼마나 많은 하소연을 남겼는지, 차라리 그 정성으로 성실하게 수업을 듣지 그랬니? 하고 물을 기회도 내게 주어지지 않았다. 정말 처음 겪는 황당한 일이었다.

나는 밀어주고 끌어줄 만한 네트워크를 갖고 있지 못했다. 내가 특별히 사람들 속에 섞이는 일을 어려워해서라기보다는 대학에 너무 늦게 들어왔기 때문이었고, 그것은 어쩔 수 없는 노릇이라고 나는 생각했다. 그래도 적어도 내겐 지도교수가 있었다. 내가 아무리 연구실적과 교수 수업평가 관리를 잘한다고 할지라도 지도교수가 부재한다면 아마도 학과에서 강의시간을 얻기는 가능한 일이 아닐 수도 있었다.

그래서 나는 때론 섭섭함이나 비릿해질 때가 없는 것은 아니었으나, 강의시간이 주어지고 있는 것만도 다행이라고 스스로를 다독였다. 강의시간을 확보하기 위해 연구논문을 끊임없이 발표해야 하고, 학생들의 교수 수업평가에 온갖 신경을 써야 해서 아이들에게도 먼저 인사하고 맨 나중까지 웃고 있는 자신을 문득 발견할 때도, 그것은 하릴없이 감당해야 할 일이라고 나는 생각했다. 어떤 반의 경우, 수업을 하기 위해 강의실에 들어섰을 때 나와 눈이 마주쳤어도 멀뚱거리기만 하는 학생들을 대할 때, 수업이 끝나고 수고했다고 다음 시간에 보자고 인사를 해도 도무지 아무런 대꾸가 없는 경우에, 나는 종종 노여움이 일었다.

오래전 학부에서 공부를 할 때, 어느 교수가 갑자기, 학생들이 인사도 할 줄 모른다고 화를 내더니 휑하니 강의실을 나가버리는 일이 있었다. 돌이켜보면 좀 어이없는 일이긴 했다. 그때 나는 다른 학생들과 몇이서 밖으로 나가 그 교수를 달래서 강의실로 데려왔는데, 그는 싸가지 없는 것들이 교수를 보고도 멀뚱거리기만 한다고 분을 삭이지 못했다. "요즘 아이들이 좀 그래요." 그때 나는 그랬을 것이다. 그 교수는 철학을 전공했으나 강의를 하고 있는 대학에는 철학과가 없었다. 여러 전공을 하나로 묶는 바람에 쓸데없이 학부의 이름만 길어진 곳에서 밥벌이하는 것이 스스로에게 마뜩찮았는지 모를 일이었다. 또 석사과정 때 수업에서도 비슷한 일이 있었다. 소설가로 이름이 있던 사람이었는데, 학기 중에 수업을 맡아 하던 전임교수가 갑자기 사표를 내고 나가버리는 바람에 그가 임시로 강의를 맡았던 것이다. 그런데 어느 날, 수업에 들어오더니, 선생을 보고도 인사가 없느냐고 누구에게랄 것 없이 화를 내는 것이었다. 그때도 나는 좀 황당했다. 그리고 미안했다. 생각해보니 아는 이들과 이야기를 나누거나 혼자 책을 보거나 하다가 교수가 들어왔을 때 아무도 인사를 하지 않았던 것 같아서였다.

나는 가끔 그 시절의 교수들을 떠올려보곤 한다. 그때는 분명 황당한 마음이 미안한 마음보다 컸는데, 지금은 그들의 그 노여움에 대해서 이해가 갔다. 강의실에 들어서는 나와 눈이 마주치고서도 인사는커녕 본 체 만 체하는 아이들을 보면 저 아이들이 나를 선생은커녕 사람으로라도 생각하는지 싶어 노여운 마음이 들었다. 그러나 곧바로 내가 어쭙잖게 작가며 지식인이고 선생이라는 관념—허위

오늘의 기분

의식을 버리고 나자, 무엇보다 모든 것이 밥벌이일 뿐이라는 생각을 하자, 나는 무슨 노여움이라든가 하는 일체의 불유쾌한 감정상태로부터 벗어날 수 있었다. 물론 항상 그런 평정심을 유지하는 것은 아니다. 다만 학부와 대학원 때의 저 교수들처럼 드러내놓고 화를 내지는 않는다는 뜻이다.

워크숍 때 긴장을 풀고 이야기를 나누다가 그런 말들을 한 적이 있었다. 그건 무엇보다 선생들 잘못이라고, 학생들이 수업 중에 졸거나 휴대폰을 만지작거리거나 더구나 인사를 하지 않는 경우란 수업 내용에 대한 흥미 유발에 실패한 교수 책임이라고 정색을 하던 전임교수의 말을 듣고 나는 고개를 절레절레 흔들었다. 그 이후론 아예 말을 하지 않는 것이 바람직하다고 나는 여겼다.

그러나 몇 년 후에는 저런 푸념들의 시간조차 그리워질 것을 나는 모르지 않는다. 스트레스를 주는 아이들 두엇 때문에 신경쇠약에 걸릴 것처럼 피곤하기는 했으나 사실은 그보다 더 많은 학생들은 나를 긍정했고, 그러니까 어떤 학생들은 고맙다고, 수고하셨다고, 이번 학기 들었던 강의 중에 교수님 수업이 최고였다고 메모를 남기는 이들도 있었다. 나는 늘 이 부정적 정념이 문제인 것이다.

이은주의 학위논문 「전쟁과 섹슈얼리티」를 그녀의 이름으로 출판했다. 내 책을 여러 권 펴냈던 출판사에서는 그동안의 책들을 낼 때

출판 비용을 받지 않았고 많지는 않았으나 인세를 주었는데, 그것은 내가 수업 교재로 많이 활용했던 때문이었다. 그런데 이번에는 출판 비용을 달라고 해서, 저자 이름이 나도 아닌 데다 내가 2, 3년 후면 더 이상 학교에서 강의하지 못할 거라는 계산을 했을 거라고 나는 짐작했는데, 그것은 또 도리 없는 일이기도 했다. 아껴두었던 돈을 건네고 나는 이은주의 책 3백 부를 자비로 출판했다. 그녀에게 갚지 못했던 마음의 빚을 조금 갚았다고 나는 나를 위로했다. 그녀 가족이 있을 것인데 주소를 알지 못한 것이 아쉬웠다. 언젠가 어떤 경로로든 서로 알게 되기는 할 것이었다. 누군가는 책을 볼 수도 있을 것이었다.

중앙경찰서 형사계 강력팀의 이수정 경위라는 사람에게서 연락이 왔다. 물리치료실에 누워 있어서 전화를 받지 못했는데 모르는 이의 전화가 세 번이나 찍혀 있었던 것이다. 내 번호는 학과 사무실에 물어보았다고 했다. 언짢은 일이었다. 성적 이의신청 기간이라 학교에서는 학생들에게 성적 부여 내역을 적절한 근거를 들어 상세하게 설명하라고, 성적 때문에 민원이 발생하지 않게 해달라고 문자를 보내오고 있었다. 다음 학기 시간표 배정이 아직 끝나지도 않은 민감한 시기였다.

전임교수들은 학생들의 성적 민원이나 교수 수업평가 결과가 별로 문제될 것 없다. 성폭력 사건이나 연구비 부정 수급이나 입시 관련 비리가 아니라면, 설령 그런 문제라도 소명의 기회가 주어졌고, 쉽사리 그 자리에서 물러나지 않았다. 그러나 강사들은 그것이 거의 전부라 할 정도로 강의시간 배정에 절대적 영향을 끼치고 있었다. 신분이 보장된 전임과 그렇지 않은 강사 계급의 차이가 극명하게 갈리는 부분이었다.

나는 이수정이라는 사람에게 내게 무슨 용건이 있느냐고 화가 난 마음을 감추지 않은 채 물었다. 피종수 교수와 이은주 선생의 죽음, 그 두 사람의 시차를 둔 죽음과 관련하여 김재영 선생님의 참고인 진술이 매우 필요하다고, 그는 건조하게 그의 용건을 말했다. 내가 애써 말하지 않았던 사건, 굳이 귀 기울여 듣고 싶지 않았던 일이 피종수 교수의 죽음과 관련된 이야기였다. 그는 하필, 하필일 것은 없겠으나, 봄학기가 끝나고 성적 입력과 성적 이의신청 기간, 그러니까 봄학기의 성적 처리 절차가 모두 마무리된 날, 그의 연구실에서 그는 사망한 상태로 발견되었다.

사인은 아직 알려지지 않았다. 갑작스러운 그 죽음은 많은 이들을 놀라게 했다. 그러나 그는 최소한 교수로서 그의 수업을 들었던 학생들에게 책임을 다하고 죽은 것이었다. 그가 평소 누누이 강조하던 책임윤리를 실천하고 떠난 것이라고 나는 생각했다

12_ 누군가 내 안을 엿보고

오래전 5·18 단체에서 일을 할 때 초대 회장을 했던 선배가 있다. 계엄군이 시민들을 향해 총을 난사할 때, 왼쪽 눈에 총상을 입어 시력을 잃었다. 2미터 가까운 거구에 사람 좋은 웃음을 잃지 않아 물론 어떤 사람들은 그를 싫어하기도 하고, 나는 때때로 변화하는 편이지만 아무튼 그 선배의 강권에 못 이겨 저녁시간에 연극을 보러 갔다.

코로나 바이러스의 창궐로 모든 공연이 중단되었는데, 그 선배는 입장 관객 50명 제한이라는 조건으로 소극장에서 연극을 열었다. 관객이 있어야 계속해서 공연할 수 있도록 지원이 끊이지 않을 것은 빤한 이치여서 선배는 종종 귀찮게 전화와 문자 메시지를 보내 관람을 강권하는 편이었다. 본래 그는 연극을 하는 사람이 아닌데, 홀로

오늘의 기분

일인극을 하다가 이젠 감독과 연출로 발전한 상태였다.

소극장 '모든 기억'은 충장로4가쯤에 있었는데, 그 동네엔 주차하기가 어려울 것이라는 생각에 나는 조금 일찍 서둘러 버스와 전철을 갈아타고 갔다. 위치를 찾지 못한 채 시간은 지나가고 있어서 나는 조급하고 짜증이 났다. 사람들은 물어도 아는 이가 없고 간판은 보이지 않았다. 전화로 연결된 누군가에게 마구 짜증을 내면서 거기가 어디쯤에 있는 거냐고 물었다.

그러자 지금 내가 하는 짓이 아무렇게나 주차한 자신의 차 유리창에 경고 딱지를 붙여놓았다고 아파트 경비원 멱살을 잡아 흔들고 뺨을 후려쳤다는 어느 못된 자의 행동이나 다를 게 없지 않은가 금세 후회가 들었다. 나는 가끔 내 안에 들어 있는 이 천박하고 조급하고 이기적인 유전자를 엿볼 때마다 진저리를 치는 것이다. 그럴 때마다 아내는, 태어나고 자랄 때 주변의 누구에게서도 관심과 사랑도 받지 못한 내 유년의 트라우마 때문이라고 처방한다. 연결과 조합이 잘 되는 말 같진 않았으나 부정하지는 못했다. 내 짜증 가득한 전화를 받고서 길 안내를 하던 여자 직원이 멀리서 나를 발견하고 손짓을 한다.

연극의 제목은 〈그날의 약속〉이었다. 평범했던 사람들이 무슨 연유로 총을 들게 되었는지, 왜 목숨을 버리면서까지 군대에 맞서게 되었는지, 생명의 박탈을 충분히 예감하면서도 마지막 날 도청을 떠나지 않았는지, 최후의 날 도청 안에서 다량의 TNT 뇌관을 제거한 사건은 군 당국의 공작이었는지, 아니라면 한 시민군의 선의였는지 등을 다루고 있었다. 어두운 소극장 안에서 사람들은 모두 검거나 흰 마스크를 쓰고 무대 위에서 열연하고 있는 배우들에게, 그들의 연기에 집중하고 있었다. 나는, 다른 이들도 어쩌면 그랬을 것이나, 나는 너무 많은 눈물을 흘리는 바람에 머리가 지끈거렸다. 무엇보다 죽음을 감각하면서도 그 장소에 머물고자 하는 그 순정하면서도 어리석은 마음들을 잘 재현해내고 있었다. 몇 년 전에 개봉되었던 어느 5·18 영화와 비교하더라도 메시지 전달이 훨씬 좋았고 감동의 여운이 짙었다.

그 영화 역시 애를 써서 만든 영화였다. 제작비를 감당하지 못해 제작 일정에 차질을 빚다가 시민들의 스토리 펀딩 방식의 참여와 영화 제작에 참여한 촬영·조명 등 스태프들의 재능기부로 제작된 영화다. 감독과 배우들도 5·18 및 중심인물과 직간접적인 관계를 맺고 있어 각별한 소회를 밝히고 있기도 한다. 전국 대도시의 순회 시사회를 통해 영화에 대한 관심을 끌기 위한 노력도 했다. 한마디로 눈물겨운 과정을 통해 의미 있는 영화를 만들었다는 것이다. 이렇게 알리고 망각하지 않기 위해, 또한 끊임없는 왜곡에 맞서기 위해 문학이든 영화든 5·18항쟁과 관련한 문화적 재현은 계속되어야 한다고 나는 생각한다.

오늘의 기분

문제는 언젠가부터 동어반복에 대한 지겨움을 말하는 이들이 늘어가고 있다는 데 있다. 1980년 5월로부터 40년 가까운 시간이 흘렀고, 충분하지는 않지만 광주의 진실에 대한 봉인은 풀렸다고 생각하기 때문이다. 그런데 이에 대해서도 오래전부터, 어느 쪽에서는 5·18 문제가 일단락되었기에 더 이상의 요구와 권리 주장은 이기적 탐욕이며 편협한 이기심의 발로라고 하는가 하면, 다른 쪽에서는 여전히 5·18은 끝나지 않았다고 말한다.

그러나 그런 말들은 부질없다. 오히려 나는 외상 사건의 서사적 구성에 주목하여 비극서사에 의한 유대인 대학살의 재현이 도덕적 보편성을 성취하는 데에 결정적 기여를 했음을 보여준 제프리 C.알렉산더의 논의를 참조하면서 5·18 외상 사건이 홀로코스트와 같은 도덕적 보편성을 얻는 데 아직은 실패했다고 보는 한 연구자의 논지를 좀 더 잘 새겨듣는 편이다. 아마 두 연구자가 공동 연구를 진행했을 것인데, 그 박선웅과 김수련 선생은 몇 편의 5·18 영화들을 분석하면서 그들 영화 모두가 문화적 외상의 도덕적 보편성을 얻기 위한 상징적 확장과 심리적 동일시를 활성화시키는 데는 서사적 한계가 있다고 말한다. 외상(trauma)은 사건의 구성된 의미로서 체험될 뿐만 아니라, 고통에 대한 공감과 도덕적 책임감의 정도는 외상이 얼마만큼 설득력 있게 의미화되는가에 달려 있기 때문이라고 말한다.

백 번 타당한 말이다. 내가 본 저 영화는 그것이 여타의 5·18 영화와는 다른 점, 새로운 관점에서 재해석하거나 하는 어떤 변별점을 갖고 있지 못한 탓에 관객으로부터 외면받았다고 나는 어딘가에 썼다. 누적 관객 수가 2만 명에도 이르지 못한 데는, 실존인물의 의문사를 영화의 중심 플롯으로 설정했지만 그것이 어떤 긴박감이나 절실함의 정서를 자극하지도 못하고, 젊은 날의 그의 연인이었던 여성 인물이 지금까지 그의 죽음을 잊지 못해서 정신병원을 드나든다는 설정 역시 냉정하게 평가하면 신파에 가까웠다. 아무리 느닷없는 국가폭력에 노출되고 희생되고 그 외상이 여전하다고 해서, 우리의 삶이 과연 단일한, 하나의 감정으로 모아질 수 있을 것인지는 의문인 것이다. 영화가 그런 인식을 넘어서지 못했다면 이는 매우 나태하다고 할 수 있다.

다른 하나는, 어쩌면 이 점이 더욱 중요할 것인데, 영화에 등장하는 거의 모든 '개인'을 역사적 존재라는 거대담론 안에 여전히 가둬 두고 있는 것은, 이미 역사나 민족 혹은 공동체와 같은 거대담론 밖에 위치한 관객—개인들에게 별다른 울림을 주지 못한다. 이 영화가 분단 체제를 기원으로 한 국가폭력의 야만성을 비판하고 있는 텍스트의 계열에 속한다 할지라도, 아니 어쩌면 바로 그런 탓에 일종의 클리셰(cliche)에 불과하다는 일부의 냉정한 시선을 극복하는 데 한계가 있었다.

오늘의 기분

그러나 영화를 볼 때는 지겨웠는데, 연극을 보는 내내 나는 울었다. 그렇다고 영화가 연극에 미치지 못한다는 내 판단을 그대로 믿을 건 또 못 된다. 어쩌면 영화에서 여주인공으로 나온 늙은 배우에 대한 평소의 혐오의 정서가 영화에 대한 나의 판단과 평가에 부정적으로 작용했을 수도 있다. 연극을 보고 나서 감격스러웠던 일은, 상무대 영창에 구금되어 있던 '김영철'이라는 분의 딸이 연극배우가 되어 공연에 함께하고 있는 사실이었다. 그래도 참 잘 자랐구나, 해서 나는 그이가 고마웠다.

김영철 선생은 군 당국의 모진 고문에 저항하느라 영창의 콘크리트 벽에 머리를 들이받아서 그때도 그랬고 풀려난 이후 오랜 세월 정신병원에 입원과 퇴원을 반복하다가 스스로 목숨을 버린 사람이었다. 나는 그와 별다른 인연은 없으나 그의 고통에 관한 소식을 전해들을 때마다 너무나 마음이 아팠다. 그가 죽었다는 전언을 들었을 때 나는 마침 마광수 교수의 에세이를 읽고 있었다. 마광수 교수 역시 스스로 죽음을 택한 사람인데 그는 죽음을 예감하고 있었는지 죽기 전 「자살자를 위하여」라는 제목의 글을 남겼다. 나는 마광수 교수가 남긴 글을 읽으며 두 사람을 추모했다. 그 아픔의 강도는 별다른 차이가 없었다.

"우리는 태어나고 싶어 태어난 것은 아니다. 그러니 죽을 권리라도 있어야 한다. 자살하는 이를 비웃지 말라. 그의 좌절을 비웃지 말라. 참아라, 참아라, 하지 말라. 이 땅에 태어난 행복, 열심히 살아야 하는 의무를 말하지 말라. 바람이 부는 것은 바람이 불고 싶기 때문. 우리를 위하여 부는 것은 아니다. 비가 오는 것은 비가 오고 싶기 때문. 우리를 위하여 오는 것은 아니다. 천둥, 벼락이 치는 것은 치고 싶기 때문. 우리를 괴롭히려고 치는 것은 아니다. 바다 속 물고기들이 헤엄치는 것은 헤엄치고 싶기 때문. 우리에게 잡아먹히려고, 우리의 생명을 연장시키려고 헤엄치는 것은 아니다. 자살자를 비웃지 말라. 그의 용기 없음을 비웃지 말라. 그는 가장 솔직한 자. 그는 가장 자비로운 자. 스스로의 생명을 스스로 책임 맡은 자. 가장 비겁하지 않은 자. 가장 양심이 살아 있는 자……."

나는 경찰서로 가는 대신에 우리 집 가까운 커피숍으로 약속 장소를 잡았다. 단순 참고인 신분인 데다 나는 기본적으로 경찰에 대한 불신이 있었다. 살다 보니 전혀 원하지 않았음에도 불구하고 몇 차례 경찰서를 들락거린 일이 있었다. 다 이야기하기도 귀찮고 생각하기도 싫지만 예전에 정말 어이없는 일이 있었는데, 아무튼 나보다 나이 든 어떤 여자에게 봉변을 당한 일이 있었다. 다짜고짜 나는 그이에게 뺨 한 대를 얻어맞았는데, 계속해서 내 몸에 손을 대는 걸 막으려고 그 여자의 손을 붙든 채 실랑이가 조금 이어졌다. 그 여자의 일행이 여럿 있었고, 목발을 짚은 목소리 큰 남자도 있었는데, 그는 나를 향해 온갖 험한 욕설을 내뱉고 있었고, 결국 나는 112 신고를 했고, 출동한 경찰차를 타고 가서 조사를 받았다.

그때 수사관이 내게, 저 여인의 손목을 붙잡고 앞으로 잡아당겼느냐, 뒤로 밀쳤느냐를 묻는 것이었다. 흥분한 상태여서 경황이 없었는데, 잡아당겼는지 밀쳤는지 아니면 그냥 붙잡고 있었는지 도무지 기억이 나지 않았다. 어떻게 답해야 내가 덜 불리할까를 아마 생각했을 법한데, 무어라 답했는지는 지금 기억나지 않는다. 대 여섯이 내게 와서 일방적인 행패를 부린 그들 중에서 특히 장애를 가진 남자는 아주 고약한 인간이었는데, 마치 그것이 무슨 특권이라도 되는 듯 행세했던 그들은 다 어디로 가버리고 결국 나와 내 뺨을 때린 여자만 남아 쌍방폭행으로 검찰로 넘겨지고 약식 기소되어 벌금형을 받았다. 그들은 다 어디로 갔느냐, 왜 그들은 불러 조사하지 않느냐, 신고는 내가 했는데 왜 내가 폭행 혐의로 조사를 받아야 하느냐, 하는 그런 항의를 했어야 했는데, 어이없는 일로 봉변을 당한 일만이 수치스러워서 그때는 그런 생각조차 하지 못했다. 나는 언제나 그랬듯이 어리바리했고, 경찰은 공정하지 못했다는 뜻이다.

사복 차림으로 온 중앙경찰서 형사계 강력팀의 이수정 경위는 30대 중반의 젊은 경관이었다. 비슷한 또래의 남자 경찰관 한 사람과 동행해 왔는데 그의 얼굴 표정은 조금 어두웠다. 누구의 무슨 말이라도 곧이듣는 대신 한두 번 의심을 하고야 말겠다는 완강한 태도로 나를 주시하고 있었다. 이수정은 이은주 선생이 남긴 논문에서 이해가 필요하다 싶은 부분에 붉은 색연필로 밑줄을 그어두었고, 그런 대목들에 대한 나의 설명을 요청했다. 그냥 떠보는 것이라고 나는 짐작했다. 어려운 내용이 아니었기 때문이다.

"이은주 선생은 자살했다 하지 않았나요?"

굳이 논문의 내용에서 이은주의 죽음의 단서를 찾을 필요가 있을까 하는 질문이었다. 그는 지도교수의 계속된 억압에 괴로워했고, 결국 학위논문 심사기일이 지나버렸으며, 그런 까닭에 학위를 받지 못했고, 1년 전부터 개정된 고등교육법 시행에 따라 전국적으로 모든 대학들마다 강사들에 대한 공채가 시작되었는데, 학위를 받지 못한 그가 매번 거절을 당했을 것이라고, 그 이전에는 박사과정을 수료한 친구들도 더러 강단에 서기는 했으나 지속적인 구조조정으로 강사들의 설 자리가 좁아지고 있는 상황에서 학위를 갖지 못한 인문사회 계열 연구자들은 더욱 벼랑 끝으로 몰리고 있었다는 것, 더구나 딸아이를 그렇게 잃고 난 후 말을 잃어버리고 하나뿐인 자신의 목숨까지 스스로 저버렸다면서 그게 무슨 상관이냐고 나는 이수정에게 물었다.

나는 오래전 이은주 선생이 박사 논문의 주제를 들고 나를 찾아와 조언을 구하던 때를 떠올렸다. 그때 나는 물었다. 왜 그런 주제의 글을 쓰고자 하는가? 내가 박사 논문으로 5·18항쟁 소설들 전체를 망라한 체계화 작업을 하고자 했을 때, 내 지도교수가 물었던 것과 다르지 않은, 따뜻한 마음에서였다. 나는 그때, 확신하기는 어려우나, 그러니까 본래 계획이 있어서가 아니라 정말 어쩌다가 내 생이 5월에 묶여버려서라고, 그런 것 같아서라고 말했던 것을 뚜렷하게 기억하고 있는 것이다. 그때 이은주 선생은 내게 말했다.

"전쟁의 가부장적 폭력성과 억압이 가장 잘 드러나 있는 문학 텍스트 속의 여성 표상과 기억이라는 측면에 주목하는 까닭은 무엇보다 제가 여성이기 때문이지요. 하릴없는 이 땅의 여성이기 때문에요. 누군가를 좋아하다가 명쾌하게 설명할 수 없는 많은 이유들로 이별의 말을 전했을 때 두려움에 떨거나 자칫 목숨을 잃을 수도 있는 게 지금 우리의 현실이잖아요."

그녀의 말처럼, 한 사회가 여성을 어떻게 위치 짓고 대우하고 취급하는가 하는 문제는 그 사회의 심층을 이해하는 데 있어 중요한 열쇠를 쥐고 있는 주제다. 대부분의 가부장제 사회에서 여성의 몸은 그 자체가 지배적인 담론에 의해 형태화된, 그러니까 대상화된 몸이다. 따라서 여성의 몸의 역사는 여성에 대한 억압의 역사와 매우 밀접한 연관을 지니고 있다.

나는 이은주의 생각에 전적으로 동의한다. 문학은 역사적 기억 속의 인간 존재의 고통을 말함으로써 역사 속의 고통이 어떻게 만들어졌으며, 도대체 왜 우리는 거기에서 고통을 느껴야 했으며, 나아가 그것은 왜 지금까지도 반복되고 지속되는가라는 문제의식을 던지는 데 유용한 텍스트라는 이은주의 의견에도 이의가 전혀 없다. 역사적으로 전쟁 혹은 그와 유사한 상황에서 혼란과 무질서 상태를 진단하고 해결책을 제시하는 논의들에는 여성 섹슈얼리티에 대한 혐오와 비난의 태도가 곁들여 있다는 것, 전쟁의 가장 큰 피해자라 할 여성에게 전후 사회적 혼란의 책임을 덧씌우는 이러한 성별화된 논리는 전쟁을 전후한 사회의 불안감을 해소하는 방식으로 공공연하게 활용되었다는 이은주의 말에도 전적으로 공감한다. 안전하게 이별하고 싶다는 현실적 호소에도 나는 귀 기울여 듣는다. 일반론일 테지 설마 그녀 자신의 경우는 아닐 거라는 혼자 생각을 하기도 했지 싶다.

"아, 선생님을 좀 더 일찍 뵐 수 있었으면 정말 좋았을 텐데요."

그녀의 낮게 내뱉는 말에는 탄성과 안타까움과 무엇보다 깊은 우울의 정조가 담겨 있다는 것을 당장에는 알지 못했다. 나는 이은주와 가끔 연락을 주고받았다. 그러나 우리는 타인들이었다. 그랬으나 마음으로는 가까운 사람이어서 전화나 문자 메시지로 말과 생각을 나누는 일이 많았다. 다만 어떤 경계를 넘지 않으려 애썼다. 그녀 역시 한 번의 결혼과 한 번의 이혼을 했고 딸아이가 하나 있으나 다시 결혼을 생각하고 만나는 사람이 있다 했으므로, 서로 통화를 하거나 만나는 경우에도 화제는 논문의 주제를 벗어나지 않으려 애를 썼다. 헤어진 남편에게서 아이를 돌려달라는 연락이 자주 오고, 아이를 데려가겠다고 그녀의 집까지 막무가내로 들어오려고도 했다든가 하는 이야기들을, 결국 아이를 데려가고 말았다는 등의 말들을, 그녀는 아주 조금씩 나누어 이야기하기도 했다.

"그래서 제가 이 주제의 논문을 쓰려고 해요, 선생님." 그녀는 희미하게 웃고, 나는 쓰게 웃는다. 그러다 어느 날, 이은주는 전화를 걸어와 거의 울먹이는 목소리로, 하마터면 성폭행을 당할 뻔했던 이야기를 했던 것이다.

자신의 지도교수의 제자인 다른 대학의 전임으로부터 세 시간짜리 강의 하나를 얻었다고 했다. 박사과정을 막 마치고 나서였으나, 사립대학의 경우엔 전임이 누군가에게 자신의 과목 하나를 떼어줄 수 있는 일이었다. 그녀는 기뻤던 모양이다. 이은주는 대학 강단에 서게 된다는 사실 하나만으로도 마음이 들떴지 싶었다. 그래서 지도교수에게도 인사를 하고, 강의를 준 전임에게도 고맙다는 인사를 하러 갔다. 누구나 그렇게 한다. 밥을 같이 먹었고 술도 곁들인 모양이었다. 그럴 수도 있는 일이었다.

"그러니까 왜 같이 술까지 마셨느냐고, 밥만 먹고 오든가, 밥도 먹지 말고 양주나 하나 던져주고 올 일이지 뭐 하러 밤늦게 까지 같이 있었느냐고 하지는 마세요, 선생님."

이은주는 거의 흐느끼는 것처럼 말하고 있었다. 그 전임교수는 강의 하나를 준 다음부터 자정이 넘은 시각인데도 수시로 전화를 걸어온다. 지난번엔 모텔 입구까지 끌려갔다가 간신히 뿌리치고 돌아왔다. 나이 든 택시기사가 도와주지 않았더라면 무슨 낭패를 당하고 무슨 모욕을 겪어야 했을지 아득한데, 그는 사과는커녕 오히려 당당하다. 집 가까운 곳에 와 있는데 얼굴이나 한 번 보고 싶다는 말에 이은주는 소름이 돋는다. 당신이 뭔데, 나를 왜 이렇게 괴롭히는가? 내가 당신의 연인인가? 연인이라도 자정 넘어 전화해서 술집으로 나오라고 막무가내로 요구하는 경우는 없을 것이다. 행여 그런 이가 있다면 더 이상 그를 만나야 할 까닭이 없지 않을까.

"시간이 너무 늦었어요, 교수님." 그녀는 자신의 불쾌한 마음을 들키지 않으려고, 한편으론 그가 불쾌해하지 않도록 최대한 절제된 음성으로 말한다. 하지만 그는 소용없다.

"어이, 이 선생. 이 바닥 좁은 거 잘 알면서 왜 그래? 내가 이 선생을 최대한 키워주겠다니까. 학문적 능력, 그런 것 별 의미 없어. 모든 게 네트워크라고. 끌어주고 밀어주는 사람 없으면 전임은커녕 시간강사 자리도 쉽지 않은 것 몰라서 그래요? 대기자들 넘쳐. 부탁하는 사람들 이력서가 쌓였다고. 그냥 술이나 한잔하자는데, 그게 그렇게 어려운 일이야? 어린애도 아니고 결혼도 하고 이혼도 해보고,

그럼 알 건 다 알면서 뭘 그렇게 까다롭게 굴어, 응?"

그녀가 뿌리치고 나온 뒤에는 수강신청을 했던 학생들에게 연락을 해서 수강신청을 취소하게 한 다음에, 자신에게 사과하러 오면 강의가 다시 개설될 수 있도록 해주겠다고 연락이 왔다. 이은주는 어떻게 하면 좋겠느냐고 물었다. 어떻게 하긴. 강의는 그만두고 그자는 가만두지 말아야지. 나는 이은주와 전화를 마치자마자 그자의 학교 연구실 번호를 찾아내 전화를 걸었다. 지금 생각해보면 그때 나는 좀 더 냉정했어야 했다.

나는 다짜고짜, 당신이 전임이라고 힘없는 시간강사에게 행패를 부려도 되느냐고, 당장 사과하지 않으면 가만두지 않겠다고 말했다. 그가 가만있을 리 없었다. "당신은 누구냐? 당신이 뭔데 그런 소리를 하느냐? 지금 나에게 공갈 협박하는 것인데, 알고 있느냐?"

나는 본전도 찾지 못한 채 전화를 끊은 다음에 인터넷에서 공갈 협박죄를 검색해야 했다. 서재 문 밖에서 큰 소리를 엿들은 아내가, "당신이 무엇을 어떻게 할 수 있다고 큰소리부터 치느냐. 증거도 없이 성폭력 운운하면 그쪽에서 아, 죄송하다고, 잘못했다고 나올 줄 알았느냐."고 혀를 끌끌 찼다. 나는 두루 민망했고, 스스로에게 화가 났다.

그때는, 내가 누구인가가 중요한 게 아니라 당신이 한 행동이 얼마나 잘못되었는가가 중요하다는 말을 했어야 했다. 나는 그때 얼마나 무모하게 일처리를 했는가에 대해 두고두고 후회하곤 했다. 왜 자신에게는 묻지도 않고 그런 일을 벌여서 힘들 게 하느냐는 이은주의 항의 전화를 받고선 혼돈 상태에 빠졌던 것이다. 그 일이 있고 난 후 이은주와 나는 오랫동안 연락을 끊고 지냈다. 나는 당신을 위해서였다고, 결과적으로 더 이상의 나쁜 일은 일어나지 않았지 않느냐고 내심 서운했고, 그녀는 그건 안다고, 그건 고맙다고, 그러나 그자들이 자신을 이상한 사람으로 몰아가는 바람에 얼마나 곤경에 처했는지 정말 죽어버리고 싶을 때도 있었다고 말했다.

13_ 먼 곳에서 내가 살아가는 것처럼*

'뉴스타파'라는 인터넷 언론사가 있다. 광고 없이 시청자의 후원으로만 뉴스를 제작하는 독립 언론으로 알려져 있다. 대체로 탐사보도를 주로 하면서 좌우 진영을 떠나 권력을 비판하고 불의를 고발하는 내용을 제작한다고 들었다. 지난겨울에 그곳의 기자이며 에디터라는 최 기자에게서 메일 한 통을 받았다. 그는 광주교도소 습격사건과 관련해서 인터뷰를 하고 싶다고 내 의향을 물었다.

그러니까 예의 그 전화, 기억과 기념재단이라고 했던 전화는 뉴스타파와의 인터뷰를 보고 난 후에 그때 계엄군이었다는 누구와 나를 연결해보려고 한 것이었다.

* 최정례 시, 「황사」에서.

"다음 해 40주년이 되는 5·18 주간을 맞아 내보낼 기사를 쓰기 위해 다음주에 광주에 갈 예정입니다. 유튜브를 중심으로 5·18에 대한 부정과 왜곡이 도를 더해가고 있는 것은 선생님께서도 익히 아시리라 믿습니다. 특히 북한 특수부대의 개입과 광주교도소 습격 사건이 그들의 단골 메뉴인데, 북한 특수부대의 개입에 대해서는 전혀 근거 없는 것으로 받아들여지고 있습니다. 문제는 광주교도소 습격 사건의 경우 계엄군의 무력대응이 불가피했다는 것을 인정하는 내용의 대법원 판결이 있거든요. 광주에서의 계엄군의 무력대응이 불법이라는 판단이 내려졌지만 유일하게도, 교도소 습격 사건의 경우엔 법원에서도 계엄군의 대응은 정당했다고 보고 있어요. 대법원의 판결문을 인용하면서 그것을 기정사실화하는 기사가 5·18의 의의를 부정하고 진실을 왜곡하는 소재가 되고 있는데, 취재를 위해 관련 판결문을 검토하다가 선생님의 성함을 발견했답니다. 어려우실 수도 있겠으나 진실을 밝히는 일이 중요한 일이기 때문에……."

아직 진실을 밝혀야 하는 일이 남아 있으면 기념재단이나 그곳에 소속된 연구소에서 하면 될 일이었다. 국가보훈처의 보훈단체로 등록되어 일정한 지원을 받으며 운영되는 유관단체들도 많고, 대학에도 5·18연구소가 있다. 그중에 어느 한 곳에서도 나를 필요로 하는 곳이 없었다. 가끔 그들 모두에게서 접근금지 신호가 감지되기도 했

오늘의 기분

는데, 그랬다기보다는 그런 느낌이 들곤 했는데, 그들과 인적 네트워크가 없는 탓이라고 나는 생각하고 있었다.

나는 너무 늦게 학위를 받았고, 아니라도 친밀하게 지내는 이들이 거의 없었다. 혹은 그런 곳에서 일을 하는 이들과 원치 않는 불화를 겪었다. 왜 그랬는지 가끔 생각해보긴 하지만, 그래서 그 까닭을 조금 알 것도 같지만, 중요한 건 나는 그들 대부분과 가까운 사이가 아니라는 것이다. 세상을 뭐, 그렇게 살아왔나 싶을 때가 없지 않다. 이제 와서 돌이킬 수는 없으니 어디까지나 자발적 소외라고, 나는 나를 변명해주곤 한다.

뉴스타파의 최 기자에게 연락해서 그를 만났다. 내게 보낸 메일에 그의 모바일 번호를 적어두었고, 나는 그의 번호로 문자를 해서 약속시간을 잡았다. 지난 계절의 일이다. 2019년 봄엔 유난스레 5·18 문제가, 문제되고 있었다. 2020년은 사건이 일어난 지 40년째가 되는 해다. 36주년이나 39주년이나 40주년이나 본질이 달라질 게 없겠으나 40주년이면 무언가 그 의의를 더 강조하고 싶어 하고, 더 기념하려는 움직임들이 있을 것이다. 사람도 그의 나이 사십이 되면 무어가 어떻다고들, 예전부터 그랬으니까.

국회에서는 5·18특별조사위원회를 설치해서 계엄군들에 의한 성폭행 의혹과 암매장, 헬기 사격 여부 등의 문제를 규명하기로 하고 관련법을 통과시켰다. 조사위원들은 여야 정당이 추천해서 구성하도록 했다. 어느 날은 가끔 연락을 주고받던 이가 얼굴 좀 보자더니, 대뜸 당신도 그렇고 자기도 그렇고 조사위원으로 활동해보면 어떻겠느냐고 물었다. 활동 기간은 2년인데 한 번 더 연장이 가능하므로 3년간 활동할 수 있다고 했다. 5월의 진상규명 작업은 사실상 이번이 마지막이라고, 매우 의미 있는 일이 될 거라고 해서, 나는 고개를 끄덕거렸다. 그럴 것 같았기 때문이었다.

그는 오래전 내가 활동하던 5월 단체에서 나보다 더 오랫동안 일을 했었고, 지방자치가 시작되자 지방의원을 했으며, 그동안에도 공부를 해서 정치학 박사학위를 받은 이였다. 시의회에서 전문위원으로 일하고 있었는데, 그 방면으론 정보가 많아서 조사위원을 추천하는 단계라는 것과 조사위원의 직책이 상당하다는 것 따위를 이야기했다. 나는 마음속으로 그럴 수 있었으면, 좋기는 하겠다고 생각했다.

그러나 나는 그런 일에 워낙 들러리를 많이 서본 경험이 있었고, 당장은 학교에서 강의를 하고 있는 처지여서, 당신이나 서류를 내보라고 웃으며 말했다. 그는 결국 내게 추천서에 그 사유를 기재하고 사인을 해줄 것을 요청하러 나를 보자고 한 모양이었다. 처음부터 솔직하게 말할 것이지 해서 오랫동안 비릿한 마음이 가시지 않았다. 나중에 보니 여당에 의해 위원으로 추천받은 명단에 그는 없었다. 추천받은 두 사람은 나도 잘 안다고 할 수 있는 이들이었는데, 오랫

오늘의 기분

동안 여당과 관련해서 일을 하고 있던 사람들이었다.

어떤 일에서 성공하거나 아니라도 그 비슷한 삶이라도 가능하려면 집요할 정도의 일관성이 필요하구나, 나는 다소 엉뚱하게 그런 생각을 했다. 언젠가의 학술모임에서 발표자로 나섰던 이는, 그러니까 5·18특별조사위원으로 선임된 이 중 한 사람은, 공부는 부족한데, 그것을 자신의 체험된 시간을 진술하는 것으로 메우던 것을 내가 본 적이 있어서였을 것이다. 많은 시간을 경과한 개인의 기억은 그의 의도와 무관하게 사실의 왜곡을 피할 도리가 없는 것이어서, 그의 말을 듣고 있는 순간 나는 좀 비릿했다. 왜곡이라기보다는 자신의 역할을 과장하거나 수치는 숨기려 하는 게 인지상정이어서, 나는 대체로 체험에 관한 자기서술을 잘 믿지 않는 편이다.

야당이 추천한 이들은 더욱 문제가 많아서 잡음이 끊이지 않았다. 그들이 속한 정당의 의원들은 대놓고 5·18을 부정하는 말들을 공개적으로 쏟아냈다. 국회공청회에서 지만원은 '5·18 북한군 개입설'을 계속해 주장했다. 지만원은 "5·18은 북한특수군 600명이 주도한 게릴라전이었다."고 말하는가 하면, 약사회장 출신의 한 여자 국회의원은 "종북 좌파들이 지금 판을 치면서 5·18유공자라는 이상한 괴물집단을 만들어내서 우리의 세금을 축내고 있다."고 발언해서 소란이 계속되고 있었다.

그래, 5·18 유공자들 중에는 더러 가짜도 끼어 있지, 할 수 있으면 조사해서 제대로 정리하는 것도 나쁘지는 않을 거야 하고, 나는 생각했다. 그런 사람들을 나는 최소한 몇 사람 정도는 알고 있었다. 그러나 알곡에는 덤불도 껴 있게 마련인 거고, 그것이 사건의 본질은 아닌 것이다. 아무튼 잠시 시끄러웠던 여론의 비판과 국회윤리위 제소라는 요식행위도 그들에게는 상관없어 보였고, 실제로 시간이 지나자 다른 더 많은 소란으로 덮이고 말았다.

집 근처 커피숍 2층에는 뉴스타파의 최 기자 일행이 먼저 와 있었다. 카메라맨과 함께였는데, 그는 탁자를 향해 녹화장비를 켜두고 나를 기다리고 있었다. 괜한 일을 하는가 싶은 마음이 들었다. 인터뷰가 방송에 나가면 누군가는 나를 알아볼 텐데, 그게 내게 무슨 도움이 될까 싶어 저어했던 것이다. 내게는 언제나 먹고살아야 하는 문제가 이제나저제나 가장 큰 과제였다. 나는 찬스를 쓸 누군가도 없었고, 반칙을 하거나 할 엄두조차 낼 수 없는 상황의 연속인 삶을 단지 살아내느라고, 마치 늙은 수캐가 혀를 헐떡거리며 가쁜 숨을 내쉬듯이, 그렇게, 살아내고 있는 것이었다. 그런데 느닷없이 인터뷰라고, 게다가 교도소 습격 사건과 관련한 증언이라니, 깊은 한숨이 나왔다.

몇 년 전에 전북의 어느 종합대학에 글쓰기 교과 관련 연구원 모집에 지원서를 내고 면접을 보러 간 적이 있었다. 글쓰기 프로그램을 기획하고 운영하면서 몇 시간 강의를 할 수 있도록 마련한 자리였다. 지원서는 냈으나 거리가 먼 데다 상근을 해야 했고, 몇 시간의 강의를 하더라도 모두 합한 급여가 그 무렵 하고 있는 강의와 비교해서 나은 것도 아니어서 별 흥미는 없었다. 그래도 학기마다 강의시간을 배정받는 일로 스트레스가 말로 다 할 수 없을 만큼 컸으므로, 면접을 보러 오라는 연락을 받고 가기는 했다. 선택지가 많아서 나쁠 것은 없었으니까.

글쓰기 수업의 중요성과 구체적 계획안을 프레젠테이션한 다음에 면접위원들에게서 질문을 받았다. 그 중 한 가지가, 내 박사 논문의 주제가 "5·18민중항쟁소설"이라는 것과 관련한 내용이었다. 그들 중 어느 교수가 내게 물었다.

"오해가 있으면 안 되니까 한 가지 물어봅시다. 박사 논문의 주제를 그리 잡은 건 태어나고 자란 고향의 문제여서 자연스레 그렇게 되었나요, 아니면 5·18과 특별한 관련이라도 있는 건가요?"

돌아오면서 곰곰 생각해보니, 5·18 때 체포되고 구속된 경험이 박사 논문의 주제를 정하는 데 일정한 영향을 끼친 것 같다는 대답을 굳이 할 필요가 있었을까 싶었다. 나는 혼자 주눅이 들었다. 그것 때문은 아니었겠으나, 나는 그 학교에서 자리를 얻지 못했다. 내가 젊었던 시기에 겪었던 1980년 봄의 경험은 살아오면서 가끔 도움이 되기도 했지만, 더 많게는 쓸모없거나 부정적으로 작용하기도 했다.

도움이 되지 않았던 경험은 아주 많고도 많다. 국립 A대학의 5·18 연구소에서 전임연구원을 뽑는다는 공고를 보고 연구계획서와 여러 서류를 갖춰 지원서를 냈다.

지난 10년 동안 연구소에서 발행하는 학술저널에 열 편이 넘는 논문이 실렸으므로, 무엇보다 5·18 문학작품을 체계적으로 연구해서 학위를 받은 이는 나밖에 없다는 평소의 생각도 작용해서, 나는 자꾸만 혼자서 그런 얼빠진 생각을 하곤 했는데, 그래서 설마 내가 배제될 거라고는 생각하지 못한 채 면접을 보러 갔다. 물론 누군가 내정되어 있을지도 모른다는 의혹을 갖지 않은 것은 아니었으나, 아무튼, 나는 너무 늦게 연구소의 전임연구원이 되는 것이었다. 연구교수도 아니고 겨우 전임연구원이라니…….

알 만한 이들이 여럿 면접을 보러 온 탓에 대기실에서 그들과 가볍게 인사를 나누면서도 왠지 민망해서 마음이 편치는 않았다. 아무튼 내가 제출한 서류를 들여다보던 면접위원 중 한 사람이 물었다.

"선생님의 그동안의 연구실적을 보면 5·18 관련 연구가 많은데 특별한, 무슨 동기가 있나요?"

나중에 결과를 안 다음에 곰곰 생각해보니, 그 질문을 받을 때 나는 5·18 때 체포되고 구속된 경험이 작용했을 거라는 대답을 하면서, 그런 대답이 면접 점수에 상당하게 반영될 거라는 바보 같은 기대를 했구나 싶었다. 대체 뭐가 문제인 걸까, 어쩌면 나이가 너무 많은 탓일까? 공동 연구를 하거나 어떤 작업을 지시해야 할 때, 내 나이가 그들과 비슷하거나 많은 것이 그들을 불편하게 할 수도 있어서 그런 것일까? 연구실적은 다른 이들 못지않게 많았으므로 서류심사를 통과해서 면접을 치른 것일 텐데, 하고, 나는 매번 정확하게는 알 수 없는 그 까닭을 생각하느라 두통에 시달렸다. 실제로 한 번은 내 나이를 문제 삼는 경우도 있었다. 몇 해 전에 그런 일이 있었다.

광주에 있는 국립 이공계 대학에서 교양과목을 담당할 강사가 필요했던 모양이었다. 글쓰기와 문학 과목을 담당할 강사를 추천해달라고 내가 학위를 받고 강의를 하고 있는 국립 A대학의 문학전공 교수에게 연락을 해온 이는 서울대학교에서 학부와 석사와 박사를 마친 40대의 여자 교수였다. 내게 전화를 해서 강의를 해보겠느냐고 물었던 사람은 내 지도교수였다. 나와 나이가 같은 여자교수였는데, 그는 내가 맡고 있는 강의시간이, 시간이 갈수록 적어지고 있어서 드러나지 않게 늘 근심이 많았다. 나는 종종 그 원려를 이리저리 들어 알고 있었다. 고마운 일이다. 내가 고맙다고 인사를 하고, 지도교수는 그쪽으로 내 이름과 경력과 연락처를 주었으니 곧 연락이 갈 거라고, 기쁜 목소리로 알려왔다.

그러나 5분도 되지 않아 다시 전화를 해 왔는데, 허탈한 목소리였다. 직감적으로, 나는 무언가 잘 되지 않고 있다고 생각했다. 그 교수가 인터넷에서 나를 검색해보고서는 내 나이가 너무 많다고, 40대 중반쯤으로 다시 추천해달라고 했다면서, 어이없어했다. 정말 어이가 없기는 했다. 무슨 소울 메이트를 뽑자는 것도 아니고 시간강사야 자기가 맡은 수업만 잘 하면 되는 것이지 무슨 나이를 따지나, 싶었다. 그러나 나는, 말을 하지는 않았지만, 나이보다는 인터넷을 검색하면 금방 알 수 있는 내 행적들이 문제였을 거라고 짐작했다. 지워지기는커녕 오히려 기록이 쌓여가는 내 행적들. 생존에 해만 될 행적들이었다.

학위를 받았을 때 지역의 텔레비전 방송과 한겨레신문에서 인터뷰를 내보냈고, 몇몇 신문들이 그 기사를 되받아 전송했던 기록이 인터넷에 아직 남아 있다. "5·18투사가 5·18문학박사가 되다", 뭐 그런 제목의 기사였다. 이후에도 국가정보원의 민간인 사찰을 규탄한다거나, 역사교과서 국정화 시도를 반대한다거나, 제주 강정마을의 해군기지 건설을 반대한다거나, 세월호 사건의 진실을 규명하라거나 하는 등의 집회와 시위와 성명서에 이름을 올린 기록들이 인터넷에 남아 있다. 대체 내가 뭘 했다고, 문화계 블랙리스트에 이름이 올라 있기도 했다. 그런 기록들은 아마 영원히 삭제되지 않고 남아 나에 대한 평판으로 작용할 것이다. 최근에는 또 정치검찰을 개혁해야 한다는, 그러하니 개혁파의 핵심인 장관을 지지할 수밖에 없노라는 요지의 교수연구자 성명과 작가 예술가 성명에도 이름을 올렸으니, 그러니 앞으로도 문제는 나이가 아닐 것이고 당장의 일만 하더라도 그렇지 않겠는가, 하고 생각했으나, 달리 다른 방법이 없었다. 나는 선택을 할 수 있는 권리가 없었으니까.

뉴스타파의 최 기자와 마주 앉고서도 그런 일들이 한꺼번에 떠올라, 카메라의 전원이 점멸하는 것을 지켜보며 나는 오래 침묵을 이어가고 있었다. 괜한 짓을 하고 있구나 싶었다.

"그런데 제 이름과 연락처는 어떻게 아셨어요?" 나는 물었고 기자가 대답했다.

"아, 메일에서 말씀드린 것처럼 관련 기록을 찾아보다가 대법원 판례 속에 선생님 이름이 들어 있는 걸 발견했어요."

"그래요?" 나는 금시초문이어서 화들짝 놀랐다. 나는 구속되어 있다가 108일 만에 기소유예로 석방되었으므로, 재판을 받은 게 아니어서, 그런 사실을 전혀 알지 못했던 것이다. 그것도 광주교도소 습격 사건과 관련해서 내 이름이 판결 기록에 남아 있다는 것이었다.

"내 연락처는요?"

우선적으로 인터넷을 찾아보았다는 것, 내가 국립 A대학교에서 강의하고 있다는 걸 알았다는 것, 학과 사무실에서 연락처를 알려주었다는 등의 대답을 들었다. 그가 물었다.

13_ 먼 곳에서 내가 살아가는 것처럼

"어떻게 체포되었는지, 왜 교도소 근처였는지, 그때 상황을 말씀해주실 수 있겠어요?"

그때 상황⋯⋯, 40년 가까운 시간이 흘렀어도, 그때의 기억이 선명하다. 다만 나는 여전히 이런 인터뷰가 내가 대학에서 강의시간을 얻어 밥벌이를 하는 데엔 결코 도움이 되지 않을 것이라는 생각 탓에, 내가 또 괜한 짓을 하는구나 하고 생각했다. 대학 밖의 두어 군데 인문학 강좌를 맡아 하고 있는 곳에도 마찬가지일 것이었다. 무엇보다 교도소 습격 사건이라니, 바스티유 감옥의 공격을 통해 혁명의 시작을 알린 파리와는 그 이미지나 느낌이 전혀 다른 문제였다.

이제 누구나 다 아는 것처럼, 역사 속에서 가장 유명한 사건 중 하나는 1789년 7월 14일 평범한 파리 시민들이 당시 프랑스의 정치적 혼란 속에 개입한 일일 것이다. 바스티유는 정치범들을 수용한 성으로, 루이 16세가 저지른 폭정의 상징적 장소였다. 광주교도소는 1908년에 개설되어 대한제국 말기와 일제강점기 초기까지 광주감옥으로 불렸던 곳이다. 전주교도소도 초기에는 광주감옥의 전주 분감 형태로 세워졌다. 1923년에 광주형무소로 개칭되었고, 1961년에 광주교도소로 이름이 바뀌었다. 초기부터 지금까지 정치범이라 할 만한 이들이, 특히나 일제강점기에는 더욱 그러했을 것이지만, 정치범이라 명명할 이들보다 더 많은 수의 일반 형사범들이 수용된 형벌

오늘의 기분

의 장소인 것이다. 1980년 5월에 체제에 저항하다 체포된 이들이 광주교도소에 수용되었으나 일반 형사범들과는 다른 공간, 곧 큰 창고 안에 별도로 수용되었다.

1789년 7월, 그러나 1천여 명의 파리 시민들이 바스티유로 몰려갔을 당시에는 수용되어 있는 죄수들이 일곱 명밖에 없었으며, 그것도 지폐 위조범 혹은 광인들이었다고 한다. 바스티유에는 로네이 후작이 지휘하는 60명 정도의 수비군 병력이 있었다. 1980년 5월에는 광주 진압군으로 내려온 특수부대 중 3공수여단 병력이 교도소를 지키고 있었다. 파리 시민들이 바스티유에 몰려간 오후 1시 30분경, 군중은 정문을 부수었고, 그들이 바깥쪽 구내로 진입하면서 수비대의 사격이 시작되었다. 네 시간이 지나 습격한 이들 가운데 수십 명이 죽었을 무렵 성문을 부수는 데 쓸 대포가 도착했고 열세를 느낀 수비대는 항복했다. 수비대 지휘관 로네이 후작은 시민들의 집단 폭행으로 죽었고, 군중들은 거리에 바리케이드를 쳤다. 폭정의 상징인 바스티유는 신속하게 허물어졌다. 혁명이 시작된 것이다.

그러나 1980년 5월의 광주는 그 상황과 맥락이 전혀 다른 것이다. 광주는 당시에 지역의 최고행정기관이던 도청을 접수하고, 그 공간에서 수습위원회를 구성하고, 협상파와 투쟁파로 나뉘어 격론을 벌이고, 결국 무장투쟁을 고수하던 이들이 도청 안에서 고립된 채 계엄군의 진압으로 최후를 맞고, 그러하니 광주항쟁의 상징적 공간은 도청이지 교도소가 아닌 것이다. 도청은 항쟁의 성지가 되어 기념과 추념의 공간으로 부활하였지만, 교도소는 예나 지금이나 범죄자들을 수용한 닫혀 있는 장소, 폭력과 부정과 부패와 가장 잘 어울리는, 어둡고 침침한 장소로서의 이미지로 남아 있는 것이다.

1985년 국방부가 펴낸 「광주사태의 실상」을 보면 "무장 폭도들의 가장 위험하고 대담한 시도는 광주교도소에 대한 공격이었다. 당시 간첩 및 좌익수 170여 명을 포함한 2700여 명의 복역수가 수용된 광주교도소는 낮 12시 20분쯤 폭도들의 습격을 받기 시작했다. 여기에 가담한 폭도의 대부분은 과거 이 교도소에 복역했던 전과자, 당시 수용 중인 복역수의 가족 및 이들을 탈옥시키려 했던 극렬 시위자 등 이었다."고 기록, 주장하고 있다.

그러나 나도 그렇거니와 광주교도소 인근에서 체포된 이들 거의 대부분은 무장을 하지 않았으며, 광주교도소를 습격하러 간 것이 결코 아니었다. 모르겠다. 내가 모두의 마음속까지 다 알 수는 없는 노릇이니까, 진짜로 그럴 마음이 있었던 이가 있었는지도. 그러나 무엇보다 정부군 중에서도 고도의 훈련을 받은 특수부대가 중무장을 한 채 교도소를 지키고 있었다. 그래서 수비대의 지휘관은 말할 것도 없거니와 3공수여단 병력 중 누구 하나의 손끝에도 작은 상처 하나 입지 않았다. 오히려 인근을 지나치던 애먼 시민들 몇이 총을 맞아 죽었고, 더 많은 이들은 교도소 습격범으로 몰려 체포되고 난 후 고문과 폭력과 생명의 위협이라는 고통을 겪어야 했다. 실제 목숨을 잃고 그곳 어딘가에 암매장된 사람도 있었다. 바스티유의 경우가 명확하게 보여주는 것처럼, 어느 쪽이고 붙잡힌 이들은 큰 화를 당하게 마련인 것이다.

그런데 더 큰 문제는, 당시 군부의 주장이 의도하고 있는 것처럼, 교도소 습격이라는 사건은 그것이 사실과는 전혀 다른 의도와 맥락에서 주장된 것이라 할지라도, 그렇게 말해지고 난 다음에는, 교도소라는 매우 부정적인 이미지와 함께 '습격'이라는 덧칠이 더해지고 나자, 더구나 오랫동안 사람들의 무의식에 잠금 처리된 레드 콤플렉스가 함께 작동되는 순간, 아무리 사건을 이성적으로 이해하는 사람이라 해도 무언가 석연찮은 느낌을 갖게 마련이라는 데 있었다. 나라도 충분히 그럴 것 같다. 내가 아니라 다른 누군가가 교도소를 습격하러 갔다가 체포된 자라고 호명되었을 때, 내가 그자를 가까이하고 싶겠는가. 아무리 그래도 의혹을 다 떨쳐버릴 수야 있겠는가. 그런데 내가 그 당사자 중 하나라니, 좀 어정쩡하지 않은가. 내가 인터뷰에 응한 까닭은 거기에 있었다. 나는 그것이 아니라고, 기회 될 때마다 말해두어야 했다.

이제 나는 나를 좀 변명해야겠다. 나로 말할 것 같으면 교도소라는 데엔 딱 한 번, 1980년 5월엔 체포되어 끌려간 것이 전부고, 이후에도 딱 한 차례 가본 것이 전부다. 몇 년 전에 남녘에 있는 어느 교도소로 인문학 강의를 하러 간 적이 있었다. 오래전에, 서로 욕심을 내다가 지금은 둘로 갈라졌지만, 나중에 생각해보면, 둘 다 나쁜 놈들이라고 생각하지만, 처음에 철학과 선생들이 주축이 되어 대중 인문학 강좌를 기획하고 운영하던 모임이 학교에 만들어졌다. 그곳의 사무국장을 맡은 이에게서 전화가 와서는, 애초에 가기로 했던 선생이 갈 수 없게 됐다고, 내게 대신 가주었으면 좋겠다고 부탁을 해왔다. 강사료는 턱없이 적은데, 왕복 세 시간 넘게 차를 운전해야 하는 거리였다. 게다가 스무 명 남짓한 죄수들을 위해 간식도 내 돈으로 사가야 한다고 했다.

이것들이 괜찮은 강좌는 저희들 가까운 것들끼리 맡아 하면서, 그것도 다른 이가 펑크 낸 강좌를 대신해서 다녀오면 좋겠다고, 앞으로도 강좌를 계속하려면 약속을 지켜야 한다는 말을 했을 때, 그럼 네가 가지 그러니? 하고 욕지기가 일었다. 그런데 그가 앞으로도 교도소의 인문학 강좌를 계속하려면 약속을 지켜야 하듯이, 나 역시 그의 부탁을 들어주어야 나중에 다른 강좌를 맡을 수도 있지 않을까 하는 생각이 들었다. 나는 가겠다고 생각했고, 가겠다고 말했다. 그러자 눈앞에 어떤 이미지가 떠올랐다. 그러니까 머리를 빡빡 깎고 푸른 수의를 입은 죄수들의 이미지였다. 그들은 타인들을 해친 죄인들일 것이었다. 도둑이거나 강도거나 성폭행을 저질렀거나 사기를 쳤거나, 심지어 사람을 죽인 이들도 있을 것이었다. 그들을 앞에 두고 내가 무슨 인문학 강의를 할 수 있다는 것인지, 갑자기 두렵고도 싫었다.

교도소 정문에서 용무를 말하고, 교도관의 안내에 따라 육중한 철문과 그보다 작은 여러 개의 쇠창살로 만들어진 문들과, 꺾어지다가 이어진 미로를 지나 어느 교실로 들어갔다. 그들의 얼굴 하나하나를 기억하지는 못하지만, 지금도 여전히 그날의 그 우중충하면서도 서늘한 이미지가 선명하게 남아 있다. 애초에 그렸던 것처럼, 사실 그런 이미지라는 게 영화 속에 나오는 죄수들의 모습에서 각인된 것일 텐데, 아무튼 스무 명 남짓한 사람들이, 정말로 머리를 아주 짧게 깎은 그 상태로, 색 바랜 푸른색 수의를 입은 채 반듯한 자세로 앉아서 나를 기다리고 있었다.

나는 한동안 그들을 외면한 채 흰색 페인트가 군데군데 벗겨진, 교실 천장을 바라보았던 것 같다. 그들이 무슨 나쁜 짓을 하고 용서받기 어려운 죄를 지었든, 여러 겹으로 갇혀 있는 상태의 초췌한 모습을 한 이들을 한꺼번에 마주하고 선 느낌이란, 참으로 아득한 것이었다. 그들도 어쩌면 수상하고 불안한, 어떤 나쁜 꿈들의 시간을 지나치고 있는 것일까, 그런 생각이 문득 들어서 나는 그들의 얼굴을 응시하는 대신 색 바랜 푸른 수의와 짧게 깎은 머리 너머 허공

에, 그래봐야 벽이나 천장 정도에 불과했으나 말없이 오래 눈길을
주었다.

14_ 똑똑, 당신은 나를 두드리죠*

이은주 선생이 죽었다, 는 소식을 들었을 때 나는 다소 엉뚱하게도 언제가 서울에 다녀오던 길에 고속열차를 타고 바깥을 바라보던 때의 느낌이 상기되었다. 옆자리에 먼저 앉아 있던 남자에게서 번지는 은근한 악취를 견디지 못하고 나는 역방향 좌석으로 옮겨 앉아 바깥풍경을 바라보고 있었다. 그러니까 고속으로 달리는 열차의 역방향 좌석에 앉아 바깥풍경을 바라보고 있다 보면, 내가 어느 곳을 향해 가고 있는 것이 아니라 어느 지점으로부터 아주 빠르게, 그리고 지속적으로 멀어지고 있음을 확실하게 느끼게 되는 것이다.

2019년 8월 말에는 어려운 일들이 한꺼번에 일어났다. 어려운 일

---

* 김선재 시, 「우리는 누군가가 되어」에서

들이 한꺼번에 일어났다, 는 말은 실제로 내게 닥쳤던 불운한 일들의 내용을 모두 담아내기엔 역부족일 수밖에 없는 문장이기도 하다. 아무튼 8월 말에는 여름 내내 내 의식을 지배하던 병적인 불안의식이 실제의 사건들로 하나둘씩 확정되고 있었다.

8월 하순에는, 지난 4, 5년 동안 나와 함께 소설 창작 세미나를 했던 선생들로부터 수업 종료 결정을 전해 들었다. 문학상을 타거나 신춘문예 최종심까지 가기도 했던 이들이 다섯 정도는 되었다. 소설을 쓰는 일이라는 게, 이제는 그들 각자 혼자서 해도 될 일이었고, 사실을 말하면 내겐 더 이상의 에너지가 남아 있지 않기도 했다. 아무튼 수업을, 애초에는 이번 가을학기까지는 하기로 했으나, 나는 어쩌면 지난 학기가 마지막 수업이 되지 않을까 예감하고 있던 터였다. 지난 학기 마지막 수업 때 그동안의 공부에 대한 각자의 소감과 앞으로의 생각들을 이야기 들을 때 충분히 짐작했던 일이기도 해서, 그런 말을 들을 때, 처음에 나는 별다른 마음의 동요가 없는 줄 알았다.

아니었다. 별다른 마음의 동요가 없는 줄 알았는데, 그게 아니었다는 뜻이다. 하필이면 8월 초부터 8월 말 사이에 어려운 일들이 한꺼번에 들이닥친 일들 때문에, 어쩌면 그게 아니었어도 나는 섭섭해했을 거라고 혼자 생각하지만, 한 사람 한 사람의 면면이 떠오르면서 나는 몹시 낙담했다. 그들이 나를 떠났다는 생각의 끝에는, 내가

오늘의 기분

그들에게 말이 아니라 실제 보여주었어야 할 내 문학적 성과가 보잘 것없었다는 생각이 따라붙는다. 오랜 시간 흡사 연애를 하듯 함께 공부하고 친밀하게 지냈던 시간들이, 물론 때로는 섭섭해하고 아쉽기도 했던 지난 모든 일들이, 하필이면 상황이 나쁠 때, 한꺼번에 마무리되는가 싶어 못내 섭섭했던 것이다.

나는 그렇게 생각해서는 안 된다고 생각은 했으나 그게 또 생각처럼 되지는 않아서, 나는 혼자 끙끙댔다. 그러면서 역시 내가 아는 것의 전부가 아니라 대략 80퍼센트 정도만 알려주었어야 옳았어, 라고 생각하거나, 더 친밀해보자고, 아니면 누군가를 위로해보자고 내가 살아오면서 감당해야 했던 일들을, 굳이 말할 필요 없고 어쩌면 말해서는 안 될 이야기들을 해버리자 어느 순간에는 그것이 나를 우습게 여기는 하나의 근거로 작용하기도 했지 않았느냐는 후회가 들기도 했다.

8월 말일 여섯 시에는 연구재단의 공지를 확인해야 했는데, 연구논문이 과제에 선정되지 않는다면 얼마나 끔찍할 것인가 하는 두려움 때문에 종일 마음이 진정되지 않아서 나는 다섯 시부터 한 시간가량을, 평소보다 더 오랜 시간 운동을 하고 들어왔다. 아파트 단지 아래 영산강변을 따라 자전거 길을 조성해놓은 덕분에 걷거나 자전거를 타고 운동을 하기에 맞춤이었다.

몇 군데 강의지원서를 내고 초조하게 그 결과를 기다렸으나 8월 말이 되어도 어느 곳에서도 소식이 없었다. 9월에는 가을학기가 개강하는 시기여서 거의 모든 학교가 8월 초에 강의 배정을 마무리 지었으나 몇 군데는 추가 공고를 내는 일정이 진행 중이었다. 그러나 7월과 8월에 걸쳐 무려 열 군데에 냈던 강의지원서 모두가 거절당한 것이다. 본래부터 강의를 하고 있던 국립 A대학의 두 과목 말고는, 본래는 세 과목 아홉 시간이었으나 이제 두 과목 여섯 시간으로 줄어들었을 뿐 아니라, 사립 B대학의 강의는 완전히 끊겼고, 다른 곳 모두에서는 보기 좋게 거절을 당한 것이다.

이제 어떻게 먹고살아야 하나 하고 낙담이 너무 커서, 나는 언제나 그랬는데, 이번에도 그래서 밤에 잠을 이루지 못했다. 내게 남은 것은 다만 생존의 본능뿐인 것이다. 두 시경에 그래도 눈을 붙이자고 잠자리에 들어도 네 시, 다섯 시가 되도록 잠을 들지 못했다. 마지막 남은 희망은 1년차 연구비로 1천 4백만 원을 지원하는 한국연구재단의 논문지원사업에 선정되는 것밖엔 없는 것이다. 그래야 최소한의 생계를 유지할 수 있는 형편이었다. 두 해 정도는 그렇지 못했으나 모두 여섯 차례나 연구재단의 연구과제에 선정되었고, 그것은 일종의 버팀목이 되곤 했다. 봄에 제출했던 연구과제는, 「자전적 글쓰기와 진실의 문제」라는 제목의 논문이었다. 『전두환 회고록』을 분석의 대상으로 삼아, 5·18에 대한 부정과 왜곡으로 일관하고 있는 그의 글쓰기에는 어떤 사고 과정이 개입하고 있는가를 분석해보

오늘의 기분

자고 했던 것이다.

5년 전쯤에 아파트 14층에서 3년 동안 살았었다. 시 북쪽의 외곽에 위치하고 있어서 교통은 다소 불편했으나, 갑자기 집을 팔게 됐고 이사 갈 마땅한 곳이 없어 당혹해하던 때였다. 다행히 넓고 깨끗한 데다 비어 있는 상태여서 전세로 들어가 살게 되었던 것이다.

1층이나 2층에서만 살다가 14층에 살게 되자 처음엔 어지럼증이 있었고, 엘리베이터를 기다려야 하는 일과 주차장이 협소한 탓에 겪게 되는 불편도 적지 않았다. 지하 주차장은 협소했는데, 아파트로 곧장 연결되는 엘리베이터가 없었다. 쏟아지는 폭우나 눈보라에도 속수무책이었다. 지상 주차장은 더 협소해서, 하필 내 차 앞에 사이드를 풀지도 않고 이중 주차해둔 차가, 더구나 아무리 전화를 해도 받지 않고, 그래서 차를 두고 택시를 불러 출근을 하기도 할 만큼 마음 상하는 일이 종종 있었다. 무엇보다 수완신도시에 마련했던 40평대의 고급 아파트를 더 이상 지켜내지 못하고 3년 만에 팔아넘겨야 했던 상실감이 너무 커서, 질 낮은 임대아파트의 인테리어나 수납 공간이 거의 없는 실내 구조 따위를 볼 때마다 우울증이 도지곤 했다. 장점이 없는 것은 아니었는데, 동향인 베란다 창문을 열면 한꺼번에 쏟아져 들어오는 맑은 햇빛과, 산속에서 불어오는 시원한 바람 덕분에 무더운 여름에도 에어컨을 거의 켜지 않고 지낼 수 있었다는 점이다. 마음먹고 멀리까지 가지 않아도 틈날 때마다 산에 오르내릴 수 있는 것도 좋았다. 아주 나쁜 것은, 종종 아파트 베란다 밖으로 뛰어내리고 싶은 자살 충동에 시달렸다는 점이다.

베란다 유리창을 활짝 열어두고서 아무런 망설임 없이 아래로 몸을 날리면 아주 짧은 순간은 고통스러울지 몰라도 이내 평화가 찾아오지 않을까 싶어 나는 가끔 고개를 숙여 아래를 내려다보곤 했다. 수직낙하만 한다면, 그리고 중간에 나뭇가지에 걸리는 불운만 없다면 경계석으로 둘러놓은 크나큰 돌덩어리에 머리를 부딪칠 확률이 높아 보였다. 자살로 생을 마감해버린 이들을 용기 없고 무책임하다고 비난하면서도 그 시절 나는 사람이 어떤 상태가 되면, 그러니까 얼마나 막다른 골목에 몰리게 되면 자살을 꿈꾸게 되는지를 이해하고 있었다.

가장 큰 시련은 10년 가까이 강의를 나가던 사립 B대학의 조교수 임용에서 탈락한 일이었다. 학위를 받은 국립 A대학 말고도, 사립 B대학에서 10년가량 국문과의 문학 강의와 기초교육대학에서 운영하는 필수교양과목 강의를 했었다. 처음에는 두어 군데 대학의 강의를 더 했으나 강의의 기회가 여러 이유로 점차 줄어들던 시기였다. 수완신도시에 마련했던 40평대의 고급아파트를 더 이상 지켜내지 못하고 3년 만에 팔아넘겨야 했던 사정도 그런 형편과 닿아 있었다. 주말에는 초등이나 중고등학교 아이들을 상대로 과외를 했으나, 과외수업은 지속적이지 못했다. 나는 반드시 조교수로 임용되어야 한

오늘의 기분

다는 극도의 압박감에 시달렸다.

학교에서는 전적으로 시간강사가 맡고 있던 그 강의를 2년 계약의 조교수로 전환하여 채용 절차를 밟았다. 교육부의 대학평가 지표에서 좋은 평점을 받기 위해 전임교원 확보율을 높이기 위한 궁리였을 것이다. 모두 14명을 채용한다고 했다. 강사들은 40여 명 되었을까 싶다. 외부에서도 지원을 했을 테지만, 아무튼 우리는, 서로를 너무 잘 알고 있다 할 우리들은, 14등 안에만 들면 되겠지 하는 자조와 기대가 뒤섞인 농담을 하면서, 그래야 불안을 조금이라도 잠재울 수 있었으니까, 그렇게 시간을 견디며 채용 절차에 응했다.

짐작하다시피 맨 처음 관문은 서류심사였다. 나는 이런 종류의 과정에서 늘 자만하는 게 다른 이들의 사정을 훤히 아는 것은 아니지만 최소한 내 연구실적이 그들에 비해 부족하지는 않을 거라는 점이었다. 내가 아는 한 시간강사들은 연구에 게을렀다. 어떤 이는 강사가 강의만 잘하면 되지 무슨 연구실적까지 요구하느냐고 불평을 터트리기도 하는 걸 보았다. 그러니 전임교수들이 시간강사들을 실력 없는 놈들이라고 무시하는 게지, 나는 그렇게 말하는 이의 얼굴을 바라보며 비릿하게 웃었을 것이다. 하마터면 주먹질을 할 기색으로 나를 노려보던 이는 주변의 분위기 때문에 속마음을 행동으로 옮기지는 못했다.

아무튼, 실제로 나는 어떤 해에는 세 편의 논문을 저널에 게재하기도 했고, 발표했던 논문들을 묶어 책으로 펴내기도 했으며, 아니라도 해마다 평균 2편씩의 연구실적을 갖고 있었다. 인문사회 계열의 전임교원을 채용하는 경우 대체로 3년에 2백 프로 이상이 기준 점수였다. 3백 프로를 요구해도 나는 그 기준을 충족했다. 물론 엄밀하게 살피면 자기표절로 의심되거나 부분적으로 중복게재의 혐의가 아주 없지는 않을 것이었다. 그래서 어떤 전임은 나를 두고 박사논문을 너무 우려먹는다고도 했던 모양이었다. 어떤 전임들은 나를 그다지 좋아하지 않았다. 나도 어떤 전임들을 그렇게 좋아하는 건 아니었다. 그래도 나를 모르는 이들은 우려먹는다고 비난하기보다는 한 가지 주제에 끈질기게 매달리고 있다고, 그러니까 우물을 깊게 파고 있다고 아마도 칭찬일 그런 말을 하기도 해서, 나는 공자가 했다는 말을 주워들은 게 있는데, 마을 사람 모두에게서 환영받는 이는 아무도 없다는 그런 비슷한 말을 하면서 스스로 위안을 삼기도 했던 것이다.

그런데 학교에서는 4년에 2백 프로라는 완화된 연구실적을 기준 점으로 제시했다. 대체로 자대 출신들의 연구실적이 그에 미치지 못한 데다 결국은 특정인을 임용하기 위한 작업이라는 확인할 수 없는 풍문이 떠돌았다. 아, 풍문, 떠도는 말들이란 얼마나 많고 또 고약들 한지……. 실제로 도무지 실력을 갖추었다고 인정할 수 없는 한 사람이 마지막에 합격자 명단에 있기는 했다. 그녀에 관한 풍문은 그

오늘의 기분

러나 내가 옮길 게 못 된다. 그것도 능력이라면 능력인 것이고 행운이라면 행운인 것이니까. 학교에서 드물게 그녀를 보고, 서로 가볍게 인사를 나눈다. 그녀는 내게 그다지 불편하거나 나를 무시하거나 그렇다고 호의적이라거나 그런 것은 아니다. 그러니 그녀 때문에 내가 밀려난 것은 아닐 것이다. 설령 그렇다 해도 내가 무엇을 어떻게 하겠는가.

아무튼 나는 2차 주제 발표를 건너 총장이 참여하는 3차 최종 면접까지 갔다. 매번의 단계마다 합격자 이름에 내가 들어 있는가를 확인하는 시간은 심장에 쇼크가 올 만큼 비정상 상태를 넘나들었다. 그렇게 목숨을 걸어야 하는 일이 나는 많았다. 매 학기 강의시간을 확보해야 하고, 해마다 연구재단의 논문과제에 선정되어야 하고, 또 문화예술위원회의 창작기금에 선정되기를 간절하게 바라는 것, 그밖에 자잘한 외부 강좌를 맡아야 하는 것, 그런 일들에 온갖 애를 쓰는 것이 오랜 시간 내 일이었다. 그러니까 살아내기 위해서 어딘가에 목을 매지 않으면 안 되는 시간들이 내 생의 거의 전부였다. 대부분의 삶이 그렇지 않겠는가. 하긴 그렇지 않은 이들도 있기는 했다. 부러운 일이다.

지금은 가끔 들어가보지만 예전에 SNS를 활발하게 하던 시절에, 잘 알지는 못하던 어느 여자 페친으로부터 메시지가 왔다. 스스로 여행 작가라는데, 괜찮다면 내 강의시간에 강의료를 전혀 받지 않고, 그러니까 자원봉사? 아니 기부강의? 아무튼 내가 시간을 내준다면 내 강의시간에, 찾아와서, 자신의 여행 경험담을 학생들과 나누고 싶다고 했다.

나는 본래 자원봉사라거나 재능기부라거나 하는 말들을 그리 좋아하지 않는 편이다. 누구나 무엇이거나 정당한 대가를 지불하지 않거나 헐값에 사람을 부린다는 고약한 의미가 내포되어 있게 마련이라고 생각하기 때문이다. 그래서 처음엔 내키지 않았고, 아무리 자신이 원해서 재능기부를 하겠다지만, 먼 곳에서 부러 찾아오는 사람에게 강의료를 주지는 못하더라도 저녁식사는 대접해야 할 것이고, 그러자면 여간 번거로운 일이 아니라는 데 생각이 미쳤다. 그래도 내가 거절하면 그녀가 민망해할 것이고, 또 혹시 학생들에게 괜찮은 기회가 될 수도 있겠다 싶기도 해서, 그럼, 그래보자고 했다.

아마 눈이 내리기 시작한 무렵이니 가을학기가 종강을 향해 가던 때였을 것이다. '문학과 인간' 과목 수업에는 대략 60여 명의 학생들이 수업을 듣고 있었다. 한 주 전에 여행 작가의 특강을 예고해두었고, 결석을 해서는 안 된다고, 나로서는 학교에서 지원해주는 게 아니라 내 사비를 털어 모신 것이니 학생들은 자리를 채워주는 것으로 도리를 다해야 한다고 해두었으나, 군데군데 자리를 비운 학생들이 있었다.

아무려나 초등학교 교사였던 여행 작가는 어느 날, "갑자기 내가 왜 이러고 사나?" 하는 존재론적 질문을 문득 하게 되었다고, 자신의 이야기를 시작했다. 흥미 있는 이야기였다. 사십 무렵까지 결혼을 하지 않았던 그녀는 일찍 명예퇴직을 하고 받은 돈과 그동안 모아둔 돈으로 지금까지 지구상에 있는 거의 모든 나라를 여행하고 있는 중이라고, 곳곳의 여행지에서 찍었던 사진들을 스크린에 띄워놓고 설명을 했다.

　나는 그러나 그다지 부럽지는 않았다. 오히려 궁금했던 게, 모아둔 돈만으로 어떻게 10년 가까운 시간 동안 여행만을 하면서 살 수 있었는가 하는 점이었다. 나는 어떤 사람들과 밥이나 술을 먹는 자리에 가게 되는 일이 있으면, 그런 상황이 발생하기 전에 나의 경우, 누가 밥이나 혹은 술을 살 것인가를 결정하는 편이다. 내가 산다, 그런데 밥값까지만 낸다거나 하는 계산을 미리 하고 나서야 마음이 편해지는 것이다. 그런데 종종 일행 중 아무에게서도 아무런 언질이나 약속이나 합의가 없으면 무언가를 먹는 내내 마음이 불편하곤 한다. 계산이 만만찮을 텐데 저걸 누가 내지? 공정하게 나누어서 각자 계산하나? 그럼 더 편하긴 할 텐데 하는, 그리 쓸 만하다고 할 수 없는 생각들을 나는 줄곧 하게 되는 것이다. 그러자니 나는 점점 사람들과 덜 어울리게 되었다. 내가 밥을 사주고 싶은 사람이 없는 것은 아니었으나 그 수가 얼마나 될 것이며, 더구나 나에게 밥을 사주겠다는 이들이 몇이나 되겠는가.

14_ 똑똑, 당신은 나를 두드리죠

내 궁금증에 대한 여행 작가의 대답은, 어느 한두 곳, 아니면 서너 곳을 여행하고 돌아와서 그 여행담을 풀어놓는 자리를 마련하고 얼마간의 비용을 받고 모으고 해서 다음 여행지로 떠난다는 것이었다. 그러니 지금 내가 재능기부로 듣고 있는 여행담을 공짜로 들어서는 안 된다는 습관화된 초조감을 안겨주기에 충분한 시간이기도 했다. 나는 곧 냉담해졌는데, 무엇보다 나는 오래전에 결혼을 했고, 따라서 쉬지 않고 밥벌이를 해야 하고, 그래서 다 집어치우고 먼 나라 오지의 마을로 홀홀 떠날 수 있는 자유나 신념? 그런 게 자리할 틈이란 아예 없다는 점 때문이었다.

2019년 8월에 가장 어처구니없는 일 중 하나는, 철석같이 믿고 있었던 사립 B대학에서도 강의가 배정되지 않은 일이었다. 2년 계약의 조교수 채용 절차 마지막 관문에서 밀려나던 때, 그때 나는 너무나 절망적인 감정 상태에서 쉽게 벗어나지 못하고 차 안에서 펑펑 울다가 늦은 시각 집에 들어왔다. 거의 대부분 아는 이들이었는데, 이제 나는 그들과 함께했던 어떤 범주 밖으로 밀려난 것이었다. 무엇보다 이제 어떻게 먹고살아야 하나 그런 생각이 나를 짓눌렀다. 아이들은 착하고 영민했으나 아직 충분하게는 자립을 하지 못했다.

식구들은 학교 홈페이지의 결과 공지에 내 이름이 없다는 것을 이미 알고 있었고, 나는 몇 시간만이라도 강의를 얻기 위해 학교에 나갔던 참이었다. 그 몇 시간만의 강의라도 내게 주기로 한 모양이었으나 자대 출신 여선생에게로 돌아갔다는 이야기를 나중에 들었다. 2년 계약이라니까, 2년이 지나면 전부는 아니어도 강의평가가 낮은 하위 10프로 내외는 걸러지지 않겠는가, 그때를 기다려보자 했으나 그런 절차도 번거로웠는지 이후 어떤 변화가 없었다. 다시는 그런 기회가 주어지지 않았다는 뜻이다. 이은주 선생도 그때 사정이 나와 같았다. 지원을 했고, 최종적으로는 열네 명의 명단에 오르지 못했다. 그녀와 나는 학부나 석사, 박사 어느 과정이거나 사립 B대학과 인연이 없었다. 나는 10년 이쪽저쪽 강의를 맡아 했을 뿐, 그것도 고마운 일이기는 하지만, 이제 단 두 시간의 강의도 주어지지 않는 상태가 된 것이다.

다행이 그 다음 해엔 예전보다 줄어든 시간이긴 했으나 네 시간 혹은 여섯 시간씩 강의를 다시 주었다. 고마운 일이었다. 지나고 보면 당시에는 어떻게 살아야 하나 하고 낙담이 컸으나, 또 어떻게든 살아지기는 하는 것이어서, 그게 좀 충분하게는 이해되지 않는 삶이기는 했으나 전체적으로 보면 매사에 그렇게까지 낙담할 것은 아니라는 생각을 종종 하기는 하는 것이다.

그러나 나는 대체로 비관주의자인 것이다. 그것은 내 생각에, 아비가 부재했던 데 원인이 있을 것이다. 가장 큰 원인은 거기에 있다고 나는 오랫동안, 내밀하게 생각하는 것이다. 내 모친은 미혼모였고, 나는 아비를 몰랐다. 내 모친은 나에게나 자신에게마저 대체로 무책임한 사람이었다. 하긴 반드시 그런 것만은 아니었고, 어린 나이에 나를 낳고 나서 감당하기에 벅찬 자신의 생을 꾸리기에 많이 힘들었으리라는 것을 이제는 이해하는 편이다. 내가 다 알지 못하는, 모친만이 기억할 수 있는 시간이, 아니 사실은 대부분 내가 모르는 일이라 할 수는 없을 것인데, 그런 일들이 많고도 많았을 터이므로……

아무튼 자라면서 또래 아이들과 싸우는 일이 당연히 있었는데, 두들겨 패고 나서는 그 뒷감당을 해줄 아비가 없다는 사실이 나로 하여금 늘 움츠러들게 했다. 맞고 올 때는 차라리 혼자 길게 울고 나면 그만이었겠으나, 그래서 아마도, 그런 생각이 쌓이고 쌓여서 내게는 비관적 세계관을 형성하게 하지 않았을까, 나는 스스로의 심리를 그렇게 규정해보기도 하는 것이다.

어쨌거나, 종종 마음 다치는 일이 없는 것은 아니었으나 국립 A대학에서는 여섯 시간이나 아홉 시간씩 강의를 계속하고 있었고, 다른 여자대학과 두어 군데 인문 강좌의 기회도 있었으므로 나는 점차 정서적 안정을 찾아가고 있었다. 그사이 좀 더 좋은 동네로 이사를 갔고, 괜찮은 아파트를 아예 사서 다시 내 집을 마련하기도 했다. 몇 년 사이 나는 조교수 임용 과정에서 탈락하고 난 상처를 조금씩 치유해가고 있었다.

이은주 선생이 어땠는지는 잘 모르겠다. 학교의 누구보다 그녀와 친밀했다고 생각하지만, 그래서 가끔 밥을 먹고 차를 마시기는 했으나, 나는 언제나 내 몫의 일을 챙기고 모색하느라 다른 사람을 걱정할 여유가 없었다.

직전 학기에도 수업을 했고, 교수 강의평가도 좋은 편이어서 강사법이 개정되고 난 후 공채로 전환되었어도, 나는 철석같이 믿고 있었던 사립 B대학에서 강의가 배정되지 않을 거라곤 전혀 예상하지 못했다. 두 시간 정도의 거리에 있는 여러 대학에 낸 지원서가 모두 거절당하고, 더구나 면접에 갔던 두 군데에서마저 탈락이라는 결과가 나오자 이제 믿을 곳은 사립 B대학밖에 없었다. 다행스럽게도 국립 A대학에서 여섯 시간이 배정되었으므로, 사립 B대학에서 여섯 시간만 배정되면 부족하나마 현상 유지는 될 터였다. 전임교원들이 정년을 하는 때까지는 나도 어찌됐든 대학에서 밥벌이를 하는 게 최대의 바람이었다. 그 밖에는 다른 살아가야 할 재주가 없어서 목을 매야만 한다. 어쩌면 이 비루한 생이라는 게 시작부터 그랬을 터인데, 끝없이 이어지고 있는 것이다. 소멸은 아직 오지 않았고, 생은 요양병원 침상에 온종일 누워 지내는, 죽음을 목전에 둔 노인들처럼 지긋지긋하게도 질겼으므로, 그것은 하릴없는 것이기도 했다.

그런데 결과 발표가 예정을 넘기면서 불안이 감지되기 시작했다. 설마 그런 일은 일어나지 않을 거라고 생각하면서도, 혹시나 하는 초조감에 휩싸였다. 그도 그럴 것이 실무를 담당하는 여선생에게 카톡을 해도 읽지 않고 전화를 해도 확인해서 알려주겠다는 대답을 하고 나서 아무런 연락이 없었던 것이다. 그이는 매 학기 그랬다. 강의 배정이 확정되었는지, 시간표는 어떻게 되는지 물을 때마다 곧 연락을 주마 하고는 아무런 연락을 주지 않았다. 나는 매 학기 다른 강의 시간과 겹치지 않도록 시간표를 짜야 했으므로 그이와 매번 사소하게 감정을 상하곤 했다. 나는 조급한 편이었고, 그이는 급할 게 없었다.

나는 예의 그 병적인 불안의식이 도지는 것을 느꼈다. 전혀 예상하지 않았던 것은 아니다. 다른 학교의 경우엔 대체로 여섯 시간의 범위 안에서 과목별로 복수지원이 가능한 시스템이었다. 그런데 유난스럽게 사립 B대학은 어느 한 곳에만 지원을 하게 했다. 그래서 나는 두 과의 수업 중에 한 곳만을 택해서 지원을 해야 했다. 고민이 시작되었다. 두 곳에서 세 시간씩 수업을 했는데, 어느 곳에 지원해야 안전한가를 판단해야 했다. 나는 치명적인 실수를 하고 말았다는 후회로 오랜 시간 침울했다. 지난번에 강의평가가 좋게 나온 '문학과 신화' 과목에 지원을 했어야 했다고 자책했다. 그랬다면 강의를 얻었을지 모른다고, 5년 가까이 맡았던 과목이라 설마 했던 게 실수였다고 생각했다.

물론 나는 지원학과를 결정하기 전 국문과 조교에게 물어보았다. 그동안 '문학과 신화' 과목 수업을 했던 선생이 나 말고 몇이나 되느냐고 물었다. 나를 포함해서 넷이라 했다. 그런데 이번에 둘을 뽑는 것이다. 혹시라도, 내정이 되었느냐고, 조교 선생이 그걸 대답해주기는 어렵겠지만, 그래도 나는 중요한 결정을 해야 하니까 미안하지만 묻게 되었노라고, 정말 미안해하면서 물었다. 조교는, 그건 잘 모르겠지만 그렇지는 않을 거라고 했다. 그가 그런 대답 말고 무엇을 말할 수 있겠는가. 나는 국문과 지원을 포기하기로 했다. 내가 알기로는 '문학과 신화' 과목을 오래전부터 강의하고 있는 이가 있었고, 그는 그 과목을 주관하는 전임의 후배였다. 나 역시 그 전임과 모르는 사이는 아니었으나 확신할 수는 없었다.

그래서 나는 한국어 과목에 지원을 했다. 항상 그리 친절한 편이 아니었던 담당 직원이 채용공고를 카톡으로 안내해주기도 한 터라서, 어쩌면 이것은 괜찮다는 신호일 거라고 믿었고, 몇 년 동안 아무런 탈 없이 맡아 했던 수업이었으며, 면접 때도 거의 아무런 질문을 하지 않았고, 그래서 나는 그것을 형식적인 절차이겠거니 생각했다. 나는 늘 내 연구실적을 믿었다. 그 모든 게 잘못이었구나 하고 나는 며칠을 앓다시피 했다. 그런데 대체 무엇이 결격 사유란 말인가. 내 나이가 많아서? 자대 출신이 아니라서? 강의평가는 괜찮았는데 다른 무엇이 또 있었을까. 나중에야 나는 그 까닭에 대해 분명하게 알게 되었다. 채용 면접을 담담했던 교수들이 자기 후배나 제자들을 하나씩 챙겼다는 말을 듣기는 했으나 그것을 분명하다고까지는 말

못 하겠다. 그냥 짐작이라고 해야겠다. 그 외는 다른 까닭을 알지 못하고, 또 그렇게라도 생각해야 덜 억울할 테니까.

8월 말에는 세 달 넘게 학교 본관 앞에 컨테이너 박스에서 시위를 하고 급기야 열흘 넘게 단식을 하면서 싸우던 사립 B대학의 강사노조가 학교와의 싸움을 끝냈다. 단체협약에 학교 측의 서명을 받아낸 것이다. 두어 번 나는 그 집회에 갔다. 그러나 앞줄에 서지는 않았다. 지방 언론사 기자들이 찍어대는 사진에 내 얼굴이 찍히는 게 마땅찮았기 때문이다. 혹은 노조의 싸움에 동의하면서도 그들이 관철시키고자 하는 단체협약의 내용 중 하나에 나는 비릿했기 때문이라고 말할 수 있다. 그것은 강사를 채용할 때 3분의 2를 넘지 않는 범위에서 자대 출신을 우대할 수 있도록 한다는 조항이었다. 나중에 알게 된 사실이지만, 나만 그런 게 아니라 오랫동안 그 학교에 강의를 나갔던 타 대학 출신 선생들, 그들은 나와 같이 국립 A대학 출신들인데, 모두가 강의를 배정받지 못했던 것이다. 이은주 선생도 그랬다.

강사노조와 학교는 서로의 요구가 달랐고 이해가 충돌하곤 해서 거의 해마다 집회를 열고 부당노동행위 따위로 노동청에 고발을 하는 등 갈등이 끊임없이 일어났으나, 강사 채용 때 자대 출신을 우대한다는 암묵적 합의에는 서로 이해가 맞았던 모양이었다. 나는 10년 넘게 조합원으로 활동했던 사립 B대학의 강사노조 탈퇴를 고민

했다. 물론 노조의 요구라기보다는 채용 과정에 개입하거나 책임을 맡은 학과 교수들이 자기 학교나 자기 학과 출신 특히 자신의 제자나 후배를 우선적으로 챙겨주어야 하는 문제가 가장 큰 요인이었다는 것을 나중에 알기는 했다. 전국 420곳 대학 중에서 가장 많은 235명의 비전임교원을 감축했는데, 내 주변의 아는 이들 중에서 강의를 얻지 못한 이들은 모두 사립 B대학 출신이 아니었거나 채용을 책임진 교수와 직접적인 인연이 없는 이들이었다. 그래서 덜 억울한가 하면 그런 것은 아니다. 최선을 다하되 결과에 대해서는 너무 억울해하지 말자는 말은 그나마 얼마간의 여유가 있을 때나 할 수 있는 무책임한, 헛소리에 불과한 것이다.

짐작하다시피, 연구재단의 논문과제에서도 선정되지 않았다. 평가자 1은, 5·18 주제를 다룬 연구는 상당수 있었으나 5·18의 책임 당사자인 전두환의 회고록을 텍스트로 하여 5·18 담론이 기억과 헤게모니 투쟁의 지난한 과정임을 밝히고자 한다는 점에서 참신하며, 기존 연구와 차별성이 있다. 자서전이나 회고록은 순기능도 있지만 이를 통해 역사 왜곡, 또는 자기 정당화, 미화 등이 이루어져 왔다. 그럼에도 자전적 글쓰기의 폐해에 대한 논의는 별로 없었다는 점에서 연구목적이 타당하다. 전두환의 확증편향과 논리적 모순의 허위와 합리화를 무력화시킬 수 있는 이론적 근거를 제공하겠다는 점이 매우 돋보인다. 다만 연구자 스스로도 그것을 한계로 지적하고 있는 5·18의 정당화와 왜곡의 근거가 되는 문제들의 해결 방안을 모색하고 있지 않은 점은 아쉽다. 이는 후속 연구가 필요하다고 판단된다, 고 했다. 아마 이 정도의 평가면 70점쯤 될 것이다.

평가자 2는, 이 연구는 자전적 글쓰기라는 문제의식하에 문제적 회고록을 학문적으로 대상화하였다는 점이 새롭다. 그렇지만 연구 목적이 뚜렷하게 부각되지는 못한 것 같다. 연구자의 목적의식에 비해 이 연구가 지향하는 바가 문학, 역사, 철학 가운데 무엇인지, 아니면 이런 '다학문적 접근'을 통해 무엇을 증명하거나 설명하려는 것인지 분명하지 않아 보인다. 아울러 현대사 측면의 선행연구 외에 글쓰기의 하위 장르와 특성이라는 측면에서 관련 선행연구는 미흡한 편이다. 문학과 역사, 회고록과 자전적 글쓰기의 욕망 사이를 연결하는 다층성이 고려될 필요가 있지 않을까 싶다. 현재 계획서 상의 주요 개념과 방법론이 이러한 브릿지를 제공할 수 있을지 다소 의문스럽다. 보완될 필요를 느낀다, 고 했다. 이 평가자의 점수는 50점이나 되었을까.

8월 말 오후 여섯 시부터 새벽 시간까지 나는 내 좁은 서재에 갇혀서 지냈다. 죽을 생각까지는 아니었다. 다만 죽음 속으로 자신을 밀어 넣는 이들의 그 참담한 마음을 충분하게 이해할 수 있을 것 같았다. 어떤 가능성이라는 게 아예 보이지 않을 때, 아무와도 자신의 절망적인 상태를 이야기 나눌 수 없다고 생각될 때, 그때 사람들은 죽

오늘의 기분

음의 세계로 자신을 밀어 넣을 거라고 나는 짐작했다. 그러자 몸에, 마음에 가득 습기가 차오르는 느낌이기도 했다.

봄에 제출했다가 탈락했던 연구과제「자전적 글쓰기와 진실의 문제」라는 제목의 논문은 가을에 추가로 선정되었다는 연락이 왔다. 지난 시간들을 되짚어볼 때마다 내가 느끼는 것은 언제나 병적인 불안의식에 매달려 있었다는 점이다. 그런 탓에 늘 긴장을 늦추지 않고 무언가 최대한 집중할 수 있었던 반면, 그래서 최소한의 존엄을 잃지 않고 살아내기는 했으나, 주변에 가까운 사람을 거의 갖지 못한 것은 늘 아쉬운 대목이다. 이은주 선생 같은 경우도 그때 내가 좀 더 따뜻하게 대해주었더라면 그가 허망하게 떠나지 않았을지도 모른다는 회한이 자주 든다.

이은주는, 아마 그도 동의하겠지만 내 후배 여선생이었다. 나는 선생님의 학생이 아니라니까요, 하고 갈라진 목소리로 거칠게 항의하던 전이송은, 당신이 무슨 선배냐고, 나이가 무슨 의미냐고 할 것이다. 정말 그때 나는 할 말을 잃었다. 나는 그이의 선배 정도로 생각하고 있었기 때문에 나로서는 불의의 일격을 당한 셈이었다. 더구나 같은 학기에 학위를 받았으니까, 그리고 내가 나이를 스무 살 가까이 더 먹었으니까, 평소 모른 체 지나치는 것도 아니고 필요한 만큼은 말을 섞고 지냈던 사이니까, 나는 그이의 선배라고 해도 되지 않을까 생각했던 것이다.

이은주 선생은 벌써 이 세상 사람은 아니지만, 그녀와 내가 가깝게 지냈다고 해도, 그녀가 굳이 부정하지는 않을 거라는 확신이 든다. 그녀는 지도교수의 횡포 탓에 결국 학위를 받지 못했으나 국립 A 대학 말고 사립 B대학에도 강의를 나가고 있었고, 내가 그랬던 것처럼, 그 역시 사립 B대학의 2년 계약 조교수 채용에서 탈락했었다. 우리는, 우리라고 해도 괜찮을 것인데, 우리는 아주 가끔 식사를 같이 하거나 차를 마시곤 했다. 돌아보면 그녀에 대한 내 연민이 깊었던 듯하다. 까닭이 없지는 않았다.

　그녀는 두 번 결혼을 했고, 두 번 다 이혼을 한 모양이었다. 그럴 수 있었다. 문제는 그녀에게 가끔 심각한 일이 있었는데, 수업을 하다가 이혼한 남편이 자신의 딸아이를 데려가버렸다고, 나중에는 그 딸아이가 죽었다고 아이의 이름을 소리쳐 부르면서 강의실 밖으로 뛰쳐나가곤 하는 일이 두 번, 세 번 반복되었다는 점이다. 어느 날 이른 시간엔 내게 전화를 했다가 바로 끊어버리고선 전화를 받지 않기도 했다.

　강의를 듣던 학생들은 깜짝 놀랐을 것이다. 더러는 사정을 전해 듣고 나서 마음 아파했을 것이고, 그래도 누군가는 대학본부에 전화해서 제대로 된 수업을 듣게 해달라고 했던 모양이었다. 나무랄 일은 아니겠으나, 나는 나중에 그런 이야기들을 전해 듣고 가슴 속에 휑한 찬바람이 지나가는 것을 어쩌지 못했다. 그런 일이 몇 번 일어나자 학교에서는 이은주에게 더 이상은 강의를 주지 않았다. 학교로서야 어쩔 수 없는 일이었을 것이다. 그런데 강사법이 개정되고, 모든 대학이 공개채용을 통해서 강사를 채용해야 한다고 했으면서도 사실은 그 과정이 불투명하기만 해서, 누가 어떤 과정을 거쳐 채용되거나 탈락하는지 오리무중이었다.

이은주는 학위를 받지 못했으므로 더 이상 대학에서 일자리를 갖지 못했을 것이다. 나는 그의 죽음을 알게 된 이후 오래전 함께 밥을 먹던 날 그의 생일에 무심했던 기억에 늘 가슴을 치게 된다. 그런데 또 나는 누군가들의 생일에 축하한다는 말을 차마 하지 못한다. 그저 빈말이라도, 그게 그냥 사람들과의 관계에서 그리 나쁠 것 없는 단순한 말일 뿐이라는 것을 내가 몰라서가 아니라, 차마 그런 말이 입 밖으로 나오지 않는 것이다. 나와는 아무 상관없는 누군가가 아이를 둘, 셋, 넷, 낳았다는 뉴스를 봐도 그가 정상으로 여겨지지 않곤 하는 것이다. 어쩌자고 아이들을 그렇게 많이 낳는다는 말인지, 하고.

참으로 곤란했던 일은, 언젠가 인문학 강의를 하기 위해 어느 성당 주차장에 차를 두어야 했는데, 성당과 연결된 어느 공간이었고, 그래서 성당 주차장에 차를 두어야 했을 때, 하필이면, 하필이라고까지 할 것은 없겠으나 아무튼 하필이면 차를 두고 문을 열고 나오는 곳에 성모상이 있었고 성모상 앞에는 중년 사내가, 조금 후줄근

한 행색이었던 듯싶은데, 대체로 여인들이 그러한데 그날은 그 행색이 얼마간 초라한 중년의 사내가 성모상 앞에 고개를 숙이고 두 손을 모아 무언가를 오랫동안 빌고 있던 모습을 내가 보고 말았던 것이다.

그렇게 말하면 그 사내가 무슨 욕된 짓을 하고 있었다는 어감이 들지도 모를 일이어서 나중에 표현을 수정했으면 하지만, 아무튼 나는 그 사내가 묵주를 손에 쥐고 있지는 않아서 묵주기도를 올리는 것은 아니란 것 정도는 알지만, 아무튼 사내가 오랜 시간 공들여 무언가 기도를 올리는 모습을 지켜보다가 나는 생각하기를, "당신에게 아니 우리에게 기도가 무슨 소용이겠습니까, 기도라니요?" 하고 혼잣말을 했던 것이다. 그때 내가 깜짝 놀랐던 것은 기이하게도, 지금도 여전히 신을 믿고 신에게 무언가 기도를 하는 사람이 있구나 하는 생각이 들었다는 데, 있는 것이다. 그런데 내가 이은주 선생의 생일을 축하할 마음이란 애초에 생길 수가 없었던 것을 지금 살아 있지 않은 그녀에게 어떻게 설명하고 그것을 납득시킬 수 있단 말인가. 나는 용서를 받지 못할 것이다.

아무려나 나쁜 꿈들의 시간은 그녀에게도 예외가 없었고, 그녀는 그것에 맞서지 못하고, 아니 무진 애를 쓰기는 했겠으나, 끝내 스스로 허물어져버렸구나, 해서 가슴에 통증이 오래 남아 있다. 그녀가 그때 나와 밥을 먹을 때 했던 말이, 당시에는 정확한 의미를 알지 못해서 그냥 흘려들었을 것인데, "모르는 것이 슬프거나 아는 것이 부끄럽지 않았으면"*, 그런 삶이었으면 했는데요, 그렇게 했던 말이 자꾸만 떠오르기도 하는 것이다.

나는 송미영에게 연락을 해볼 생각이었다. 송미영이 나에게 이은주의 소식을 알려주어야 할 의무는 물론 없다. 그러니 왜 내게 이은주의 죽음을 알려주지 않았느냐고 섭섭해할 수는 없는 일이라는 것을 내가 모를 리 없는 것이다. 그래도 섭섭하지 않은 것은 아니었다. 소식이라도 제때 들었더라면 그녀의 마지막 가는 길에 배웅이라도 할 수 있지 않았겠느냐고 따질 수는 있는 것이다. 물론 그랬다 한들 그녀에게 무슨 위로가 됐을 것인가 해서, 다시 가슴이 아파왔다. 그래서 더욱 송미영에 대한 섭섭함이 컸다. 이은주가 나와 각별했다고는 하나 어느 순간에는 같은 여선생들인 전이송이나 송미영과 더 친밀하게 지내는 듯했다.

송미영과 나는 지난 10년 동안 학교에서는 그래도 가깝게 지낸 사이라고 할 수 있는 사람이었다. 내가 이은주와는 나름대로 각별한 사이라는 것을 모를 리 없는 송미영이, 한 학기에 두어 번은 만나는 사람이 그에 관해서 아무 말도 하지 않았다는 사실에 나는 새삼

---

* 김선재 시, 「마지막의 들판에서」. 본래는 "모르는 것이 슬프거나 아는 것이 부끄럽지 않을 때까지"로 되어 있다.

화가 났다. 하긴 남편과 이혼을 하고서도 몇 년 동안 함구했던 이였다. 사실은 다들 알았던 모양이고, 어느 순간 어쩌다 느낌이 이상해서 조심스럽게 내가 먼저 묻자 그때서야 별일 아니라는 듯 그런 일이 있었다고 말을 하는 바람에, 그때도 마음으로 깜짝 놀랐던 게 상기되었다.

이혼이 뭐 별거라고, 물론 간단한 일은 아닐 것이나 살다 보면 그런 일은 있을 수 있는 일이다. 하긴 당사자가 아닌 한은 그렇게 말하는 것도 올바른 태도는 아닐지 모른다. 내가 이혼을 실제 경험한 적은 없는 데다 더구나 남자였으므로, 송미영의 이혼이 그녀의 일상에 어느 만큼의 충격을 주었는지에 대해 짐작조차 할 수 없는 일이기는 한 것이다.

송미영은 남편과 사이가 나빴던가. 나는 10년 넘게 송미영을 봐왔지만 사실 서로에 대해 잘 안다고 할 수는 없었다. 박사과정 공부를 몇 과목 같이 들었고, 주로 강의시간표 배정 따위의 일로 매사에 조심스럽고 어려운 상황을 함께 겪고 있었으므로 딱 그 정도만큼의 거리에서 가까운 사이였다. 전공이 같았으므로 때로는 자신의 강의시간을 앗아갈 수도 있는 경쟁자의 처지이기도 해서 어쩌다 싫어하는 마음인 경우도 없지 않았다. 그래도 오래 보아온 처지라 서로의 가정사에 대해 조금씩은 알 수밖에 없었으나, 남편이 다른 학교에서 강의하고 있다는 것 정도 말고는 딱히 기억나는 게 없기도 했다. 하긴 서로에 대해 많이 아는 것이 두 사람의 관계를 친밀하게 하고 그 관계가 오래 지속되도록 하는 게 아니라는 것을 나는 안다. 어느 순간 긴장이 풀어져서 혹은 그를 위로한답시고 사실은 나도 그 못지않은 어려움이 있었노라고 말해놓고 나면 오히려 껄끄럽게 되는 경우가 더러 있는 게 사람 사이의 일이니까.

아무튼 그녀 남편을 나는 두어 번 스치듯 보긴 했으나 인사를 하는 것도 아니고 아닌 것도 아니게 도대체 성의 없는 사람이어서, 그래서 별로 호감이 가지 않는 이미지만 남아서였을 것이다. 처음 인사를 나누며 악수를 했을 때 적당한 악력으로 상대의 손을 쥐고 흔드는 게 아니라 건성으로 손을 내밀고만 있을 때 느낀 불쾌함은 잘 잊히지 않는다. 누군가를 생각할 때, 어떤 고마운 마음은 금세 잊히지만, 이렇듯 밉거나 싫은 느낌은 오래 지속된다.

아무튼 그럴 만한 사정이 있어서 이혼을 했을 것이다. 그렇다고 그 사실을 부러 광고할 것은 없겠다. 누구에게나 정체성이란 단수가 아닌 데다 자신이 취할 수 있는 수많은 주체적 입장들이 있다는 것을 모르지 않으면서도, 어떤 사람이 이혼녀라는 사실이 당사자에게 플러스가 되지는 않을 것이기 때문에, 적어도 아직은 우리가 그런 사회에 살고 있기 때문에 자신이 이혼했다는 사실에 관해서 오랫동안 말하지 않았던 것을 두고 나는 딱히 송미영이 밉거나 하지는 않았다. 모친의 장례가 끝나고 나서 만났을 때 내 주머니에 조의금을 담은 봉투를 넣어줄 만큼의 최소한의 예의는 있었던 것이다. 앞으로도 얼굴을 보아야 하는 처지라서 그렇기는 했을 것이나 빚을 갚지 않고 모른 체했던 강사들에 비하면 고마운 마음이었다.

그래도 정나미가 조금 떨어지기는 했다. 굳이 멀리할 것은 없겠으나 부러 가까이할 것도 아니라고 다시금 생각한다. 하긴 지금까지 그래왔다. 같은 욕심을 가진 자는 서로 미워하고 같은 걱정을 가진 자는 서로 친하다는 말이 있지만, 나와 송미영 사이는 그 경계 어디쯤이라 할 수 있을 것이다. 송미영도 같은 생각을 하고 있을 것이라고 나는 생각한다. 그런 사람에게밖에는 이은주의 죽음에 대해 질문할 수 있는 이가 없다는 사실이 나를 참담한 마음으로 이끈다. 모친의 부음을 전해 듣고 마음으로 울어줄 사람이 아무도 없다는 것을 새삼 깨달았을 때만큼이나 마음이 횅했다. 도무지 나는 잘 살아온 것 같지가 않다.

나는 결국 송미영 선생에게 전화하지 않았다. 그가 나의 짜증을 받아줄 까닭이란 도대체 없는 것이다. 대신 피종수 교수의 연구실로 발걸음을 옮기고 있었다.

15_ 더는 나빠질 것 없는 세월 너머로

뉴스타파의 최 기자는 참을성 있게 내 증언을 기다려주었다. 멀리서 온 사람에게 너무 오래 침묵할 수는 없는 노릇이어서, 나는 그의 질문에 따라 오래전 시간으로 기억을 더듬어갔다. 대개의 꿈들이 그렇듯이 어떤 꿈은 기억이 흐릿하고, 또 어떤 꿈들은 모두지 기억나지 않기도 한 것이어서, 내 기억은 충분하게는 정확하지 않을 수도 있어요, 하고 나는 그에게 양해를 구했다. 최 기자는 그건 걱정하지 마시라고, 많은 기록과 다른 사람들의 증언을 대조하면서 선생님의 말씀을 확인하다 보면, 대체로 모든 인터뷰에 대한 확인은 그렇게 하는 것이라고, 그렇게 하다 보면 퍼즐이 맞춰지는 것이라고 나를 안심시켰다.

물론 그는 다른 것도, 그러니까 누군가의 고백과 기만은 결국 같은 말이라는 것도 알고는 있었을 것이다. 오랫동안 취재를 업으로 삼았던 그가 모든 소스는 기본적으로 오염되어 있다는 것을 모르지 않았을 테니까.

1980년 5월 23일 오전이었어요, 나는 기억을 되살려 더듬더듬 말을 이어나갔다. 최 기자는 중간에 내 말을 끊지 않고 참을성 있게 들어주었다. 어차피 내 인터뷰 분량은 그가 준비한 방송 분량에서 1, 2분 정도나 될 것이었다. 그가 원하는 것은 내가 어떻게 광주교도소 습격 사건에 개입되었는가 하는 일이었으나, 그것을 말하자니 불가피하게 그 무렵의 내 살았던 모양을 간추려서라도 이야기하지 않을 도리가 없는 것이다. 그래야 혹시라도 나중에 세상이 또 바뀌게 되고, 예전에 한국전쟁 중에, 전쟁이 끝나고 나서였던가, 공산주의자들과는 직접 관련이 없었던 사람들을 한꺼번에 엮어서, 구제역에 걸린 돼지들을 그랬던 것처럼 죽거나 혹은 살아 있는 채로 땅속에 묻어버리는 일이 생기지 않으리라는 확실한 보장은 결단코 없는 것이겠어서, 아무튼 그렇게까지 되지는 않을 거라고 생각하지만 그래도 세상일은 모를 일이 지천이어서 나는, 기회가 있을 때 내가 교도소를 습격한 게 아니라는 점을 명명백백하게 기록에 남겨두고자 하는 마음이었던 것이다. 최 기자는 내 마음을 이해한다는 듯이 고개를 끄덕였다.

오전 열 시 무렵 나는 도청 앞에 나가 있었다. 그때 나는 광주천을 끼고 양동시장 지나 광천동 가까이인 발산부락에 살고 있었다. 가난한 이들이 모여 사는 동네였고, 나도 몹시 가난한 형편으로 방 하나를 세 얻어 살고 있었다. 원치 않게 장남인 셈이었고 가장인 셈이었다. 홀어머니와 함께 살았다. 스물세 살의 나는, 그때는, 동네 신문사의 지국에서 총무일을 했다. 시골의 가난한 아이들이 산업체 특별 학급 야간반에 다니는 조건으로 신문 배달일을 했다. 아이들은 이른 새벽에 그들의 일에 종종 태만했다. 늦은 밤까지 이어지는 고된 수업을 듣고 이른 새벽에 나와 신문을 배달하는 일은 너무나 하기 싫은 노동이었을 것이다. 그래서 나는 아이들이 펑크 낸 구역을 배달해야 했는데, 그것은 어쩌다 가끔의 일이 아니라 일상적인 일과가 되었다. 낮의 일과 시간에는 신문의 구독자를 늘리기 위한 일들, 무엇보다 몇 달치 구독료를 밀린 사람들에게 뺨을 맞거나 문밖으로 내동댕이쳐지는 수모를 자주 겪어야 했는데, 그것은 순전히 내 체구가 보잘것없을 만큼 작았고, 그래서 힘이 없었고, 당연히 만만하게 보였던 때문이었다.

눈이 얼어붙어 길이 빙판길이었던 어느 겨울 새벽에는 신문을 가득 실은 자전거가 빙판길에 미끄러져 땅 위로 넘어졌는데, 나는 바로 일어서는 대신 그 자리에 오랫동안 엎어져 있었다. 언 땅 위로 눈발이 날리고 있었고, 무슨 까닭인지 나는 그 차가운 땅이 따뜻하게도 느껴졌는데, 그냥 이대로 죽어도 좋겠다는 생각을 했다. 오랜 시간이 지났어도 그 느낌이 상기도 새롭다. 생활비를 나 혼자 벌어야 했으므로, 모친은 오랫동안 어디론가 다녀와서, 마침 1980년 3월인가 무렵에 돌아오긴 했는데, 반 넘게 넋이 나가기라도 한 상태여서 집에 그냥 있는 상태였다, 아무튼 나는 생활비를 벌어야 했고, 힘이 들었으나, 나는 어떻게 하든 나의 일상을 허술하게라도 보살펴야 했다.

"어머님은 어디를 갔다 오셨는지…… 요?"

최 기자가 물었다. 나는 대답하지 않았다.

이제 어머니는 이 세상에 계시지 않는다. 생전에 나는 가급적 병실에도 가지 않으려 했다. 죽어가고 있는 노인들의 몸에서 풍기는 지린내와 큼큼한 악취들을 나는 견딜 수 없었다. 나는 종종, 썩은 내를 풍기며 죽어가고 있는 노인들의 얼굴에 베개를 덮어 힘껏 누르고 싶은 충동에 몸서리치곤 했다. 기술적 치료 덕분에 수명과 고통을 억지로 연장시키고 있는, 살아 있는 것도 아니고 죽은 것도 아닌 어중간한 상태의 노인들을 바라보는 일은 끔찍했다. 첨단 의료 시스템이 죽어가는 사람들에게 그 고통을 조금 더 연장하는 것 말고 어떤 의미 있는 결과를 선물할 수 있을까, 요양병원에 다녀올 때마다 나는 진저리를 치곤했다.

오늘의 기분

"어머님은……?"

최 기자가 더 묻지는 않았다. 나는 대답하지 않았다. 모친이 어떤 남자와, 유부남인 어떤 자와 몸을 섞다가, 그는 어머니에게 빌붙어 살았던 흡혈귀였고 때론 매우 폭력적이었는데, 나는 자주 생각하기를 그때 내가 그를 죽였어야 했는데, 그런 생각을 하곤 했다. 모친은 어느 날 그의 폭력에 견디다 못해 과도를 그의 가슴 깊숙이 찔러 넣었다. 그렇게 해서 그자와의 관계는 끝이 났지만 대신 모친은 오랫동안 교도소에 있다 왔다는 말을 어떻게 하겠는가. 그렇게 되면 나는 영락없이 교도소 습격을 위해, 군대가 주장하고 있는 것처럼, "여기에 가담한 폭도의 대부분은 과거 이 교도소에 복역했던 전과자, 당시 수용 중인 복역수의 가족 및 이들을 탈옥시키려 했던 극렬시위자" 중의 한 사람이 되어버리는 것이다.

물론 모친은 1980년 3월에는 집으로 돌아와 있었으니, 1980년 5월에 가족을 탈옥시키려고 교도소를 습격하러 가지는 않았을 거라는 합리적 판단이 가능할지도 모르겠다. 그러나 또 한편으로는 당시엔 출옥했으나 두 달 전까지 모친이 복역 중이었던 교도소에 대해, 자신의 어머니를 가두었던 교소도 곧 국가에 대한 반감으로, 그의 모친이 무엇을 잘못했는가와 상관없이 1년 넘게 그녀가 부재한 데 따른 어떤 결핍이, 사실 그녀가 집에 있던 시기에도 결핍이 없었거나 혼란스러운 상태가 아닌 것은 아니었으나 그래도 아무튼, 극도의 혼란 상황을 이용하여 교도소 탈취를 도모했다고 할 경우, 나는 무슨 수로 그 올가미에서 빠져나올 수 있기나 할 것인가. "그렇지 않겠어요, 최 기자님?" 나는 대답 대신 갑자기 온몸을 휘감는 불안으로 인해 한기를 느끼며, 마음속으로 그렇게 물었다.

사람들은, 아무리 분별력 있고, 신중하고, 사려 깊고, 1980년의 참혹한 사건에 관한 진실에 더 많이 경청하고, 공감한다 할지라도, 그런 종류의 사람들이라 할지라도, 내가 무슨 말을 하든 상관없이 마침내 군대의 말을 수긍하고 말 것이었다. 군대의 말은 일종의 강력한 소문을 형성하고 사람들 사이에서 오랫동안 영향력을 발휘했다. 당시의 시민들은 물론이고 이후의 시민들 사이에서 불신을 조장하는 일종의 분열 공작이기도 했다.

총을 들고 저항했던 사람들과 총을 버리자고 주장했던 사람들이 갈라지고, 총이나 각목이나 돌멩이를 들고 싸웠던 사람들과 그 장소와 시간을 피해 어디론가 몸을 피했던 사람들이, 희생자의 가족들과 부상만을 입었던 사람들이, 교도소에 구속되었던 사람들과 민간병원에 후송되어 치료받았던 사람들이, 보상금을 많이 받은 사람들과 그렇지 않은 사람들이, 발언권을 얻게 된 사람들과 그렇지 않은 사람들이 갈라진 마당에 이제는 교소소를 습격한 이들과 그렇지 않은 이들로 갈라질지도 모를 일이었다.

사정이 이러하니, 사건이 마무리되고 난 후 그 참혹했던 일의 경

과가 진실을 드러내고 군대의 말이 왜곡과 과장과 거짓이었다는 것
이 밝혀졌어도 그 혼란을 틈타 교도소를 습격하려 한 이들의 동기에
는 선하거나 정의롭거나 하는 의도와는 거리가 먼 무엇인가가 분명
자리하고 있을 거라고, 최소한 마음 한구석에는 그런 의혹을 키우게
될 것이었다. 교도소는 보통 사람들의 안녕과 평온한 삶을 위협하는
자들을 격리해둔 장소인 까닭에 그곳은, 그 안에 갇혀 있는 이들은,
계엄군이 시민들을 향해 무차별적인 폭력과 살상을 저지른 것 못지
않게 위험하거나 적대적인 정서를 갖게 만드는 것이다. 그것은 너무
도 당연한 반응이다.

　나는 대답하지 않는 대신, 난리가 났으므로 일을 할 수 없었고, 나
는 낮과 밤을 가리지 않고 시내에 나가 돌멩이를 던지거나 차를 타
고 외곽을 돌아다니다 밤늦게 지치거나 무섬증이 들면 집으로 돌아
오곤 했던 일에 관해 이야기를 이어갔다. 그 시절엔 누구라도 그럴
수밖에 달리 할 수 있는 일이라곤 없었다. 밤엔 누가 어디서 쏘는지
모르는 총소리가 울렸다.

　그날 아침에, 도청까지 어떻게 나왔는지 모르겠다. 시내버스 운행
이 중단되었으므로 한 시간가량 걸어서였거나 아니면 누군가 운전
하는 차량에 탑승했는지 기억에 없다. 그 많은 차들, 버스와 군용 트
럭과 지프 따위의 차들은 어디서 구했는지 운전을 할 줄 아는 아무
나 차를 몰았고, 원하는 누구나 차를 타고 시내를 돌아다녔다. 그랬

으니 어쩌면 나는 누군가 운전하는 차량을 타고 도청 앞에 와 있었을 것이다.

전투경찰 부대의 체력단련장인 상무관에는 계엄군의 총에 맞아 죽은 시신들이 관 속에 담겨 있었다. 가족들은 울부짖고 있었고, 또 누군가는 집에 돌아오지 않는 가족을 찾느라 시신들을 뒤적이고도 있었다. 도청 앞 여기저기엔, 아마 담벼락이거나 했을 것인데, 이제 계엄군들이 시 외곽으로 철수했다고, 수습위원회를 구성해야 하니 뜻 있는 시민들과 학생들은 도청 안으로 들어와 수습위원회에 참여하라고 권하는 벽보가 붙어 있었다. 나는 아무래도 뜻 있는 시민은 아닌 듯싶었고 더구나 대학생도 아니었으므로, 도청 안으로 들어가지는 않았다. 무자비한 군인들을 상대로 돌멩이를 던지고 최루탄을 뒤집어쓰고 급기야 사격을 피해 뒷골목으로 쫓겨 가기는 했으나, 때로는 주체할 수 없는 슬픔과 끝 모를 두려움에 울기는 했으나, 나는 그때 사건의 전모를 이해하기엔 역부족이었다.

도청 앞 광장에서 나는 잠시 머뭇거렸을 것이다. 이제 어떡하나. 집으로 돌아가기엔 날씨가 지나치게 화창했고, 죽음과 공포가 휩쓸던 도심은 모처럼 평온했다. 그때 내 눈 앞에 붉은색의 소방차가 섰다. 나는 별 생각 없이, 정말인데, 아무런 주저나 회의나 걱정도 없이, 소방차에 올라탔다. 어디로 가는 차냐고 묻기는 했을 것이다. 운전자가 무슨 대답을 했을 것인데, 오랜 시간이 흘러 아무런 기억이

오늘의 기분

없다. 아무래도 좋았을 것이다. 소방차는 사이렌을 울리며 법원 앞 오거리와 산수동 간선도로를 거쳐 광주교육대학교와 서방 삼거리를 시원하게 내달렸다. 그때의 동신대학교, 지금은 동광대학교 정문 앞에서 누군가, 조금 더 가면 계엄군들이 지키고 있다가 사격을 한다고, 그러니 위험하니 돌아가라고 일러주는 것 같았다. 나는 생전 처음 타보는 소방차의 옆 난간을 붙잡고 아무런 생각 없이 그냥 서 있었다. 어리석고 무모하고 위험한 일이었다. 그때는 그것을 알지 못했고, 지금은 그렇게 생각하는데, 그 일이 이후의 나의 생에 많은 영향을 끼친 것은 분명한 일이기도 한 것이다.

"그러니까 선생님 말씀을 정리하면……."

나의 중언부언을, 별 의미 없는 증언을 최 기자가 간단하게 정리했다.

"선생님의 경우 5월 23일 오전 10시에서 10시 2, 30분 사이의 시각에, 지금은 홈플러스 동광주점이 위치하고 있는 곳, 당시에는 광주 동일실업고등학교 앞 도로에서 계엄군의 사격을 받고 체포되었다는 거죠?"

"네……."

"그리고 서로 알지 못하는 다섯 사람이 소방차에 타고 있었다, 무기를 든 사람은 운전자 옆 조수석에 앉아 있던 사람 혼자뿐이었다, 그가 지니고 있던 소총에 탄약이 있었는지조차 분명하지 않다, 교도

소 쪽으로 간다는 의식조차 없었다, 단지 여느 때와 다름없이 시위
차량을 타고 가던 중에……."

기억이 상기도 선명하다. 고등학교 건물 옥상에서, 그때는 그곳에
고등학교가 있었는지조차 알지 못했으나 셀 수 없이 많은 총탄이 우
박 쏟아지듯 귓가를 때리던 곳을 땅바닥에 엎드려 흘긋 바라보았을
때, 저 멀리 건물 옥상 위에는 수십 개가 넘는 자동소총들이 우리를
향해 불을 뿜고 있었다. 그러나 그들은 우리를 죽이지는 않았다. 그
럴 작정이었으면 충분히 그럴 수 있는 거리였고 상황이었으나 그들
은 우리를 죽이지는 않았다.

"다른 분들, 교도소 습격 사건에 관련됐다고 지목된 분들 모두 만
나보았는데요. 한결같은 말씀이, 교도소와는 상관없이, 교도소가 장
성과 담양에서 광주로 오가는 길목에 자리하고 있던 곳이라 다만 차
를 타고 이동하던 중에 군대의 사격을 받고 죽거나 다치거나 체포됐
다는 것을 증언하고 있어요. 수사 기록에도 그렇고. 선생님의 말씀
을 직접 듣고 보니 그러한 정황에 대해 충분한 확신을 갖게 됐고요.
다만 한 가지 궁금한 것은……."

나는 긴장한 채 그를 바라보았다. 카메라에서는 녹화 중 신호가
여전히 점멸하고 있었다. 그가 궁금한 것은, 그들이 왜 나를, 그때
우리 일행 다섯을 죽이지 않고 체포해 갔느냐 하는 것이었다. 얼마
든지 죽일 수 있었고, 그날에도 시 외곽에서는 시민들이 죽어나가고

있었는데, 왜 당신들은 무사했을까, 아, 무사한 건 아니고 잡혀간 후에 겪었던 고초에 대해서도 익히 알고 있으나 그래도 목숨을 그 당장에는 잃지 않았는데, 그 까닭이 손에 잡히지 않는다는 것이었다. 미처 생각해보지 못한 질문이었다.

"그러게요, 그들은 왜 죽이지 않았을까요?"

16_ 부정한다고 그래, 사라진답니까

이은주의 자살 사건을 처리하면서 석연치 않은 게 있었다. 아직 여름인 데다 사망 추정 시각이 일주일여를 지난 탓에 백골화가 빠르게 진행되고 있었다. 국과수에 정확한 사인과 신원 확인을 의뢰하는 한편 유서와 유품들을 정리하면서 사건기록을 꼼꼼하게 정리했다. 전자 도어록은 잠겨 있었고 외부인의 출입 흔적은 발견되지 않았다. 국과수 감정 결과에도 외상이나 특이점이 없었다. 아사로 추정된다는 소견이었다. 열흘 넘게 음식물을 섭취하지 않는 상태에서 심신이 극도로 쇠약해졌다는 의견이 첨부되어 있었다. "나는 죽는다."는 내용의 짧은 유서를 남긴 것으로 보아, 타살 혐의를 찾기는 어려웠고 사건은 자살로 결론 지을 수밖에 없었다.

수사를 종결하기 전에, 괜한 짓으로 시간 낭비한다는 팀장의 눈치를 보면서 이은주의 자살 원인을 과학적으로 분석하기 위한 심리부검을 실시했다. 심리학을 전공한 동료 경찰관의 도움을 받아 그녀가 죽기 전 특이할 만한 행동이나 습관의 변화가 있었는지 면밀하게 살폈다. 정신적 충격이나 스트레스를 유발할 만한 사건이 있었는지도 알아보았다. 동료나 이성관계 혹은 가족 사이에서 문제가 될 만한 일들이 없었는지도 확인했다. 참고인 진술과 유서 내용으로 추정컨대 딸아이의 죽음과 이후에 개정된 강사법에 따른 공개채용과 관련한 스트레스가 컸던 것으로 파악됐다. 다만 누군가 그녀에게 지속적인 괴롭힘이나 따돌림이나 학대 행위를 한 흔적은 발견하지 못했다. 가족관계에서 삶의 행복을 느낄 수는 없었겠다고 결론 지었다. 고학력 지식인의 범주에 들어갈 만한 사람들의 일상이 생각보다 건조하고 심리적 압박감이 컸다는 것, 자존감이 위태로울 만큼 낮았다는 사실이 나를 놀라게 했다. 누군가의 삶의 내용이란 관찰자의 시선으로는 충분하게 이해할 수 없다는 것을 새삼 느꼈다. 이은주는 자살했고, 사건과 관련해서 범죄 용의자를 특정하지 못했다. 미심쩍은 이들이 한둘 있었으나 형사소추까지 갈 만할 증거는 없었다.

시신은 그녀의 모친이 와서 화장을 했고, 따로 장례식은 하지 않았다. 그녀의 지도교수를 비롯해서 연관이 있겠다 싶은 사람 몇을 불러 참고인 진술을 받을 때도 별다른 이상은 없었다. 한 가지가 마음에 걸렸는데, 이은주의 사망 사실을 맨 먼저 누가 어떻게 알았느냐 하는 점이었다. 통상적인 경우엔 원룸의 주인이 입주자 누군가가 일주일에서 열흘 정도 모습을 보이지 않으면 그 사람의 방문을 노크해보고 기척이 없을 땐 무슨 일인가 하고 마스터키로 열어 확인을 한 다음 기겁을 해서 112로 신고한다. 그런데 당시 원룸 주인 내외는 모처럼 여행 중이었다. 결혼 30주년인가를 기념하기 위해 제주도에 3박 4일간 여행을 가 있었다. 건물 관리는 장기입주자인 1층의 중년 남자에게 부탁을 했다. 그가 건물 관리를 제대로 할 까닭이 없다. 신고자는 그가 아니었다. 원룸 근처의 공중전화 부스에서 112로 신고가 들어온 것이다. 타살 혐의점이 발견되지 않은 탓에 나는 그 점을 가볍게 지나쳤던 것이다.

김재영은 피종수 교수가 죽기 전 마지막으로 만난 사람이었다. 사인이 무엇이든 그는 당연히 조사 대상이었다. 피의자가 될 수도 있었으나 우선 참고인 진술이 필요하다는 전화를 걸었을 때 날카롭게 반응하던 것과 달리 실제 만나보니 합리적인 사고의 소유자처럼 보였다. 자신이 알고 있는 것 전부를 진실이라고 확신하는 대신 그것을 유보할 줄 아는 정신을 가졌다고 나는 이해했다.

그에게 굳이 말하지는 않았지만, 나는 학부 졸업반 무렵 그의 강의를 하나 들어서 그를 전혀 모르지는 않았다. '인간과 문학과 세계'라는 교양과목이었는데, 다른 교수들은 대체로 첫 주에는 한 학기 강의 계획에 대한 안내 정도만 하고 출석도 체크하지 않고 그 다음 주부터 수업을 했다. 김재영 교수는 그러나 첫 시간부터 출석을 부르고 강의 계획을 안내한 다음 바로 수업을 했다. 성실한 선생이라는 인상을 갖게 되었으나 또 다른 아이들은 고지식하고 깐깐한 사람이라는 생각으로 수강신청을 변경하기도 했다.

첫 수업은 알베르 카뮈 소설 『페스트』를 중심으로 공동체 위기에 맞서는 개인의 책임윤리를 논하는 내용이었다. 여전히 기억에 남아 있는 까닭은 코로나바이러스 감염자가 속출하면서 〈감기〉라든가 〈부산행〉 그리고 〈컨테이젼〉 같은 영화나 〈페스트〉나 〈눈먼 자들의 도시〉 같은 재난 소설이 사람들의 불안의 감각을 새삼 일깨우고 있어서였다. 그때 첫 수업에서 『페스트』를 읽었지요, 하고, 나는 말없이 오래전 교양과목의 교수였던 김재영을 바라보았다. 머리는 염색하지 않고 그대로 두어서 절반 넘게 흰머리로 덮였으나 아직 얼굴은 동안 그대로였다. 물론 그는 나를 알아보지 못했다. 수없이 스쳐간 한 학기 제자들을 그가 기억할 리도 없고, 그 많았던 수강생들이 한두 번 수업을 들었던 선생을 스승으로 여기는 이도 없을 것이었다.

그는 폐쇄된 도시에서 자기도 모르는 사이에 감염되어 다른 사람에게 페스트를 전염시킬 수도 있는 상황은 모든 이가 가해자이자 피해자가 될 수 있는 다양한 보편적 폭력의 상황을 상징하고 있다고 했었지 싶다. 이 과정에서 소설은 연대의식 속에 인간다움을 추구하

16_ 부정한다고 그래, 사라진답니까

는 것만이 부조리를 타개하는 희망을 불러올 수 있다는 메시지를 던지며, 독자들로 하여금 '진정한 인간'이란 무엇인지에 대해, 공동체의 위기에 맞서 우리는 어떤 윤리적 태도를 취해야 하는지에 대해 질문하게 한다고, 여러분은 어떤 태도를 갖고자 하느냐고 물었다. 그는 이은주의 자살에 대해 그리고 피종수의 죽음에 대해 지금 어떤 태도를 갖고 있을까 궁금했다.

"선생님은 피종수 교수 그리고 이은주 선생 둘 다를 잘 알고 있는 분이라서 시간을 조금 내주십사 했어요. 아시는 그대로만 말씀해주시면 됩니다."

김재영의 진술에 따르면, 그는 이은주의 죽음을 뒤늦게 전해 듣고 피종수 교수를 찾아갔다고 했다. 그가 피종수 교수와 나눴다는 대화, 그러니까 그의 진술을 내가 이해한 대로 정리해보면 다음과 같은 것이다.

"어, 김 선생, 오랜만이네." 이은주의 지도교수였던 피종수 교수가 반가운 표정으로 나를 맞는다. 예전에 이은주가 학기 중에 강의를 그만두었을 때 그 수업을 내가 대신 했었다. 담당 교수에게 허락을 받았고 학과 조교에게 행정적인 절차를 진행하도록 한 다음에 그리 했으나, 학과장인 자신에게 말하지 않았다고 화를 냈다는 그다. 내 지도교수가 전공수업 하나를 내게 주려고 교수회의에서 말을 꺼냈다가 냉담한 분위기 때문에 거두어들였다는데, 이 사람이 그런 분위기를 만들었다고도 했다. 그런데 오랜만에 얼굴을 보아 그런지 나에 대해 부정적이었던 사람 같지 않다. 소문과 사실은 다를지 모른다고 나는 적이 안심한다. 그는 내게 자리를 권하고 차를 내온다.

나는 이은주에 관한 이야기를 어디쯤에서 꺼낼까를 궁리한다. 무슨 말부터 시작하면 좋을까를 생각한다.

"선생님," 하고 내가 그를 불렀을 때, 그가 "이은주 선생 말인데." 하고 먼저 말을 꺼냈다. "이은주는 내 제자였고 김 선생의 동료였잖아? 김 선생의 후배였겠네. 아무튼." 그는 담배를 하나 꺼내 불을 붙이곤 내게도 권했다. 나는 두 손을 저었다.

"요즘엔 마음 편하게 담배 하나 피울 곳도 마땅찮아. 담배가 몸에 해롭기는 하겠지. 그런데 담배라는 게 일종의 도파민 같은 거거든. 신경전달물질 말이야. 피곤하거나 짜증이 나거나 우울하거나 마음이 편치 않을 때, 이 담배 하나를 조용하게 태우고 나면 그런 기분 혹은 기운이 적어도 완화되는 느낌이거든. 이은주가 죽었다는 연락을 경찰로부터 받았을 때 너무 황당하더라고. 그때가 일 년 전 일이네. 여름이 한창일 때, 여름방학이었지. 연일 계속되는 열섬현상 때문에 너무 더워서 에어컨을 켜도 감당이 안 되고 몸과 정신이 지쳐 있을 때였어. 연구실에서 담배를 하나 피우고 있는데, 전화가 온 거야."

경찰 말로는 이은주가 아마도 자살한 것 같은데, 그의 방에서 유서 비슷한 내용의 종이가 발견됐다는 거였다. 자살이면 자살이지 자살한 것 같다는 건 뭔 소리인지 좀 답답했으나, 경찰이나 공무원이란 게 딱 부러진 책임을 지기 싫어하는 종류의 사람들이라 그러려니 하고 나는 그냥 그의 다음 말을 기다리고 있었다. 내가 별다른 말 없이 그의 말을 기다리고 있자니 형사라는 여자가 내 반응을 채근했다. "여보세요, 교수님. 듣고 있는 겁니까?"

아무튼 이은주가 죽었다는 것과, 의미가 명확하지 않은 유서를 남겼다는 것과, 그가 남긴 휴대폰에서 내 이름을 발견했다는 것이 경찰이 전한 처음의 내용이었다. 그녀의 전화기에는 몇 사람의 이름밖에 없었다는데, 서울에 있는 모친과 내 이름 정도가 연락 가능한 사람의 범주인 듯 여겨져서 연락을 했다는 것이었다. 그러고서는 현장으로 와서 확인을 해달라는 부탁을 했다. 너무 더워서 한낮의 거리로 나선다는 게 끔찍했으나 거절할 수도 없었다. 사실 나는 내키지 않았다. 내게 연락을 해야 할 까닭이 없기도 했으나 몇 년 동안 아무런 연락이 없던 사람이었고, 그래서 나는 이은주를 잊고 있던 참이었다.

그런데 죽었다는 소식은, 더구나 자살한 듯싶다는 전언은 묘한 느낌으로 다가왔다. 물론 안됐다는 생각이 들기는 했다. 누구라도 알았던 사람이 죽었다는데, 마음이 편할 까닭이 있겠는가. 그런데 묘한 느낌이었다는 뜻은, 확신할 수는 없었으나, 언젠가는 그녀가 죽을지도 모르겠다는 그런 느낌을 내가 갖고 있었다는 생각이 불현듯 들었기 때문이었다. 왜인지는 나도 알지 못했다. 이은주에게서 가끔 느꼈던 그 허무와 공포의 본질이 무엇인지는 내가 알 수 없는 노릇이었다. 그러나 경찰에게서 전화를 받는 순간, 그리고 그녀가 죽었다는 전언을 듣는 순간, 아, 그랬구나 싶었던 것이다. 물론 나는 그런 느낌과 생각을 누구에게도 내색하지 않았다. 괜히 번거로운 일에 말려들거나 의도하지 않았던 풍문에 끼어들어 좋을 건 없으니까.

"이은주는 학교에서 꽤 먼 거리의 변두리 원룸에서 살았던 모양이더라고. 김 선생은 잘 몰랐지요?" 피 교수가 새 담배에 불을 붙이면서 다시 내게도 하나를 권했다. 내가 다시 두 손을 저으며 거절했다. 영감이 뭘 안다고 나를 걸고넘어지나 싶었다. "담배 안 피워요, 김 선생은? 그럼 술은 좀 하시나? 술이라도 해야지, 아니면 무슨 재미로 살아. 가끔 여자와도 잠을 자고 그래야 해요. 나도 그렇지만 김 선생도 이제 나이가 좀 들었지, 아마?"

나는 나도 모르게 책상 위에 있던 두 손을 아래로 내렸다. 노화의 징후는 손으로부터 오는 모양이다. 미세한 주름들이 엷게 퍼진 내 손등은, 여위고 파리한 내 손은 누가 보아도 이제 노인의 그것이 되어 있었다. 그는 내 행동을 잠시 바라보다가 말을 이었다. 나는 무안했다.

나는 가끔 그런 생각을 해. 이제 내 생에도 그리 많이는 남지 않았구나 하고 말이야. 곧 정년을 하겠지. 그 다음엔 뭘 하면서 소멸에까지 이를까, 그런 생각을 하지. 정년을 한 다음에는 일 년 정도는 명예교수로 대접해주고, 몇 시간짜리 강의를 주니까 그때까지는 교수님 대접을 받을 테지. 그런데 그 다음은? 내가 그동안 이루었다고 생각되는 학문적 성과라는 게 사실 뭐가 있겠어? 변변찮은 게지. 연구논문이란 게 다른 사람들이 부지런하게 공부해서 써놓은 글들 적당히 옮겨와 하나의 글을 만들었을 뿐이고. 저서라는 것도 그런 논문들을 모아서 엮어낸 것에 불과하니 새롭거나 특별한 의미가 있는 것도 아니고. 논문이나 저서의 내용이란 게 다른 이들과는 다른, 이를테면 학문의 발전에 이바지할 만한 특별한 내용도 아니고. 그런 생각을 하면 참 허무하게 느껴지거든. 건강도 당연히 예전 같지 않고. 요즘엔 발기도 잘 안 돼. 그래도 남은 즐거움이란 젊은 여자와 섹스 한 번씩 하는 것 말고는 없어요. 살아 있다는 느낌을 주는 것은 그런 감각 말고는 없어. 감각만큼 솔직한 것도 없고. 그래도 우리는 전임이라 퇴직금도 나오고, 훈장도 받고, 연금도 생활할 정도는 나오니까 여생을 구차하게 보내지는 않을 테지. 김 선생과 같은 강사들이 좀 어렵겠어요. 퇴직금도 없지, 연금도 없지요?

　그가 새삼스레 내 삶의 구차함을 건드린다. 언제부턴가, 아무런 준비도 하지 못한 상태에서 내 삶이란, 경제적 불안과 실업에의 공포가 일상이 되었다. 학위를 받고 강단에 처음 섰을 때는 강의시간도 많았다. 세 군데 대학에서 강의를 하느라 아침과 점심을 먹지 못해 허기가 져도 힘들다는 생각은 없었다. 오후 다섯 시경이 되어야 겨우 밥 한 그릇을 입에 넣을 수 있을 만큼 바빴지만 강의료 수입이 상당했으므로 강사재벌이라는 소리도 들었다. 주말에는 과외를 하거나 학교 밖 인문 강좌에서도 수업을 했으므로 일주일 내내 쉬는 날 없이 일을 했다. 좋았다. 학기가 끝나고 아이들 성적을 입력한 다음에 아이들로부터 받는 성적 이의신청이란 게 황당하고 불쾌하고 더러 어이가 없어 마음이 상하기는 했으나, 시간이 해결해주었다. 다음 학기 강의가 시작되면 강의에 집중하느라 지난 학기의 궂은 일 정도는 금세 잊었다. 학기마다 그런 일들이 해마다 되풀이되었어도 점차 내성이 생겨서 사소한 일 정도로 치부되었다.
　몇 년 후면, 그때까지 잘 버틴다 하더라도 나이가 차서 더 이상 강의를 맡을 수 없게 된다. 게다가 퇴직금도 없고 연금도 없다. 강의를 그만두면 그것으로 빈손이 되는 것이다. 학교를 상대로 퇴직금 청구 소송을 할 수도 없다. 계산을 해보니 소송을 하면 대략 3천 만 원 정

16_ 부정한다고 그래, 사라진답니까

도는 받을 것 같긴 하지만, 그동안 강의시간을 준 것 자체도 고마운 일인데, 소송까지 하면서 얼굴을 붉히는 건 차마 못할 일이다. 매월 나오는 국민연금은 앞으로도 10년 넘게 갚아야 할 아파트 대출금의 한 달 상환액을 조금 넘는다. 이제 뭘 하지? 늘 그런 불안감과 함께 사는 게 익숙해졌다. 곧 학교에서 밀려날 때가 다가온다. 정말 그럼 뭘 하지? 무얼 할 수 있지? 그런 불안을 이 사람이 새삼 일깨운다. 이은주가 네게 뭐냐는 의미일 것이다. 아니라면 너는 과연 네 삶의 주인이기는 한 거냐고 묻는 것도 같았다.

"그런데 김 선생과 이은주 선생과는 대체 무슨 관계였소?" 그가 불쑥 묻는다. 아, 그렇지. 이은주와 무슨 관계냐는 질문을 매번 받는다. 오래전 이은주가 피종수 교수의 제자에게서 못된 짓을 당할 뻔했을 때도, 그에게 전화를 해서 항의하는 내게 그자가 맨 먼저 물었던 게, "대체 너는 누구냐? 이은주와 어떤 관계냐?" 하는 것이었다. 사실 이은주도 그걸 물었던 기억이 있다. 그 못된 자에게 전화를 걸어 일이 시끄럽게 꼬였을 즈음에 그녀가 내게 물었던 것이다. "선생님. 우린 뭔가요? 우리가 연인 사이인가요? 아니잖아요? 아닌 데 왜 그래요?"

그러니까 왜 자신과 상의하지도 않고 일을 서투르게 처리하면서 사람들에게 괜한 오해 살 일을 하느냐고 나를 다그쳤던 것이다. "그리고 연인인 것처럼 그런 말투, 태도도 좀 싫거든요. '잘 자요', 이런 문자 메시지는 연인에게나 하는 것 아닌가요?" 나는 급속도로 민망하고 부끄러웠다. 자신에게도 이은주에게도 화가 났다.

"그냥 알고 지내던 후배 연구자 정도가 아마 가장 적당한 규정일 것 같아요, 선생님."

"아, 그런가요? 그런데 사실 그 정도의 거리랄까, 규정은 김 선생 말고도 다른 강사 선생님이나 전임교수도 해당되지 않을까요? 나를 포함해서요. 무슨 말이냐면. ……"

왜 그녀의 죽음의 기억을 새삼스레 소환하느냐는 얘기일 것이다. 다른 사람들은 아무렇지도 않은데, 사실은 그 당시에도 아무렇지 않게 넘긴 일인데, 지금에 와서 새삼스럽게 그녀가 왜 죽었는지, 어떻게 마무리되었는지 뭐가 그리 궁금하냐는 얘기일 것이었다. 그러니까 다시 맨 처음으로 돌아가서 나와 이은주는 어떤 관계인가 하는 질문이겠다. 어떤 관계여서라기보다는 가깝게 지냈던 한 사람이 죽었다. 그의 죽음을 너무 늦게 알게 된 한 사람이 여기 있다. 너무 황망하고 미안해서 쉽사리 잊히지 않는다. 그뿐이다. 그것 말고 다른 이유가 반드시 있어야 할 까닭이 있는가? 그런데 당신은 왜 그녀의 학위논문 심사를 그렇게 미루고 미뤘느냐? 나는 그게 궁금하다. 그녀의 죽음에 가장 큰 책임은 당신에게 있지 않은가? 나는 그것을 지금 묻고 싶은 것이다. 교수는, 그녀의 마지막 모습에 대해서 담담하게 설명했다.

그녀의 원룸에는 여름이라 시취가 지독했고, 사망 시간이 일주일을 넘긴 탓에 부패가 상당히 진행되어 머리는 거의 백골이 되어 있었다고 했다. 육안으로는 이은주라는 것을 확인할 수 없었고, 뒤늦게 도착한 그녀의 모친도 그것은 마찬가지여서, 아마 유전자 검사로 본인 여부를 확인했을 거라고 했다. 남긴 유품들로 보아 이은주가 맞기는 했으나 시신은 또 다른 문제여서 자신은 그것으로 역할을 다했을 뿐, 장례라든가 하는 문제는 가족들 소관이었다고 그랬다. 유서라고 할 만한 것을 보지는 못했는데, 자신은 가족이 아닌 탓에 경찰이 보여주지는 않았다고, 대신 나중에 경찰서로 가서 간단한 조사를 받기는 했다고 말하면서 언짢은 표정을 지었다.

무엇이거나 그것이 돌이킬 수 없는 것이라면 그대로 받아들이는 것이 지혜일 거라는 말을 귓등으로 들으며 나는 그의 연구실을 나왔다. 문을 닫기 전, 공손하게 허리를 숙여 그에게 인사했다. 당신은 왜 이은주를 그토록 괴롭혔느냐고 차마 묻지는 못했다. 그는 여전히 교수의 자리에 있고, 나는 그의 절대적인 영향권 안에서 강의시간을 배정받아야 하는 것이다.

일이 힘들 때 떠올리는 좋은 생각 하나가 있긴 하다. 예전에 어디

선가 읽고 머릿속에 저장해둔 문장인데, 그것은, "어떤 형태로든 이 일이 끝난다."는 것이다.

　나는 김재영의 참고인 진술을 받아 정리하면서 그가 특별히 거짓을 말하고 있다는 생각은 들지 않았다. 그러나 모든 진실을 말하고 있다고도 믿지 않았다.

　이은주의 자살이나 피종수 교수의 변사 사건과 관련된 이들은 모두 지식인 계급에 속하는 사람들이다. 나는 알고 싶은 것이다. 그들의 죽음에 개입한 동기가 무엇인가 하는 것. 그들의 죽음에 영향을 끼친 사람들이 누구인가 하는 것. 그런데 지금 내 맞은편에 앉아 있는 김재영도 내가 알고 싶은 것에 대해 말하지 않는다. 나는 저들을 믿지 않는다. 지식인 계급에 속해 있기는 하지만 지식인은 아닌 저들의 표정과 말투와 제스처마저도 나는 의심하는 것이다. 그가 피의자인 경우는 말할 것도 없지만 참고인이라 할지라도 나는 내 건너편에 앉아 있는 이들의 진술에 의심과 회의를 거듭한다. 그렇게 훈련받았고, 그래야 진실에 가까이 갈 수 있었다.

　물론 저들의 침묵의 이유를 이해하기란 조금도 어려운 일이 아니다. 침묵을 통해서 어떤 이익을 얻을 수 있다고 믿는 것, 혹은 그런 경험들이 그들이 보거나 들을 것에 대해 침묵하게 했을 뿐이다. 옳고 그른 것이 문제가 아니라 이해관계가 그들의 행동에 개입하는 유일한 원천인 것이다. 그런데 또 저 사람들이 침묵의 대가로 얻을 수 있는 이익이란 무엇일까. 저들은 서로 친밀하거나 존중하거나 좋아하는 태도를 갖고 있는 것도 아닌 듯하다. 상대를 격하하거나 모욕하거나 경멸을 표현하는 방식으로 대하지 않는 것이 누군가를 존중하는 일반적인 태도일 것이다. 그런데 저들은 오히려 서로를 달가워하지 않으며, 따라서 상대를 밀어내고 싶어 하는 이들 같다. 그런 사람들이 침묵이라는 공모관계에 있다면, 그것은 아마도 누군가의 불행이나 비극에 연루되고 싶지 않다는 그 알량한 자기보존의 본능일 것이다.

그러나 내가 볼 수 있는 것은 물론 그들의 마음은 아니다. 나는 단지 그들의 행동을 지켜보고, 그들의 말하는 태도와 습관 같은 것, 나의 질문에 반응하는 표정 따위를 관찰할 수 있을 뿐이다. 그럼에도 불구하고 사람들 대부분은 자신이 사고하는 과정을 스스로는 충분하게 의식하지 못하면서도 무의식중에 특정한 사고방식을 선호한다. 저들을 지켜보면서 나는 자꾸만 그런 생각이 든다. 저 사람들이 무언가 말하지 않고 있다는 것. 그러나 김재영을 만나서 이야기를 듣고 나니 1년 전에 죽었던 이은주 선생과 며칠 전에 죽은 피종수 교수의 죽음에 대한 의문이 많은 부분 해소되긴 했다.

에스프레소 커피를 한 잔 타서 한꺼번에 마신 다음 나는 노트북 앞에 앉아 수사 보고서를 쓰기 시작했다. 팀장은 빤한 사건에 뭐 그렇게 시간이 많이 걸리느냐고 나무랐다. 그래도 나는 많은 상념이 떠올라 문장들을 입력하는 데 뜸을 들이고 있었다.

지방대학 로스쿨을 졸업하고 나는 경찰에 투신했다. 검사가 되겠다는 희망을 가졌으나 그것은 불가능에 가까운 단지 희망사항이었다. 오래전 중앙경찰서의 수사과장이었고 지금은 국회의원인 내 모교의 여자 선배는, 물로 나는 영악한 그 선배를 좋아하지 않지만, 그녀는 사법시험을 통과하고 연수원을 수료한 다음 경찰에 입문했다. 그때 그 선배는 경정을 달고 경찰에 입문했다. 로스쿨 1기로 졸업한 또 다른 여자 선배는 경감 계급으로 경찰에 특채되었다. 나는 겨우 하급 간부, 경위로 특채되었으나 그나마 행운이었다고 가끔 생각한다. 의대를 나오면 의사가 되고 약대를 나오면 약사가 되고 간호대를 나오면 간호사가 되는데, 법대나 로스쿨을 나와도 법조인이 되지 못하는 이들이 많다는 사실에 나는 깜짝 놀랐다.

하긴 문창과를 나온다고 모두 시인이나 소설가가 되는 것은 아닐 것이다. 그렇다 하더라도 청운의 꿈을 안고 법대나 로스쿨에 들어가서 그 많은 법전과 밤낮을 씨름했어도 그때부터 알아서 자신의 삶을 헤쳐나가야 하는 건 불공평하다고 나는 자주 생각했다. 물론 공평한 게 아무것도 없다는 것을 나는 벌써 알고는 있으나. 나는 변호사시험에 합격했으나 적더라도 월급을 받는 경찰이 되었다. 그것이 최소한의 자족적인 삶이 가능하다고 보았고, 자원해서 강력팀에 들어와

16_ 부정한다고 그래, 사라진답니까

서 주로 변사 사건을 담당하는 일을 맡았다. 날마다 누군가는 죽었고, 나는 시취를 맡으며 그가 죽은 연유를 곰곰 생각해보는 것이다.

오늘의 기분

17_ 낯익은 이의 이름을 삭제하며

　그녀는 이은주의 자살 사건도 자신이 맡아 처리했다고 했다. 사건
이 일어난 장소가 자신의 관할 지역이었기 때문이었다. "우연이라
할 수 있지만 기분이 참 고양이 같죠? 아, 이런. 묘하다는 말이에요."
그녀는 쓰게 웃었다. "담배 피우실래요? 여긴 괜찮아요. 다들 피우
니까 눈치 안 봐요." 내가 고개를 저었다. 한 번만 더 보충 진술이 필
요하다고, 이수정 경위는 나를 경찰서로 불러들였던 것이다. 때 이
른 장맛비가 몰아치고 있는 날이었다.

　그녀는 내뱉은 연기를 손으로 휘휘 저으며 내게 피종수 교수에 대
해 다시 물었다. 그는 이은주의 지도교수였다. 누군가 죽은 것 같다
는 신고를 받았다. 112로 접수되었는데, 미심쩍긴 했으나 전화를 받
고 뭉갤 수는 없었다. 신원을 확인하지는 못한 채 그녀의 원룸으로

뛰어갔다. 방문은 잠겨 있지 않았으나 누군가 침입의 흔적은 찾지 못했다. 연고자를 찾다가 그가 남긴 휴대폰에서 피종수 교수의 이름을 발견했다. 그에게 신원 확인을 부탁하는 전화를 했는데, 크게 놀라거나 하는 대신 지나치게 침착해서 무언가 이상한 느낌이었다. 시신 확인을 위해 이은주의 원룸으로 와달라는 부탁을 했을 때, 깜박 잊고 이은주의 주소지를 알려주지 않고 전화를 끝냈다는 것이다. 아차, 하고 다시 전화를 걸었을 때는 그가 계속해서 통화 중이라 연결할 수 없었다. 문자 메시지를 할까 하다가 모르면 전화를 하겠지 하는 생각도 들었고, 자신도 현장에서 정리할 게 많아서 그대로 두었다.

그런데 어떻게 알고 그가 찾아왔더라는 것이다. 개운치 않은 느낌이 떠나지를 않아서 나중에 경찰서로 그를 불러 진술을 들었다. 그러나 이은주의 죽음은 자살 말고는 다른 설명이 가능하지 않았기에 지도교수인 그가 제자인 그녀의 주소지를 평소 알고 있었다는 답변을 그대로 수긍할 수밖에 없어 사건은 그대로 종결되었다.

"어때요, 선생님 생각은?" 이수정이 내게 물었다.

지도교수가 제자인 강사 선생님의 주소지를 알고 있는 것은 그럴 수 있다고 봐요. 그런데 학교에서 이은주의 원룸까지는 승용차로 40여 분이 걸리는 거리거든요. 출퇴근 시간대가 아니라도 그래요. 더구나 그 원룸이 있는 동네는 오래되어 낡은 아파트와 작은 가게들이 줄지어 있는 길고 구불구불한 골목 안쪽에 있어요. 제 전화를 받고 오랜 시간이 걸리지 않아 그가 이은주의 원룸에 도착할 수 있었던 게 영 찜찜했거든요. 평소에 자주, 아니라도 가끔이라도 드나들었거나 뭐, 아무튼 정확하게 알고 있지 않으면 그렇게 쉽게 찾아오진 못하지 않을까요? 물론 그 교수님은 엉뚱한 상상 할 것 없다고, 제자들 주소야 휴대폰 번호와 함께 모바일에 메모해둔 거고, 내비에 주소지를 입력하면 겹으로 된 골목 끄트머리라도 정확하게 데려다주는데 그게 무슨 소리냐고 손을 저으셨어요. 딱히 아니라고도 할 수 없고, 이은주 선생의 죽음은 자살 말고는 달리 설명할 아무런 단서가 없었으니까 그때는 그렇게 종결된 사건이죠. 김재영 선생님도 마찬가지죠?

나는 무슨 소리냐는 듯 그를 쳐다보았다. 이수정의 유도심문에 넘어가지 않았지만, 그렇더라도 나는 그의 죽음과 무관하다. 그건 자신 있었다. 그 사람, 이은주의 지도교수인 그가 문제일 것이었다.

피 교수는, 나는 그에 대해 알고 있는 것을 말해주었다. '한국 근대 시문학 연구'로 학위를 받았고, 평론가이며, 학교의 보직을 두루 거친 원로 교수고, 아내와는 일찍 사별했다고 들었고, 제자들과 가까이 지내고, 학교 내에서 평판도 나쁘지 않은 사람이었다. 역사 인식에도 문제가 없어 보였다. 역사교과서의 국정화에 반대했고, 4·19에 대해서도 긍정적으로 평가했으며, 제주 4·3과 광주의 5·18을 국가폭력이라고 이해하는 사람이었다. 우리는 최소한 학과 내에서 누가 어떤 태도와 입장을 가지고 있는지 모르지 않았다. 각자가 학술지에 발표하는 연구논문이 있고, 일부러는 아니어도 글을 쓰기 위해 참고할 만한 논문을 검색하다 보면 자연스레 여러 사람의 논문 제목을 읽게 되는 것이다. 물론 말과 글이 그 사람의 전부가 아니라는 것을 나는 모르지 않는다. 그래도 대학은 학문과 표현의 자유를 최대한 보장받는 곳이어서, 적어도 전임교수는 사회적 물의를 일으키는 경우가 아니라면 그가 무슨 생각을 하고 무슨 글을 쓰거나 상관할 바 아니었다. 그 정도입니다만.

이수정은 그 정도는 이미 알고 있다는 기색이었다. 유의미한 진술은 당연히 아닐 것이다. 나는 다시 물었다. "유서가 있었다고 했죠, 이은주 선생의?"

"가족에게 주었어요. 미안하다는 내용이 거의 전부였던 걸로 기억해요. 아, 기억나는 게 있는데, 첫 문장이요. '나는 죽는다.' 이렇게 시작하고 있었어요. 좀 특이해서 여태 기억하고 있네요. '나는 죽는다, 까닭은, 무용하기 때문이다.' 그랬어요. 그 문장이 여태 잊히지 않아요."

그건, 이은주 선생이 아니라 그녀가 죽기 전에 자살했던 다른 선생의 유서 첫 문장인데. 나는 깜짝 놀랐다. 인근 사립대학의 교양학

오늘의 기분

부 강사였던 이가 죽으면서 남긴 유서가 그런 문장으로 시작하고 있던 걸 나는 분명히 기억하고 있는 것이다. 나는 지도교수의 종이었다고, 몇 번이나 되풀이하던 문장들 맨 앞에 무슨 선서처럼 앞장 서 있던 문장이 그랬다. "나는 죽는다, 까닭은, 무용하기 때문이다."

"그런데 이은주 선생의 유서에도 그런 문장이 있었단 말인가요?"

"참, 그리고 보니 근래 제 관할에서 여러 건의 자살 사건이 있었네요. 다 대학과 연관된 사람들이네. 작년에 죽은 남학생도 예술대학 재학 중이었고, 부산의 경우라 나와 상관없지만 교수 한 분이 자살했었죠? 아니, 우리 사회 최고 학력을 갖고 계신 엘리트들이 왜 연이어 자살을 하죠? 그것도 뚜렷한 까닭이 있는 것도 아니고 말이죠. 아, 죄송해요. 선생님께 할 말은 아닌데, 제가 가끔 이래요. 그런데 제가 공부하고 또 경험한 바에 따르면, 자살하기 전에 대부분은, 자신의 삶의 의미가 대체 무엇인가를 숙고한다고 그러더라고요. 의미 있는 답을 찾지 못할 때 극단적 선택으로 내몰린다는 것인데, 누군들 그 답을 명료하게 갖고 살아가는 이들이 있을까 싶어서요."

시간이 오래되고 말이 엇섞이고 피곤이 몰려오고 두통이 도져서 나는 얼굴을 찌푸렸다. 밖에서는 쏟아져 내리는 빗소리가 요란하다. 빨리 이야기를 마쳤으면, 그리고 아는 이 모두의 이름을 기억에서 삭제해버렸으면 하는 생각이 한꺼번에 몰려왔다. 이수정은 미안해하는 표정이었으나 이야기는 아직 끝나지 않았다는 듯 말을 이어갔다.

다시 강조하지만, 두 사람 다 타살 혐의점은 없는 게 분명해 보인다. 그런데 우연이라기엔 너무 이상하지 않느냐? 사실 이은주의 유서 속엔 지도교수에 관한 짧은 언급이 있었다. 유서 원본은 가족에게 건네주었지만 복사본은 조서철에 붙여둔 게 있다. 나는 가끔 그 유서를 읽는다. 찜찜한 게 있어서 그렇다. 그를 불러 진술을 받고 통화기록을 조회해본 것은 그 때문이었다.

"지도교수에겐 특별한 원망이 없다. 내가 너무 힘이 들 때, 때로 그가 내게 필요한 도움을 주었다. 세상에 대가 없는 지원이나 도움은 없는 것이고, 그것을 바라서도 안 될 일이니 그를 원망할 건 없다. 그러나 그들의 죄는 밝혀달라."

자살의 이유에는 자살하는 사람만큼이나 많은 이유가 있어서 그것을 유형화하기는 쉽지 않다. 그러나 자살은 동서고금을 막론하고 중요한 사회적 문제로 여겨진 까닭에 관련된 분야의 많은 학자나 연구자들의 축적된 견해들이 있다. 경찰에서는 연수를 통해 그리고 개별 사건을 처리하는 과정에서 그들의 견해를 참조하곤 한다. 두 사람의 죽음은 별도의 사건이다. 그러나 분명 뭔가 연결되어 있는 게 있다. 그 연결고리는 누가 보아도 그들의 관계, 한때 사제지간이었던 관계에 있다. 나는 그렇게 심증을 굳히고 관련된 이들을 불러 참고인 진술을 들었다. 그리고 이은주 자살 사건의 파일을 다시 검토해보았다.

유서에 있는 내용을 토대로 나는 집요하게 교수를 몰아붙였다. 이은주와는 사제지간 말고 다른 어떤 관계냐고 물었다. 그녀의 원룸에 드나들었느냐고 물었다. 몇 년 동안 대학 강의도 없어 곤궁한 처지였던 이은주에게, 몸이 아파 달리 외부 활동도 거의 하지 않아서 힘들었을 이은주에게 경제적으로 지원을 했느냐고 물었다. 지도교수니까 그럴 수 있는 일 아니냐고 회유도 해보았다.

물론 증거는 없었다. 통화기록도 깨끗했고, 계좌내역도 살펴보았으나 이은주에게 돈이 흘러간 흔적도 없었다. 유서의 내용으로 유추하자면, 둘 사이에 분명히 뭔가가 있어야 한다. 그런데 없다. 그렇다면 통화 대신 정기적으로 만나고, 계좌가 아니라 현금 지원이 있었다면 얘기는 달라진다. 그런데 대학교수가 바보가 아닌데, 내가 증거를 갖고 있지 않다는 것을 뻔히 알면서 그랬다고 자백할 리는 없다.

아무런 소득도 없이 이은주의 자살 사건은 종결되었다. 그녀를 모텔로 끌고 가려 했다는 피 교수의 제자에 대해서도 뚜렷한 혐의점이 없었다. 그들의 죄는 밝혀달라 했지만 아무런 단서나 증거가 남아

17_ 낯익은 이의 이름을 삭제하며

있지 않았고, 따라서 아무도 처벌받지 않았다. 그런데 이번엔 그 피종수 교수가 죽었다. 국과수의 부검 결과가 곧 나올 것이지만 타살의 혐의는 없어 보였다.

"선생님, 그녀가 남긴 유서에 어떤 내용이 있는지 궁금하시죠? 그래서 지금 저와 같이 계시는 거잖아요?" 그녀가 피곤한 얼굴에 엷은 미소를 지었다.

"한 가지 더요. 이은주의 통화기록을 살펴보다가 김재영 선생님과 딱 한 번 통화한 기록을 봤어요. 그런데 통화기록을 지웠더라고요, 이은주 씨가."

"그 무렵 밥 한 그릇을 같이 먹었을 거예요. 식사 약속을 하느라 통화했을 거고요." 나는 별일 아니어서 그렇게 대답했다.

아뇨, 통신기록 조회는 1년 치만 가능해요. 아무튼 이은주 씨가 자살한 건 변할 수 없는 사실이거든요. 그래서 조심스럽기도 해요. 자살에 이르게 된 과정에서 나쁜 영향을 끼친 사람이 있다 해도, 그걸 지금 우리가 안다 해도 그를 처벌할 수도 없거든요. 자살교사죄나 방조죄를 적용하는 것도 쉽지 않은 상황이고요. 물적 증거나 증언이 필요한데, 당사자의 자백만으로는 법적인 효력이 없고요. 이제 와서 누가 자백할 리도 없잖아요? 만에 하나 그가 김재영 선생님이라면,

선생님 같으면 자백하시겠어요?

그녀는 웃으며 말했으나 내가 웃을 수는 없는 노릇이었다. 그렇다고 이게 무슨 말이냐고, 이건 또 무슨 무례냐고 화를 내는 것도 우스운 일이었다. 화가 나지 않는 것은 아니었으나 그것을 바깥으로 드러내서 감당해야 했던 숱한 경우들이 스쳐갔다. 나는 그냥 이수정의 얼굴을 뻔히 바라보았다. 누구에게나 무엇이거나 더 이상 어수룩하지는 않을 작정이었다.

"선생님, 이건 순전히 제 개인적인 질문인데요. 언짢게 생각하지 마시고요. 지식인이란 무엇인가요? 제가 고등학교에 들어가서부터 사실은 풀지 못한 숙제 같은 것이 그 질문에 대한 해답이었거든요."

이수정이 내게 물었다. 엉뚱하고 한가롭게도 지식인이란 무엇이냐는 것이었다. 다소 딱딱해진 분위기를 누그러트려보고자 그런 것일 것이다. 그는 사회학과에서 공부한 다음 로스쿨에 갔다고 했다. 그전에 고등학교 1학년이 마무리될 무렵, 진로 설정과 관련한 특강을 나온 어느 인문학 교수가 아직 앳된 고등학교 아이들을 둘러보면서 물었단다. "여러분은 모두 지식인이라고 생각하나요?" 대답하는 이가 없었다. 어린아이들이었다. 물론 최선을 다해 공부해서 원하는 대학에 진학할 것이지만 아직은 아니었다. 교수는 미소를 지은 다음 말을 이어갔다. 대학 진학률이 낮았던 오래전에는 대학생이 지식인라고 할 수 있었다. 지금은 고등학교를 졸업한 학생들의 80프로 내

외가 대학에 진학한다.

"여러분도 아마 대학에 갈 거죠?" "네!" 모두는 합창을 한다. 그것은 너무나 당연한 일이어서 오히려 수치심을 느낀다. "그렇다면 대학원에 진학해서 박사 학위를 받고 교수가 된 사람들은 지식인이라고 할 수 있겠네요?" 모두가 고개를 끄덕인다. 이수정도 그렇게 생각한다. "그렇다면 지식인이란 어떤 존재라고 말할 수 있을까요?" 조용하다. 교수의 질문이 무엇을 말하고자 하는 것인지 아직 불분명하다고 생각한 때문이다. 교수는 그가 생각하는 지식인에 대한 규정에 대해서 말해주는 대신 학생들에게 리포트를 써서 다음번 특강 때 제출하라고 한다.

"지식인이란 무엇인가?" 리포트의 주제다. 이수정은 리포트를 써내고 수행평가에서 A+이라는 평점을 받았다.

"그래서 경위님은 지식인이란 뭐라고 생각하는데요? 그때 리포트에 뭐라고 썼어요?"

"그게 잘 모르겠거든요. 오래돼서 가물가물 하지만 그때 리포트에는 아마 '표상하는 인물이 지식인이다', 그렇게 썼던 것 같아요. 그 후로도 그런 생각을 많이 해왔고요. 그런데 사실은 확신이 있는 답은 아니었어요. 그 교수님이 리포트를 쓰기 위해 참고할 만한 책을 몇 권 추천해주셨는데, 대부분 제목이 지식인이란 무엇인가, 지식인의 표상, 지식인의 책무, 뭐 그랬거든요. 열심히 읽고 짜깁기를 해서

오늘의 기분

그런 답을 찾아냈을 뿐이죠."

"표상하는 인물? 무언가를 말하는, 그런 뜻?" 이수정은 작은 미소를 지으며 나를 건너다보고 있고, 나는 얼마간 짜증이 난다. 의미 없이 시작한 질문은 아닐 것이다. 처리해야 할 사건들이 밀려 있을 것이고, 퇴근해서 집으로 돌아가면 그녀의 손길을 기다리는 집안일들이 기다리고 있을 것이다.

이수정은 여전히 지식인이란 표상하는 인물이라고 믿는다고 했다. 무엇인가에 대해 자신의 입장을 분명하게 밝히는 사람, 온갖 종류의 장벽을 극복하고 청중들에게 명확하게 밝히는 사람. 지금도 버리지 않고 있는 에드워드 사이드가 지은 책,『지식인의 표상』에서 저자가 명료하게 규정하고 있는 것. 그때 특강을 했던 교수가 우리에게 지식인이란 무엇인가에 관해 리포트를 써오도록 했을 때는, 김대중 대통령이 노르웨이 노벨위원회로부터 노벨평화상을 수상하고 난 직후였다. 그해는 노벨평화상이 제정된 지 100주년이 되는 해라고 했다. 수상자를 선정하는 데 경쟁이 심했다는 뜻이다. 10월에 수상자 발표를 했고, 12월 초에 상을 받았다. 김대중 대통령이 노벨평화상을 수상하는 데에는 그가 오랜 세월 민주주의를 위해 싸워온 점과 북한과의 화해 협력을 약속했다는 점이 크게 작용했다. 투옥되고 납치되어 살해 위협을 받고 실제로 사형선고를 받으면서도 자신의 양심을 지켜낸 사람이라고 나는 생각했다. 무엇보다 다른 사람들이 침묵하고 있을 때, 그는 말을 했다. 위험하지만 올바른 말.

"그렇다고 해서 제가 리포트에 김대중 대통령의 노벨평화상 수상을 언급하거나 표상하는 지식인의 사례로 그를 든 건 아니에요. 그것은 철없는 아이들이나 하는 짓이죠. 그 교수가 어떤 성향을 가지고 있는지 나는 알지 못했어요. 그냥 먼 나라의 오래된 이야기로 사례를 끌어와 표상하는 지식인의 개념을 강조했을 뿐이었죠. 그러니까 진실을 말할 수 있는 용기를 지닌 자가 지식인인 것이다. 저는 여전히 그렇게 생각할 뿐이죠. 고1 막바지에 들었던 그 교수님의 특강이 오랫동안 제게 영향을 끼치고 있네요."

이수정은 그렇게 자신의 이야기를 한 후 겸연쩍어했다. 그러나 그것은 내 착각이었다. 진리니 정의니 입에 달고 다니는 지식인들이 정작 어떤 불의에는 침묵하고 외면하는 것을 그녀는 비난하고 있다는 것을 늦게 깨닫고 나는 얼굴이 화끈거렸으니까. 그만 일어날 시간이 지나고 있다고 나는 생각했다.

이은주 선생의 죽음은 자살이 맞아요. 그래도 저는 그것을 사회적 타살이라고 부르고 싶어요. 그분이 죽기 전에 피종수 교수와 그의 제자인 다른 전임에게 몹쓸 짓을 당했다고 여러 곳에 호소하는 글을 보냈어요. 교내 양성평등센터에도 보내고 시의 인권위원회에도 호소하고 비정규교수노동조합인가요? 거기에도 편지를 보냈던데, 아,

제 업무는 아니어서 나중에 확인했지만, 우리 서 민원실에도 소장을 내기는 했더라고요. 그런데 어느 곳에서도 아무도 이은주 선생을 도와주지 않았어요. 다들 그 정도는 당신이 참고 넘어갈 만 한 일이다. 구체적인 피해 증거가 없다. 무엇보다 그분은 그럴 만한 사람이 아니란 걸 당신이 더 잘 알지 않느냐. 그러니까 우리 모두는 그녀 죽음의 방조자인 셈이에요. 김재영 선생님도 사실 그렇지 않은가요?

표상하는 존재가 지식인이라는 말을 오랜만에 듣는다. 그것도 경찰관의 입을 통해 듣자니 기분이 고양이 같다. 묘하다는 뜻으로 이수정 경위가 썼던 말이다. 지식인이 어떤 존재여야 하는가에 대해서는 사회학이 아니라 문학을 가르치는 나도 강의실에서 자주 이야기하는 주제다. 작가가 지식인인 것은 아니지만, 작가 모두가 지식인일 필요는 없지만, 그래도 작가는 지식인 이상으로 무엇이 옳고 그른가, 무엇이 아름답고 추한가에 대한 자신의 언어가 명료해야 한다고 믿기 때문이다. 그런데 경찰서에서 그런 질문을 받다니 묘한 기분이다. 에드워드 사이드는 그의 책 『지식인의 표상』에서, 지식인이란 대중을 향해서, 대중을 위해서 하나의 메시지, 관점, 철학, 철학이나 의견을 나타내거나 구현할 수 있는 능력을 지닌 개인적 존재라고 했다. 더 많은 설명이 필요할 수도 있겠으나 굳이 이의를 달 건 없다.

문제는 우리가, 죽은 이은주나 교양학부 강사나 피종수 교수나 내가 지식인의 범주에 포함될 수 있는 자격이 있느냐 하는 것이겠다. 나는 지금 그 생각을 하는 중이다. 그러니까 박사학위를 갖고 있고, 대학 강단에서 강의를 하고, 학술지에 연구논문을 발표하는 연구자인 내가 지식인이기는 한 것인가 하는 의문. 자격이 문제가 아니라 표상할 줄 아는 의지나 태도가 문제라고 해도 상황은 다르지 않다. 거짓된 삶 속에 올바른 사람은 존재하지 않는다는 아도르노의 말을 삶의 지침으로 삼은 적도 있었으나, 까마득한 것이다. 지식인의 문제 이전에 우리가 사회에서 그 어떤 지위를 차지하고 있는가에 상관없이 누구에게나 무엇에게도 빼앗길 수 없는 내적 가치인 존엄성을 갖고 있지 못하다. 존엄이 없으면 인간이라 할 수 없다. 인간도 아닌데 지식인일 것이 없다. 새삼스레 지식인 타령이라니. 한편으론 슬프다. 그렇다면 학생들 앞에서 했던 그 무수한 말들은 자기기만일 것이다. 저널에 발표했던 그 많은 글들도 마찬가지일 것이다. 그렇다면 나는 누구이고, 무엇인가.

이수정은 나를 자신의 책상으로 오게 해서 컴퓨터 화면을 보여주었다. 국과수에 의뢰해서 전달받은 음성 데이터였다. 1년 전쯤에, 이은주의 죽음을 확인해달라는 사내의 다급한 목소리와 얼마 전 피종수 교수의 자살 사건과 관련한 참고인 진술을 받을 때의 내 목소리를 대조한 결과였다.

"성문 분석 결과는 지문이나 치아 감정처럼 정확도가 99% 정도 돼요. 사람마다 독특한 음성파동을 지문처럼 시각화해서 식별하거든요. 시간파형, 진폭 등을 데이터화해서 두 음성을 대조하는 거죠."

그는 나를 똑바로 바라보았다.

"김재영 선생님은 일 년 전 여름, 이은주 씨 원룸을 방문한 거예요. 함께 식사했던 때로부터 한 삼 년쯤 지나서였죠. 그날이 이은주 씨 생일날이었다고 했죠? 식사를 하면서 이은주 씨에게 그 말을 듣고도 선생님이 별다른 반응을 보이지 않았고, 선생님은 그게 두고두고 마음에 걸렸던 거죠. 그냥 우연히 들렀을 거라고 생각해요. 우연이라기보다는 잘 있나 궁금했다고 하는 게 정확하겠네요. 아닌가요? 학과 조교에게 이은주 씨 주소지를 물었던 건 일종의 알리바이를 만들려고 했던 거고. 그렇죠?"

18_ 기적 없이 나는 잘 살고 있다*

　어떤 종류의 삶이 인간에게 바람직한 것일까에 관해 청탁받은 글을 쓰고 있던 중이었다. 봄학기가 끝나기도 했지만 그보다는 코로나 바이러스가 창궐하는 바람에 학기 내내 비대면 수업을 한 탓에 캠퍼스는 조용하다. 연구실은 적당하게 시원하고, 유리창 밖으로는 따스한 햇살이 사물들을 어루만지고 있다. 모든 것이 평온한 것이다. 이은주가 느닷없이 죽어버리고 난 다음의 약간의 소동도 시간이 지나자 잠잠해졌다. 시간이 모든 것을 다 해결해주는 것은 아니지만, 시작이 있으면 끝이 있는 법이다. 그래서 우리는 슬픔이라거나 섭섭함이라거나 혹은 분노라거나 하는 감정 상태로부터 다시 균형을 찾을

* 김선재 시, 「희고 차고 어두운 것」에서

수 있는 것이다.

"매사에 균형감각을 잃지 않는 것." 나는 그렇게 썼다. 바람직한 삶의 형태를 획일적으로 규정하는 것 자체가 어리석은 노릇이다. 말하는 이의 위치와 상황에 따라서 제각각의 답을 내놓을 것이다. 나는 지금은 그렇게 생각한다. "매사에 균형감각을 잃지 않는 삶이야말로 우리가 추구해야 할 바람직한 삶의 모습이다." 수식어를 넣어 문장을 완성했다.

나는 한국 근대문학기의 한 시인의 생애와 작품세계를 분석한 논문으로 학위를 받았다. 그 시인이야말로 균형감을 잃지 않은 사람이었다. 한말의 어느 지방 유학자는 나라가 선비를 기른 지 5백 년 만에 망국의 나락으로 떨어진 것을 한탄하는 절명시를 남기고 죽었다. 연구자들은 대체로 그의 절명을 지식인의 한 표상으로 평가했다. 나라가 망했으니 나라와 함께 죽는다는 그런 태도를 높이 평가하는 이 나라의 학문적 풍토가 나는 마음에 들지 않은 것이다. 학자들이 대체로 위선적이다. 자신이 진정으로 옳다고 여기는 것을 말하는 것이 아니라 시대의 어떤 경향에 휩쓸린다. 그래야 안전하기 때문일 것이다.

일제강점기를 살았던 사람들의 삶이 온통 불행하고 비극적이었다고 단정하는 태도 역시 균형 잡힌 학문적 자세가 아니다. 어차피 조선은 그 운명이 다해가고 있었다. 조정 관료의 무능과 부패에 더해,

매관매직으로 자리를 꿰찬 지방관들은 양민들을 약탈하는 데만 몰두했다. 몇 개월 지나지 않아 그 자리를 다른 자가 밀고 들어왔기 때문이다. 거듭되는 자연재해와 가뭄은 양민들의 삶을 극도로 피폐하게 만들고 있었다. 설상가상으로 서양 세력의 동양 진출로 조선의 종주국이었던 중국이 무너져가고 있었다. 조선 역시 청과 일본은 물론 러시아와 미국과 프랑스 등의 열강의 먹잇감이 될 처지였다. 나라를 잃고 만 다음에 온 상황은, 그런데 그 시대를 살았던 사람들에게 비극이기만 했을까. 오히려 치안이 확보되고 근대적 문물이 들어오고 낡은 봉건적 인습에서 점차 벗어나는 긍정적 면모까지도 다 부정할 수 있는 일일까. 타 민족에게 나라를 빼앗긴 것을 바람직하다 하다 할 수 없겠다. 그러나 무엇이거나 비극적 관점에서만 바라보기 시작하면 그 시기의 역사는 온통 노예 상태로서의 삶 말고는 설명할 방법이 없는 것이다. 그 시기에도 사람들은 서로 사랑을 나누고 문명을 건설하면서 나름의 문화적 삶을 살았다.

내가 연구의 대상으로 삼았던 시인은 이민족의 지배 아래에서도 자신의 조국의 언어를 지켜내면서 그 언어를 섬세하게 갈고 닦아 시로 빚어낸 인물이다. 탁한 세상에 눈길을 주지 않으면서 오로지 순수한 마음의 눈으로 서정의 세계를 노래한 사람이다. 어느 한쪽으로 치우침 없는 절제와 균형의 세계를 추구했던 그의 삶의 태도가 그의 사후에 이르러 높은 평가를 받는 것은 당연한 이치다. 무엇인가 대의를 내세워 그것을 주장하면서 죽어가는 사람들을 용기 있다 할 것은 못 된다. 진정한 용기는 자신 앞에 닥친, 해결해야 할 어떤 난제와 끝까지 맞서는 것이라고 나는 믿는다. 담배를 피우고 싶다. 집에서 나올 때 미처 챙겨 오지 못했다. 이은주가 없으니 자잘한 일들을 자주 놓치게 된다. 그러나 점심을 시킬 때 배달원에게 부탁을 하면 되겠지. 나는 조급해하지 않는 좋은 품성을 지녔다고 생각한다.

내 기억이 흐리지 않다면, 이은주는 학부 때부터 내 제자였다. 그 아이는 본가가 서울에 있었지만 일찍부터 자립하기를 원한 모양으로 연고가 없는 먼 남녘까지 공부를 하러 왔다. 예쁜 아이였다. 학부생들의 지도교수란 게 아무런 의미 없이 배정되는 형식적인 관계에 불과하다. 그래도 인연은 인연인데, 그녀의 지도교수가 정년을 하는 바람에 그녀가 졸업반 때 내가 지도교수로 배정된 것이다. 싹싹하고 영민하고 귀여운 아이였다. 좋은 부모 밑에서 잘 자란 아이들이 그렇듯이 다정다감하고 모나지 않은 성격이었다. 나는 조교를 막 끝내고 박사과정에 있으면서 모교의 조교수로 임용되었다. 졸업정원제로 제도가 바뀌면서 학부 정원이 확대되고 그에 맞춰 전임교원의 충원이 필요했다. 내겐 더할 나위 없는 행운이었다. 지방대학을 나와서 자신의 모교에서 전임 자리를 얻는 경우가 가장 성공한 경우라할 수 있었다.

아무려나 이은주를 비롯한 대여섯 명의 학생들이 내가 지도해야 할 학생들로 배정되고 나서 나는 그들을 불러 식사를 함께 했다. 의례적인 인사를 나누고 나서 한 사람씩 앞으로의 자기 전망에 대해 이야기 해보도록 했을 것이다. 다 기억하는 건 아니고 이은주의 경우가 여전히 인상 깊게 남아 있다. 내가 그 아이를 아끼고 좋아했던 이유이기도 하다. 그때 이은주가 했던 말이 상기도 뚜렷하다.

"피종수 교수님의 사랑받는 제자로 남는 것이 앞으로의 제 희망입니다."

다른 아이들이 티 나지 않게 입을 삐죽거리는 것을 모르지 않았으나, 나는 그 아이가 정말 사랑스러웠다. 다른 아이들이 없었다면 그녀를 힘껏 안아주고 싶은 마음이었다. 그녀가 대학원에 진학하고 시가 아닌 소설 전공을 택했으나 나는 내 제자로 배정되게 한 다음 처음 그녀와 입맞춤을 했다. 대학원 진학을 축하해준다는 핑계로 이은주와 단 둘이 만나 식사를 했던 날이었다. 그녀는 다소곳이 내 품에 안겨왔다. 싫다고 뿌리칠 수 있었으나 그렇게 하지 않았다. 내 기억은 그렇다. 그것은 무엇보다 자유의지에 따른 선택이다.

나는 그녀의 태도와 행동거지를 세심하게 살폈다. 정년이 보장된 자족적인 삶에 약간의 오점도 허용해서는 안 될 일이었기 때문이다. 다행스럽게 이은주는 영악한 편이었다. 박사과정에 들어오고, 논문을 쓰고, 물론 학위논문은 부실해서 더 많은 공부가 필요했다. 다만 학위를 받기 전이었으나 나는 그녀가 연구원이 되고, 강단에 서기까

오늘의 기분

지 보이지 않는 배려를 했다. 그녀 역시 그 짧지 않은 시간들을 그때마다의 상황에 잘 맞추는 듯 했다.

그 아이가 결혼한 지 얼마 되지 않아 이혼을 한 것은 나와 아무런 관계없는 일이었다. 다른 학교에서 석사까지 마치고 박사과정에 들어온 친구였는데, 겉보기와는 달리 잠자리가 부실했던 모양이었다. 신혼여행을 가서 첫 관계를 갖는 날, 아마 지나치게 피곤하고 긴장해서였겠으나 발기가 잘 되지 않았던 모양이었다. 이은주는 그녀의 거의 모든 일상에 관해 보고서를 쓰듯 내게 이야기를 했으므로, 그런 일마저도 나는 훤히 알게 되었다. 그런데 소식이 뜸하더니 갑자기 죽어버린 일이 일어났다. 내가 잘 안다고 여겼던 사람이 내가 전혀 알지 못하는 이유로 죽어버린 것이다. 사람들은 나를 의심하는 눈치다. 당신이 누구보다 그 까닭을 잘 알고 있지 않겠느냐 하는 것이다. 나는 알지 못한다. 목소리를 잃어버렸다는 말의 의미를, 그런 유서를 남긴 이가 없으니 물어볼 사람도 없지 않은가.

보통 서정시에서 말하는 이의 목소리는 누구 혹은 무엇의 목소리인가를 해명하는 것은 시를 이해하는 데 가장 기본이 되는 질문이다. 이은주는 시인은 아니었고 시를 전공하지 않았으나 내게서 시학을 배우긴 했으니 그 말을 은유로써 사용했다고 이해해보자.

시에서 말하는 이를 서정적 자아에서 시적 자아로 자리바꿈해서 이해할 때, 시에서 말하는 목소리의 주인공은 작가의 육성이 아니라

허구적 발화가 된다. 이때 문제되는 것은 시적 화자가 어떤 상황에서 어떤 태도를 취하는가 여부다. 그러니까 이은주는 대체 어떤 상황에서 그런 선택을 하게 되었을까를 해명하기 위해서는, 그의 유서에 담긴 무엇인가 어떤 대상을 향한 그의 태도를 면밀하게 확인해야 한다. 그런데 그의 유서에는 단지 목소리를 잃어버렸다고 되어 있다. 어쩌면 애초부터 목소리가 없었는지도 모른다고도 했다. 어쩌면 오랜 시간 문학을 공부하고 그것을 가르치면서 살아온 자신의 생애에서 특별하거나 가치 있는 그 어떤 의미를 발견하지 못했었다고 나는 유추한다. 결국 서정적 자아가 문제되는 것이다.

목소리는 그것을 말하려는 의지의 문제이지 발화자의 위치의 문제는 부차적이다. 모호하게 남긴 유서가 그나마 다행이긴 하지만, 그래서 더욱 그녀의 죽음의 원인이 무엇인가 혹은 누구에게 있는가를 따지는 일은 무익한 일이다. 부질없는 일에 시간을 소비하는 이들이 있다. 시간강사 노조라는 것들, 동료라고 할 것도 없는 주변의 교수들, 자신의 위치도 가끔 망각하는 시간강사 김재영, 그리고 가소롭기 이를 데 없는 경찰 따위.

쉽게 마무리될 것 같던 글이 잘 써지지 않는다. 균형감각 다음에 좀 더 보충할 만한 내용이 떠오르지 않는다. 아무래도 이은주에 관한 생각들이 나의 무의식에 끊임없이 개입하기 때문일 것이다. 원고 마감이 내일로 다가왔고, 나는 여태 사람이든 글이든 무엇이든 약속을 어겨본 적이 없다. 오늘 중으로 글을 마무리하고 넘기는 건 어려운 일이 아니다. 균형감각의 중요성 다음에 삶에 대한 책임의식을 보충하면 되겠다. 그렇지, 그것이 진정한 의미에서 바람직한 삶의 모습일 것이다.

담배를 피우고 싶다. 아직 허기가 느껴지지 않은 탓에 배달음식을 시키기엔 마땅치 않다. 옆방의 후배 교수 학과장에게 담배 하나를 빌리러 갈까 하다가 관두기로 한다. 이은주가 죽은 이후 그들이 나를 바라보는 태도가 예전 같지 않다. 내가 뭘 어쨌다고 그러는지 가끔씩 화가 나면서도 가급적 사람들과 대면하지 않으려는 생각이 나를 움츠러들게 한다. 날은 환한데 굵은 빗소리가 마음을 어지럽힌다. 여우비가 분명하다.

똑똑똑. 누군가 연구실 문을 조심스레 두드린다. 학과장이다.

"아직 식사 안 하셨지요? 나도 식전인데⋯⋯." 저 사람이 언제부터 나와 같이 밥을 먹었던가. 뭔가 할 말이 있어서일 것이다.

"들어오세요. 차나 한잔 합시다."

"선생님은 정년이 얼마나 남았어요? 난 이제 2년 남짓 남았네."

아, 정년이라니. 저이나 나나 벌써 30년 넘게 이 학교를 터전 삼아 밥벌이를 하고 학문을 연구하고 제자들을 길러냈구나. 새삼 감회가 새롭다. 그런데 나 역시 곧 정년이 된다. 이은주가 살아 있었으면 내년 봄부터 정년을 기념하는 문집을 만든다고 부산을 떨 텐데 아쉽다. 그래 지금 내게 할 말이 뭔가, 거북하니까 안 하던 너스레 떨지 말고 그냥 본론을 이야기해주면 좋겠다. 학과장이 내 눈치를 살핀다.

"피 선생님도 학과장은 물론 여러 보직을 다 거치셨으니 잘 아시겠지만 요즘 제가 이래저래 곤혹스러워요. 대학본부에서는 우리 학교에서 강사를 했던 선생이 자살한 일이 이게 예삿일이냐 하는 분위기가 여전하고요. 강사노조에서는 누군가 한 사람이 죽어야 아주 조금씩 움직이는 사회가 정상적인 사회냐고 제법 세게 나오고 그래요."

그래서 어쩌란 말인가. 벌써 1년 전에 다 끝난 일 아닌가. 나는 잠자코 듣는다. 불쾌하지만 언젠가 매듭을 지어야 할 일인 것이다. 그래도 교수회의에서 이야기하지 않고 내 방으로 찾아온 건 최소한의 예의일 것이다.

"그런데 피 선생님, 예전에 죽은 이은주가 이게 우연찮게 피 선생님의 제자잖아요. 허, 참. 선생님이 마음이 좋지 않겠어요. 이런 일을 겪는 교수가 어디 있겠어요? 매우 드문 현상이지." 그건 그렇다. 세상에 어떻게 이런 일이 다 있나.

"사실은 대학본부도 그렇고 노조 사람들하고도 이야기를 많이 나눴어요. 비대면 수업이어서 학교가 잠잠했지만 가을학기가 시작되면 혹시 학생들 사이에서 예기치 않은 문제가 발생할 수도 있고 해서 이번 방학 중에 최대한 깔끔하게 마무리를 하는 게 모두에게 좋을 듯해서 말입니다. 김재영이 가장 적당하지 않을까 싶습니다만……."

"그러니까 지금 내게 김재영을 직접 정리하라 그 말이오? 그건 학과장이 할 일 아니오?"

학과장은 이번 일에 대해 누군가는 책임을 져야 한다고 말한다. 시간강사였던 이은주가 죽어버렸다. 그것이 아무리 자살이라 하더라도 심상치 않은 메시지를 남기고 죽은 건 사실 아닌가 하고 학과장은 나를 은근히 압박한다. 그녀가 남긴 유서에서 누군가가 자신을 끊임없이 괴롭혔다거나 어떤 감당하기 어려운 폭력이나 모욕을 느낄 만한 일이 있었다거나 해서 누군가에게 책임을 물을 만한 단서를 남긴 것은 아니었다. 그건 우리 모두가 알고 있는 사실이다. 그랬다면 우선적으로 경찰이 저리 가만있지는 않을 테니까. 그리고 벌써 1년 전의 일인 것이다.

나는 필요한 참고인 진술을 다 받았고, 그녀가 남겼다는 유서의 어디에도 나를 원망하는 내용은 없었다. 그러니 시간이 조금 지나면 다 잊힐 일이다. 물론 양성평등센터를 맡고 있는 제자에게서 이상한 이야기를 들었다고, 그러나 자신이 알아서 해결했다는 말을 듣기도 했고, 시 인권위원회에 있는 후배는 세상을 살다 보면 온갖 소문이 떠돌기도 한다면서 별 걱정은 마시라고, 건강은 잘 챙기시느냐는 전화를 한 번 받았던 기억이 있다.

그런데 누군가는 책임을 져야 하고, 그것이 이은주의 지도교수인 내가 마땅하다고 모두의 손이 나를 지목하고 있다는 느낌이어서 나는 어이가 없다. 황당할 뿐이다. 내가 왜? 그런데 차마 전임교수를, 그것도 30년 넘게 봉직했고, 곧 정년을 앞두고 있는 내게 책임을 묻는 것은 가혹하다고, 자신이 적극적으로 그런 의견을 개진했다고 생색을 낸다. 그 말을 지금 나에게 믿으라는 거지? 나는 코웃음을 치면서도 생각이 복잡하다. 누군가가 책임을 지면 된다. 대학본부도 노조도 그렇게만 정리되면 아무 일 없었던 것처럼 마무리하기로 했다는 거다. 그가 누구인지는 상관없는 일이고 잘 마무리만 되면 대학본부와 강사노조와의 단체교섭도 합의할 거라고 했다. 그러니 김재영이 다음 학기부터 강의를 맡지 않기로 하고 자진해서 학교를 떠나는 것으로 하자는 것이다. 그 일을 학과장인 자신이 아니라 내게 하라는 거다. 그가 궂은일을 떠맡기 싫으니 내가 그를 불러, 알아듣게, 그러나 확실하게 이야기를 마무리하라는 것이다.

"왜 김재영이오?" 나는 정말 이해가 되지 않아서 학과장에게 묻는다. 그가 무슨 책임을 질 만한 일을 한 건 아닌데.

"피 선생님이 책임을 지는 건 물론 만부당한 일이지요. 대신 누군가 책임을 지자는 차원이지, 뭐 다른 건 없어요. 선생님도 알다시피 김재영은 우리 새끼가 아니니까, 더구나 이은주 이름으로 된 책을 그자가 냈다더라고요. 거 학위논문 있잖아요?"

그랬나? 나는 모르는 일이었다. 책의 서문은 김재영이 썼다는데, 이은주의 죽음은 사회적 타살이다, 우리 모두의 책임이다, 그의 학위논문을 방기한 사람들, 그의 고통을 외면한 사람들 모두 먼 곳에 있는 타인들이 아니라 그녀와 동고동락했던 학문 공동체의 사람들이다, 폭력의 방조자가 폭력의 가해자 못지않게 폭력의 재생산에 일조한다, 그런 내용이라고 했다. 그런 말을 하는 학과장의 미소가 야릇하다. 나를 비웃는 것은 분명한데 딱하다는 표정이다. 나와는 상관없는 일 아닌가? 나는 눈으로 그에게 항의한다. 그는 항상 내가 먼저 거쳐간 보직을 맡곤 해서 그것 때문에 스트레스가 작지 않을 것이다. 그건 능력의 차이일 뿐이지만 사람들은 그게 아니라 누군가가 갖고 있는 네트워크 때문이라고 다른 사람 탓을 하는 데 익숙했다. 못난 일이다. 나는 언제나 무엇이거나 최선을 다했다.

그가 상체를 내게 가까이 기울인다. 목소리가 은근해졌다. 그에게서 감출 수 없는 구취가 난다. 니코틴이 이를 변색하게 한 탓에 이도 누렇다. 나이 들수록 관리를 잘 하지 않으면 자신도 모르는 사이에 타인에게 불쾌감을 준다. 언젠가 고속버스를 타고 서울을 가던 길에, 옆자리에 앉은 남자 노인에게서 나오는 아주 복잡한 냄새 때문에 그날 내내 두통이 심했던 기억이 새롭다. 노인 냄새라고밖에는 달리 표현할 수 없는 그 지속적인 냄새와 금방이라도 숨이 멎을 것만 같던 가늘면서도 느린 호흡 때문에 나는 노인을 자꾸 돌아보곤 했다. 차 한 모금 하시오. 나는 그에게 식은 보이차 한 잔을 더 따라 준다.

"시간강사들 중에서 김재영을 찍어 내보내는 것이 가장 쉬운 것을 피 선생님이 정말 몰라서 그러십니까? 아, 지난번에 내게 그렇게 말씀하지 않았어요? 이은주와 김재영이 예사로운 관계는 아니었던 모양이더라. 기회 있으면 윤리적으로 한번 따져볼 필요는 있겠더라. 그렇게 말이오. 더구나 죽은 이은주의 이름으로 된 책이 나돌아다니고 있는 것도 불씨가 되지 않을까 싶고요……."

"그건 그런 느낌이었다는 거지, 그렇게까지 견강부회할 건 없지."

"견강부회는요, 이은주가 유서를 남기고 죽었어요. 김재영이 이은주와 모종의 관계에 있었고, 그것이 이은주의 자살에 어떤 영향을 끼쳤다면 그 둘이 무엇에거나 연루되지 않았다고 누가 자신 있게 말할 수 있겠어요? 안 그래요?"

황당한 일의 연속이다. 물론 나는 김재영을 별로 좋아하지 않는다. 그는 그리 예의바른 친구가 아니다. 시간강사라는 대학 내의 자신의 위치에 대해서도 덜 겸손한 편이다. 그가 사회적으로 영향력 있는 인물은 전혀 아니지만, 그래서 무시해도 좋지만, 그의 학위논문 내용에 대해서도 동의하지 않는다. "기념하지 않으면 잊힌다. 기념하면 잊히지 않는다."는 논지의 논문에서 그가 주장하는 것은 무엇이었나. 한국의 현대 역사에서 좌익과 우익이 서로를 죽였던 역사적 사건을 잊지 말아야 한다는 것이다. 나는 그러한 태도 자체가 대중영합주의적 연구경향이라고 생각하는 사람이다. 그가 젊었던 한때 5·18과 연루되어 잠시 고초를 겪었다는 말은 들었으나 그러니 어쨌단 말인가. 이 고장에서 살았던 사람치고 금남로에 나가 최루탄 한두 번 맞아보지 않은 사람 없다. 그런 일이 훈장이 되어서는 안 된다.

무엇보다 우리의 삶은 개인이나 사회나 내일을 향해 나아간다. 과거에 매몰되어 있는 개인이나 사회는 발전하지 못한다. 과거의 불행했던 일들을 굳이 기념하고 기억하는 데 사회적 비용을 쏟아부을 게 아니라, 경제가 지속적으로 발전하고 그 혜택이 모두에게 돌아갈 수 있게 하는 것이 더 중요하다. 상처를 낫게 하는 방법은 상처 위에 약을 바르는 것이지 그 상처를 자꾸 헤집는 게 아니다. 김재영은 그것을 모르는 사람이다. 그러니 그는 균형감을 잃은 사람이다. 좋다, 그를 희생양 삼는 데 모두 동의했다면, 내가 정리하지 못할 건 또 뭔가. 그래야 내게 불똥이 튀지 않고 이 모든 악몽을 마무리할 수 있다면, 그게 뭐 어려운 일인가. 밤늦도록 나는 글을 쓴다.

어떤 종류의 삶이 인간에게 바람직한 것일까에 관해 청탁받은 글은 마감 날짜를 며칠 미루기로 한다. 김재영이 읽고 흡족해할, 그래서 그가 별다른 저항을 하는 대신 순순히 사인하고 탈 없이 돌아 나갈 수 있는 명문을 쓴다.

글의 제목은 "책임의식이란 무엇인가"로 정한다. 책임윤리란 무엇인가로 하면 지나치게 추상적인 것 같아서다. 이은주의 죽음에 그가 조금은 연루되었을 것이다. 그의 죽음은 불안정한 신분 상태의 지속과 미래에 대한 전망 없음, 누구도 손 내밀어주지 않는 타인의 고통에 대한 무감각이 가장 중요한 원인일 것이다. 무용하다는 의식과 목소리를 잃어버렸다는 자각 증상은 그의 죽음의 중요한 단서가 된다. 김재영은 그녀와 동료이면서 선배인 시간강사로서 그가 죽음에 이르도록 아무런 행동을 하지 않았다. 그러니까 방관한 자로서의 그 무책임에 대해, 그 자신이 충분히 느끼고 두고두고 괴로워할 그 무책임에 대한 책임을 지는 것이다. 그것이 그의 명예가 될 것이다. 죽은 이들에 대한 위로와 산 자들의 수치심을 덜어줄 유일한 처방이겠다. 나는 그렇게 믿기로 한다.

이은주의 경우도 참 안됐다는 생각이 든다. 심성이 여린 데다 얼굴도 고운 사람이었다. 똑똑하면서도 속이 깊었다. 송미영이 옆에서 나를 감시하듯 지켜보지만 않았어도 나는 이은주를 내 개인조교로 썼을 것이다. 그랬다면 그가 덜 불운했을지도 모른다. 이혼 후유증과 딸아이를 잃은 충격으로 그의 정신이 이상증세를 보이곤 할 때마다 나는 안타까웠다. 긴 시간 동안 공부했던 논문의 주제가 김재영과 비슷한 탓에 역정이 난 것은 사실이지만 그녀에게 흠이라면 그것밖에 없었다. 강의를 잃고 경제적 곤궁 상태에 빠져 있을 때 얼마간의 도움을 주었던 것은 순전히 지도교수로서의 책임감 때문이었다. 곤경에 처한 사람을 보고 모른 체할 수는 없는 노릇이고, 더구나 그는 내 제자이기도 했으니까.

그래서 나는 1년 전 여름, 이은주의 거처를 방문했다. 전화도 연결되지 않고 소식도 없어서 궁금하고 염려되었기 때문이다. 학위논문 심사를 미룬 탓에 다른 학교 강의를 하기도 어려워졌다는 말을 들었던 기억도 났다. 그런데 골목 입구에서 김재영이 나오는 걸 보았다. 혼자였다. 나는 운전대 아래로 고개를 묻고 그가 나를 바라보지 않도록, 그리고 시간이 지나가도록 한참을 기다렸다. 그뿐이다. 김재영이 이은주의 집에 드나드는구나 싶었지만, 내가 뭐라고 나설 일도 아니었고, 그래도 그녀의 얼굴은 한번 보고 싶었다. 방문은 잠겨 있었다. 전자 도어록의 비밀번호를 누르고 그녀의 방문을 열었을 때, 나는 지독한 시취 탓에 눈살을 찌푸렸고, 허겁지겁 골목길을 빠져나왔다. 다만 그뿐이었다.

19_ 당신이 나를 부를 때*

나는 어쩌다 알게 된, 그러니까 전혀 알지 못했는데, 50년이 조금 못 되긴 하겠는데, 아무튼 같은 동네에서 태어나 같은 초등학교를 다닌 시인과 그의 친구, 우연히 셋은 초등학교 동창이었는데, 나는 그들을 어느 문학 행사에서 만나게 되고 그들과 늦게까지 술을 마셨다. 한 친구는 시집을 세 권째 냈다. 건강이 몹시 나빠서 나보다 열 살 정도는 더 늙어 보였다. 어릴 때 그의 장형이 반체제운동을 하다가 잡혀 들어가고 무기징역형을 선고받는 바람에 집안이 풍비박산 났다고 그랬다. 그 후유증으로 몸이 많이 상했고, 가세가 기울어져

* 이은유 시, 「당신이 나를 부를 때」에서

힘든 일들을 많이 겪었다 했다.

　다른 한 친구도 머리가 벗겨져서 나보다 한참 늙어 보였다. 그는 사립대학의 전임이었으나 학내 비리를 폭로하고 고발한 것을 핑계 삼아 해직을 당했다. 교육부 소청심사위원회에서 부당해고 결정을 내리고 재단 측에 복직을 권고했으나 학교는 받아들이지 않았다. 그 친구는 일주일에 한 번씩 학교 교문 앞에 가서 일인 시위를 한다고 했다. 아무런 반응 없는 일인 시위를 2년 넘게 하고 있다. 누구에게나 고약한 시절이었다. 그래도 나는 기적 없이 잘 살고 있구나 싶었다. 58년생 개띠인 우리는 술을 좀 마셨다. 대부분 말은 삼가고 술을 조금씩 오래 마셨다.

　주량이 많지 않은 탓에 나는 좀 취했다. 피곤할 때는 취기가 더 빠르고 깊게 퍼진다. 대리운전 기사는 소낙비가 쏟아지고 있는 늦은 밤이어서 그런지 호출이 잡히지 않았다. 빈 택시도 보이지 않고, 시간은 지나고, 옷이 비에 젖었다. 나는 이은주 생각에, 초등학교 친구들과 술을 마시면서도, 그들이 살아왔던 이야기를 들으면서도 사실은 이은주는 왜 그렇게 죽어버렸는지 생각 중이었다. 하긴 누군가의 죽음을 그와 가장 가까운 이들도 온전히 납득하기란 쉬운 일이 아닐 것이다. 그의 내면 깊은 곳에 가득차서 언젠가는 폭발하고야 말 분노나 우울이나 모멸감이나 슬픔 따위를 타인들이 이해하거나 위로할 일이 애초에 가능하지 않은 것이다.

호출했던 대리기사 대신 빈 택시가 내 앞에 섰다가 이내 저만치 달아난다. 한눈에 보아도 취객인 걸, 태우기가 성가셨을 것이다. 저러니 택시 운전자들이 욕을 먹는 거라고 나는 눈을 흘긴다. 승객이 필요할 때 오지 않는다. 차에 타도 행선지가 어디냐고 먼저 묻지 않고 멀뚱하게 지켜본다. 때로는 주제 넘는 정치시평으로 마음을 어지럽힌다.

전에도 한 번 밤늦게 택시를 탔다가 불쾌한 경험이 오래 남아서 다시는 택시를 타야 하는 상황을 만들지 않겠다고 다짐도 했었다. 내가 뒷자리에 타자마자 택시 운전자가 다짜고짜 물었다.

"술을 많이 드셨나 봅니다." 말을 걸 수는 있는데, 어조가 시비조였다. "네, 좀 마셨습니다." 나는 그러나 상대가 불쾌해하지 않도록 조심해서 말한다. 그가 운전대를 잡고 있다. 그가 아무 탈 없이 집까지 데려다 줄 수도 있고 아닐 수도 있다. 운전대를 잡은 남자가 계속 말한다. 누구도 그의 말을 멈추게 할 수 없다. 사내는 참고 있던 말들을 풍성하게 풀어놓는다. 말도 길었다가 짧아졌다가 낮았다가 높아졌다가 불규칙하다. 아마 피곤해서 그럴 거라고 나는 이해하기로 한다. 아니면 누군가 내 앞에 탔던 승객이 그의 자존심을 건들기라도 했나. 모를 일이다. 혹시 누가 아는가. 오래전 먼 이국의 소설 속 이야기가 생각난다. 종일 마차를 끌었던 늙은 마부가 사실은 그날 아들을 잃고도 먹고살기 위한 하루치의 노동마저 멈출 수 없었다.

일을 마친 늦은 밤, 마구간에서 말을 쓰다듬으며 그때서야 참았던 슬픔을 풀어놓았듯 저 사내도 그러한지. 다른 방법도 없다.

"세상이란 게 참 공평하지가 않아요. 어떤 사람들은 거의 평생 죽어라 일을 해도 맘 편히 하루 쉬지를 못해. 어떤 사람들은 연휴나 명절만 기다렸다가 제집 드나들 듯 해외로 나가던데 말이오. 경제가 아무리 어렵다고는 해도 잘사는 사람들은 엄청 잘살더라고요. 명품 매장 말고도 맛있다고 소문만 식당 앞에는 줄서서 대기하고, 거리에는 뭔 고급 외제차가 그리 많은지 모르겠어요. 능력도 없는 좌파 정권이 갈수록 경제를 어렵게 하고, 우리 같은 가난한 택시 노동자들은 카풀이니 뭐니 하는 불법 승차공유제 때문에 더 죽음으로 내몰리고. 그래도 사장님은 살기가 안녕하신 모양입니다. 밤늦게까지 여유 있게 술을 마시고 손을 흔들어 택시를 잡고 이렇게 편안하게 댁으로 가시니 말입니다."

술과 함께 먹었던 음식물들을 입 밖으로 토할 것 같은 느낌을 참으며 "나는 사장님이 아니오."라고만 해주었다. 사장님이 늦은 시각에 혼자 택시를 불러 타겠는가. 좌파 정권 때문이 아니라 어느 정권에서도 가난한 자들은 여전히 가난했다고도 말해주고 싶었다. 나는 대학의 시간강사로 밥벌이를 하는 사람이다. 보수정권에서나 진보 정권에서나 그 사정이 다르지 않다. 조심해서 가라, 택시야. 나는 휘청거리며 아파트 단지 안으로 들어섰다. 택시를 타지 말자. 그냥 걸어서 오자. 물론 생각뿐이었고, 내가 택시를 타게 되는 상황은 사실 많지 않았다. 술을 자주 마시는 건 아니니까.

너무 늦게 대리기사가 왔다. 평소에는 전동 킥보드를 타고 다니던데 오늘은 비가 내려서인지 아마 소속된 회사의 차일 듯싶은데, 소형 승용차에서 내려 "대리기사 부르셨지요?" 하고 묻는 사람은 중년 여성이다. 뜻밖이다. 그래도 차를 가지고 갈 수 있으니 좋다. 음주운전을 하는 사람들의 심정을 조금 아는데, 물론 그것은 옳지 않지만, 아무튼 자신의 차를 어딘가에 내버려두고 가고 싶지 않은 것이다. 나는 아무도 알 수 없을 혼자만의 웃음을 머금고는 조수석 문을 열고 안으로 들어가 앉는다. 포근하다. 좋다. 고맙습니다. 고개를 숙여 인사를 한다. 고마운 일이지. 이 늦은 시각, 종일 장맛비가 내리는 날에 내 차와 함께 집에 갈 수 있다니. 고맙습니다, 나는 집 주소를 대고 나서 연거푸 고맙다고 대리기사에게 인사를 건넨다.

"선생님이 오늘은 웬일로 술을 좀 드셨나 보네요." 대리기사의 목소리가 그러고 보니 낯익은 목소리인 듯싶다. 나는 그의 얼굴을 똑바로 바라본다. 엇, 송미영이다. 이건 또 뭐냐. 술이 확 깬다. "아니, 송 선생, 송미영 선생 맞지요? 그런데 이건 뭐요? 대리운전을 해요? 응?" 나는 연거푸 묻는다.

송미영은 주말에만 대리운전을 한다. 이혼을 해서 외벌이인 데다 아이 둘을 뒷바라지해야 하는데 방학 동안에는 여름이고 겨울이고 간에 강의료가 한 푼도 들어오지 않기 때문이다. 아무리 그래도 아직 대학에서 강의를 하고 있는 데, 그를 호출한 누군가를 만나서 그가 교수거나 직원이거나 특히 학생이어서는 상당히 곤란할 것이다. 밤늦은 시각이라도 얼굴을 알아보기 어렵지 않고, 아무리 군청색 캡 모자를 눌러 쓰고 있어도 그가 여자라는 걸 모르는 않을 텐데.

"아니, 송 선생. 그렇다고 대리운전을 해요? 이 쉽지 않은 일을? 더구나 밤에?" 나는 아직도 황당하다.

그녀가 짐짓 쾌활하게 웃는다. 그렇게 계면쩍어하지 않는 게 다행이다. 그래도 무척 낯설다.

"오늘은 왜 술을 드신 거예요? 학교 선생님들과 마신 거예요?" 화제를 바꾼다. 나는 학교가 아니라 근 50년 만에 만난 초등학교 동창들 이야기를 들려준다. 그중 하나는 다 늙었는데, 몸이 많이 상했고, 다른 친구 하나는 대학에서 쫓겨나, 결국 이혼을 했다는 것, 그런 말들을 띄엄띄엄 전한다. 간혹 사소한 슬픔이 밀려오는 것을 느낀다. 이렇게까지 살면서 우리가 찾을 수 있는 의미란 무엇인가 하는 생각. 이렇게 사는 것도 최선을 다해 열심히 사는 것이라 할 수 있을까 하는 생각. 필리핀에서 독일인가로 유학을 가겠다던가, 갔다던가 하는 딸아이의 뒷바라지를 하려면 이렇게라도 해야 할 테지 하는 체념. 이런 일을 하는 게 그렇게 비극적인가 하는 또 다른 생각. 그렇다면 대리운전으로 생계를 꾸려나가는 사람들 모두 실패한 인생들인가 하는 자조.

나는 다시 두통이 와서 얼굴을 찌푸린다. 집에 다 온 것 같다. 내려야지 하면서도 나는 그냥 앉아 있다. "집에 가서 차 한잔하고 가겠소?" 송미영에게 묻는다. "아뇨, 일 더 해야 해요. 편히 쉬세요, 선생님." 그녀가 거절한다. 그냥 해본 말이란 걸 서로 모르지 않는다.

차가 다시 멀어지고 하늘에서 구멍이 뚫린 것처럼 쏟아지는 빗속에서 나는 그녀가 안전하게 하루 일을 마치기를 빌면서 집으로 들어선다. 몹시 피곤하다. 자리에 누우니 다시 천장이 빙글빙글 도는 듯 어지럽다. 고개를 오른쪽으로 돌리면 괜찮은데 왼쪽으로 돌리면 천장이 돈다. 이비인후과에서 타 온 약을 먹는 중인데 차도가 별로 없다. 왼쪽 귀 달팽이관에 문제가 생긴 것 같다는데 의사도 확신은 못한다. 모친이, 그러니까 돌아가신 모친이 왼쪽 뇌경색이셨거든요. 나는 마음의 염려를 내비친다. 아파트 대출금은 앞으로도 10년 넘게 갚아야 하고, 아이들은 충분하게는 자립을 하지 못했다. 의사는 빙긋 웃으며 뇌경색이나 뇌출혈과는 관계가 없다고 말한다. 스트레스가 쌓이고 피로가 누적되면 그럴 수 있다고, 일을 좀 줄이고 마음을 평온하게 갖도록 권한다. 나도 그랬으면 좋겠다. 오랫동안 제대로 쉬어본 적이 없다.

대리운전을 좀 하다 보니까요. 사람 참 별의별 종류가 있더라고

오늘의 기분

요. 송미영이 해주었던 말들이 나의 머릿속에 저장되어 있다가 느리게 재생된다. 한 달 전에는 뒷좌석에 탔던 어떤 늙은 사내가 앞좌석의 좁은 틈 사이로 손을 밀어 넣더니 느닷없이 내 가슴을 만지는 거예요. 기겁을 했죠. 너무 놀라서 하마터면 사고를 낼 뻔했어요. 브레이크를 갑자기 밟았거든요. 또 어떤 사내는 명함을 주면서 필요하면 전화를 해도 좋다고 그래요. 무슨 뜻이냐고 물었어요. 정말 몰라서 물었거든요. 묘한 미소를 짓더니, 알지 않느냐, 그래요. 뭘요? 내가 목소리를 좀 높여서 물었어요. 이런 일 여자가 하는 게 안쓰러워서 그런다. 마음을 조금만 바꾸면 편하게 살 수도 있지 않느냐 그러는 거예요. 그러니까 그게 무슨 말이냐고요! 그제야 그 사내가 내게 명함을 건넸던 까닭을 알고 나니까 너무 분해서 왈칵 울음이 쏟아지더라고요. 사내는 놀라서 꽁무니를 빼고요. 선생님, 다른 사람 눈에는 내가 아직도 여자로 보이나 봐요? 다행인 거죠? 그녀는 쓰게 웃었다. 나는 그녀에게 이은주에 대해 묻지 않는다.

잠이 오지 않아 커피를 마시고 앉아 있는데, 송미영에게서 긴 메시지가 왔다. 나는 그녀에 대한 미움 모두를 삭제했다.

작년에 서울에서 택시 노동자 둘이 잇달아 분신을 했잖아요. 저는 되게 웃겼어요. 내가 택시 운전을 하는 건 아니지만, 비슷한 상황이라 관심을 좀 가졌어요. 그런데 카풀 탓에 택시 노동자들 생계가 힘들어지는 건 아니거든요. 최저임금 탓에 자영업자들이 먹고살기 더 힘들어지는 것도 아니고요. 택시는 어차피 한계산업이에요. 곧 자율주행 자동차가 거리를 쏘다니게 될 텐데, 그때가면 자율주행 자동차를 불 지르겠다는 사람들이 나올 지도 모르겠어요. 문제는 노동에 대한 착취 구조가 누가 어떻게 해볼 여지가 전혀 없을 만큼 강고하게 제도화되어 있는 것인데, 사람들이 그 말은 잘 안 해요. 이해하기도 귀찮고, 어려우니까요. 어려운 건 아닌데 정부나 기업이나 특히 학자들이 어렵게 설명하고 있으니까 사람들은 잘 이해를 못 해요. 제가 대리운전을 해보니까, 이게 막장이더라고요. 지금은 많이 없어졌는데, 석탄을 캐러 어둡고 깊은 탄광 아래로 맨 아래로 내려가면서 두려움과 슬픔의 감정을 숨겨야 했던 광부들 생각이 나더라고요. 대리운전이 딱 그래요. 그런데 누구나 처음부터 택시 노동자가 되거나 대리운전을 하는 건 아니에요. 운수노동자로 태어나는 건 물론 아니고요. 그들중 일부는 말도 거칠고 생각도 단순하지만, 그래서 사람 대접을 제대로 받지 못하고, 그래서 울분에 싸여 있고, 그런 악순환의 늪에 갇혀 있죠. 누구나의 생명은 소중하고 노동은 신성하다, 그건 무슨 성공한혁명의 선언문에나 적혀 있을 테죠. 우리들 대학의 시간강사나 운수노동자들이나 자신에게 주어진 상황에서 나름대로 최선을 다하고 있다고 저는 믿어요. 그러니 선생님, 혹시라도 저 때문에 마음 아파하지는 마세요. 저는 기적 없이 잘 살고 있으니 너무 걱정 마시고요. 그냥 꿈을 꾸듯이, 잘 주무세요.

274
오늘의 기분

epilogue

연이틀을 퍼부었던 장맛비가 내렸던 어젯밤에 누군가가 죽었다는 연락을 받고 나는 아침 일찍 출근을 서둘렀다. 우리 사회는 자살 공화국 같아. 아침 대신 원두커피 한 잔을 내려 마시면서 잠시 창밖을 내다본다. 비는 그쳤다. 너무 많은 사람들이 너무 쉽게 자신의 삶을 때려치운다. 기사에 나오지 않아서 그렇지 해마다 우리 지역에서 자살하는 경찰관의 숫자도 만만찮다. 깜짝 놀랄 정도다. 지역 경찰관 모두를 대상으로 복지회가 마련되어 있고, 달마다 회비를 거두어 모아놓은 돈으로 순직자는 물론이고 자살하는 경우까지 1억 원씩을 부조해왔다. 설마 그깟 1억을 바라고 자살을 할까 싶으면서도 부조금을 5천으로 인하하자 자살하는 경관의 숫자가 상당히 줄어들었다. 믿기지 않는 일이다.

다른 사람을 해치거나 죽이는 경우도 너무 많다. 여성에 대한 데이트 폭력이나 성폭행 사건도 전혀 줄지 않는다. 섹스를 하고 나서 성폭행을 당했다고 좋아서 같이 잤던 남자를 무고하는 일도 드물지 않다. 남자들도 종종 성폭력 사건의 피해자가 된다. 성별을 구분해서 가해자와 피해자를 구분하는 것이 무의미할 정도다. 오래전에, 가까운 인척이었던 아이가, 남학생이었는데, 20년쯤 전에 중학교 이학년 아이였고 나와 동갑인 아이였는데, 그만 못된 짓을 당하고, 성폭행을 당했는데, 목숨까지 잃어버린 일이 있었다.

그 아이 부모, 특히 엄마 되는 이의 비탄에 잠긴 통곡을 나는 오랫동안 기억한다. 시간이 차츰 지나서 그 기억에 관해 이제 아무도 말을 하는 이는 없지만, 당연히 말을 할 수 없지만, 어느 순간에, 그러니까 이런저런 명절날이 되어 아이들이 모두 모이는 경우에, 다 왔구나, 어이쿠 이제 녀석들이 다 자랐구나, 어디 보자, 몇이나 되나, 하고 손자 손녀의 숫자를 세어보는 노친네의 말끝에 금세 얼굴이 굳어지던 그 아이 엄마의 모습 역시 불현듯 생각나는 것이다.

아이 하나는 오지 않은 것, 아니 오지 못한 것이다. 앞으로도 영원히 그러할 것이다. 다들 모이는 이러저러한 명절날, 할아버지, 할머니 댁에……

그러나 그런 기억은 다른 한편 어떤 불편한 느낌이기도 했다는 것을 굳이 부정하고 싶지는 않다. 누군가의 죽음과 오래전 어린 사촌의 불행 앞에서 당장에는 구체적으로 생각하지 못했으나 슬픔의 정서와 함께 내 안의 바깥을 넘나들었던 느낌이란 저 불편함이었던 것이다. 저들의 죽음에, 아니 죽음 직전에, 그들에게 나는, 우리는, 아무런 소용이 없었다는 것, 저들의 고통을 다른 무엇으로도 결코 대신할 수 없었다는 자각에서 말미암은 깊은 불편함이었던 것이다.

내가 살아가는 사회는, 조금이라도 손해보려 하지 않고, 조금만 자신의 권리가 침해되었다고 생각하면 물불을 가리지 않고 상대와 맞붙는 사람들이 너무 많다. 배려와 염치가 사라진 지 오래다. 왜 사람들이 성정이 이렇게 거칠어졌는지 모를 일이다.

회사로 가야 하나 현장으로 가야 하나 잠시 생각하다가 나는 연락을 해온 후배에게 전화를 건다. 현장으로 가는 게 좋을 듯싶다. 학교란다. 더구나 이은주와 피종수 교수가 죽었던 내 모교란다. 풍수가 좋지 않은 곳인가, 아니면 뭔가 깊이 숨겨진 내막이라도 있는 건가. 황당하기만 하다. 사망했다는 이가 누구인지는 아직 모른다. 자살인지 타살인지도 아직 모른다. 차에 시동을 건다.

피종수 교수의 사인은 급성 심장마비로 판명되었다. 그가 남긴 글로만 보면, 전체적인 맥락이 영락없는 유서로 보였지만, 어쨌거나 사인은 급성 심장마비였다. 평소에 건강체질인 데다 유난스레 몸 관리에 신경을 썼던 사람이었다. 그래도 소리 없이 사람의 목숨을 앗아가는 것이 심장마비라고 사람들은 혀를 끌끌 찼다.

연구동 폐쇄회로 TV에는 전날 저녁에 그의 연구실을 방문한 사람의 영상이 녹화되어 있었다. 너무 오래된 탓에 화질이 좋지 않아 당장에는 식별이 어려웠는데 국과수의 감식 결과 의심할 것 없는 김재영이었다. 저 사람은 어쩌자고 누군가의 죽음 가까이에 늘 있었던 건지 한숨이 나왔다. 타살 혐의는 전혀 나오지 않은 탓에 별일은 없었지만 그는 여러 차례 경찰서를 드나들어야 했다.

나는 피 교수의 전날 통화기록을 확인했다. 청탁한 에세이 원고 마감일을 안내하는 잡지사의 문자 메시지가 하나 있었고, 읽었는지 알 수 없으나 그가 답을 주지는 않았다. 김재영과 1분 남짓의 짧은 통화기록이 있었다. 김재영은 피 교수가 전화를 걸어와서 내일 중으로 볼 수 있겠느냐고 물었단다. 올 수 있으면 자신의 연구실로 와달라는 말을 했다. 괜찮으면 점심을 하자고 했다. 그러나 자신은 요즘 몸살 기운이 심해서 당분간은 학교에 나갈 수 없으니 혹시 하실 말씀이 있으면 메일을 주시면 어떠냐고 묻고, 메일은 곤란한데 하고 그가 머뭇거렸단다. 할 수 없이 그를 다시 보고 싶지는 않았으나 그가 부르는 걸 모른 체할 수 있는 처지가 아니어서 저녁에 잠깐 그의 연구실에 들렀을 뿐이라고 했다. 그랬을 것이다. 아니면 그가 먼저 피 교수를 방문하지 않았을까, 그건 알 수 없다. 그런데 심장마비라니 황당하다고 그랬다. 그랬겠다.

피종수 교수가 남긴 글, 「책임의식이란 무엇인가」를 두고 해석이

분분했다. 분명한 것은 그 글에서 무언가 책임을 지겠다는 주어 '나'가 누구인지 알 수 없다는 점이었다. 그 '나'가 글을 쓴 자신인지 아니면 또 다른 누구인지, 또 다른 누구라면 그가 누구인지 저마다 낮게 소곤거렸다. 학과장은 안경 너머로 눈만 깜박거리다가 그가 남긴 유지를 받드는 게 산 자의 책무라고 소란을 정리했다.

그의 장례는 학교장으로 치러졌다. 30년 넘은 외길로 학문 연구에 매진했고 후학 양성에 온 힘을 쏟은 공로로 훈장이 추서되었다. 아무도 그와 이은주와의 사이에 무슨 일이 있었는지 입에 올리지 않았다.

사람들은, 내가 보기에 저들은, 옳고 그름보다는 자신들의 권력이나 영향력만을 키우는 데 더 많은 관심이 있고, 그 옳고 그름조차 자신과 가까운 사람인가 아닌가에 따라 해석을 달리하는 듯싶었다. 아무래도 나야 상관없는 일이었으나 김재영과 나누었던, '지식인이란 무엇인가' 하는 따위의 말들에 나는 문득 기분이 언짢아졌다.